불타버린 사람들

The Burnt Ones

범우비평판세계문학선 64-①

불타버린 사람들
The Burnt Ones

패트릭 화이트 지음 | 이종욱 옮김

1973년
노벨문학상
수상

범우사

차 례

이 책을 읽는 분들에게

가련하고
불운한 사람들

the poor unfortunates

오스트레일리아의 작가 패트릭 화이트Patrick White에게 노벨문학상이 주어졌다. 이것을 계기로 해서 그의 작품들이 비로소 한국 독자들에게 본격적으로 소개되는 것은 한편으로는 부끄러운 일이기도 하지만 퍽 다행한 일임에는 틀림이 없다.

처녀작 '행복의 골짜기'(1939)에서 '폭풍의 눈'(1973)까지를 꿰뚫는 화이트의 작품세계는 망상에 사로잡힌 인간의 심층해부로 일관되어 있다. 그 주인공들은 거의 모두 꿈과 현실이 엇갈리는 심연 속에서 한 개인이 피치 못하게 갖는 인간 본연의 고독, 고통, 애증 그리고 갈등 등과 대면하고 있는 하층생활인들이다. 따라서 그들은 더욱 본능에 따라 행동하고 살아갈 수밖에 없고, 그들은 결국에는 가엾고 불행한 사람이 될 수밖에 없다. 또한 화이트는 그들에게 무한한 애정과 연민의 정을 기울이는 것을 잊지 않는다.

화이트의 단편집인 《불타버린 사람들The Burnt Ones》(1964)은 이와 같은 그의 문학적 관심사를 가장 잘 나타내고 있다. 왜냐하면 우선 그 제목은 '가련하고 불운한 사람들 the poor unfortunates'이라는 뜻의 그리스 어구(OIKAYMENOI……)를 글자 그대로 번역한 것이어서, 거기에 게재된 11편의 작품들에 등장하는 사람들이 모두 가엾고 불행한 사람이기 때문이다. 그들 대부분은 어린 시절의 기억 및 아직 이루지 못한 '어떤 것'에 대한 동경이나 환상에 사로잡히면서 어느새 늙어버린다. 이와 같이 그는 생로병사의 순환을 하나의 단편에 조직적으로 짜넣는다. 따라서 그 문장이나 사건의 전개방식은 예리하고 매끄럽기도 하며, 지리하기도 하고, 수수께끼나 패러독스 또는 시구 같기도 하다. 그렇기 때문에 디테일 묘사가 승하고, 의식의 흐름이 수시로 교차하는 것은 당연하다. 그리고 그는 군데군데 토마스 하디, D. H. 로렌스, 제임스 조이스 그리고 존 스타인벡의 영향을 보이기도 한다.

아무튼 그와 동년배의 호주 작가 홀 포터Hal Potter가 화이트를 논한 글 속에서 '그의 경치들은 카메라 필름에 나타나지는 않는다'고 한 말은 그의 작품의 특징을 가장 잘 나타내고 있다. 화이트는 천성적으로 리얼리스트이며 상상력의 작가이다. 그의 작가적 시선은 언제나 인물이나 사물 혹은 어떤 사건의 핵심을 관류하여 그것들의 배후에 놓여 있기 때문이다. 바로 이 점이 그의 소설을 어느 정도 지리하고 난해하게 만드는 주요 원인이 된다. 그러므로 그의 독자는 다소 지적인 훈련이 되어 있어야 하고, 화이트와 타협할 수 있는 끈기도 지녀야 한다. 그렇게 되면 역시, 홀 포터의 말대로 '매혹될 수 있는 사람은 매혹당하고, 그것도 철저히' 매혹되는 것이다. 이것은 그의 대표작이라 할 수 있는 '보스' '전차를 타는 사람들' '고체의 만달라' '생체해부자' 에는 물론, 창작집인 《불타버린 사람들》에도 들어맞는 말이다.

  《불타버린 사람들》 속의 11편 작품 중 중편 길이의 '말라죽은 장미', '차 한잔', '유쾌한 영혼' 및 '고양이를 길러서는 안되는 여인' 은 차후에 보완할 예정이며, 비록 단편이긴 하지만 그 무엇보다 우리말로 옮기기에 만만치 않은 화이트의 작품을 서둘러 번역하느라고 졸역이 군데군데 있을 것을 생각하니 절로 부끄럽다.

                                                            역자

달밤의 할미새

휠러 부부는 여섯시 반만 되면 어김없이 맥켄지 씨 집으로 차를 몰았다. 그 시간은 맥켄지 부부 쪽에서 요구해온 것이었다. 제기랄, 하고 점 휠러는 생각했다. 비가 조금 내리고 있었고 자동차 타이어는 비에 젖은 자갈길 위에서 더욱 부드러운 소리를 내었다.

극히 자연스러운 기분을 불러일으키는 몇 그루의 고무나무 사이에 있는 맥켄지 씨의 집은 '사랑스러운 고가古家'(식민지 시대의 스타일이다)로 알려져 있는데, 그 집 앞에 차가 멈춰섰다.

"아치와 노라가 우리더러 다른 사람도 동반해달라고 부탁했다는 것은 전혀 몰랐어요."

하고 에일린 휠러 여사가 말했다.

"아마 그들이 그렇게 말하진 않았을걸. 지금 이 순간에도 그럴 생각은 없을 거야. 아마 그들이 떼어버릴 수는 없는 다른 사람을 말하는 거겠지."

"예컨대 약제사에게 부탁한 급한 처방이냐."

에일린 휠러 부인은 하품을 했다. 그녀는 동정을 표시하는 것을 잊어서는 아니된다. 왜냐하면 노라 맥켄지는 퍽 어려운 일을 치르고 있는 중이기 때문이었다.

좌우간 그들은 그 곳에 도착했고, 집 안에서 불빛이 쏟아져나오는 채 문은 활짝 열려 있었다. 우리가 알고 있는 사람의 생명까지도, 노라와 아치가 잠시 동안 흥미있게 살펴보는 생명까지도, 우리가 차를 몰고 가서 불빛이 새어나오는 문틈으로 그들을 흘낏 훔쳐보는 그 때는……

"미스 컬렌이군."

점이 말했다. 거기 컬렌이 있었기 때문이었다. 여행가방을 꾸리고 있었다.

"못나빠진 계집."

점이 말했다.

"예쁘지는 않다는 말이 더 알맞아요."

에일린이 정정했다.

"아치는 그녀가 없으면 옴짝할 수가 없지. 실제적으로 일을 처리하거든."

확실히, 미스 컬렌은 규율이 있어 보였다. 아치와 노라의 홀에서 깨끗한 서류들을 간추려 그것들을 돼지가죽으로 만든 새 여행가방에 쓸어넣는 그녀의 모습은 꼭 그러했다.

"재주꾼이죠."

에일린이 긍정했다.

"하지만 턱이 없어."

"아, 안녕하세요, 미스 컬렌. 비가 그쳤어요."

홀 안으로 갑자기 몸을 들여놓기에는 불빛이 너무 밝았다. 휠러 부부는 즐거운 듯이 눈을 깜빡거렸다. 그들은 새 사람처럼 보였다.

"잘 지내겠지요, 미스 컬렌?"

"아무런 불만이 없어요, 필러 씨!"

미스 컬렌이 대답했다.

그녀는 가방 손잡이를 붙잡았다. 조그마한 몸집. 레인코트 아래의 유방은 다소 꼿꼿해 보였다. 그러나 분명히 턱은 없었다.

에일린 부인은 쉐라턴(영국의 유명한 가구 브랜드) 화장대의 모조품 앞에서 노라의 머리를 만져주고 있었다. 최근에 미장원에 갔는지 머리모양은 아직 흐트러지지 않았다.

"그럼, 안녕히 계십시오."

미스 컬렌이 말했다. 그녀의 웃음에는 화사함이 깃들여 있으나, 그것은 어울리지가 않았고, 오히려 난처한 입장을 벗어나는 수단에 지나지 않았다. 그리고 나서 그녀는 두 입술을 오므리고, 마치 나쁘지는 않은 사탕을 빨기라도 했던 것처럼 그 두 입술을 달콤하게 빨았다.

미스 컬렌은 문을 단단히 그러나 조용히 닫고 나갔다.

"미스 컬렌이야."

노라 맥켄지가 계단을 내려오며 말했다.

"아치의 비서지요."

"······."

"그녀가 없으면 아치는 일을 못한다구."

그녀는 마치 그들이 그 사실을 모르고 있다는 것처럼 덧붙였다. 노라는 늘 그 모양이었다. 에일린은 그 때 골번에서부터 여러 해 동안 자기가 어떻게 해서 노라와 같이 붙어다니게 되었는지 의아해졌다.

"예쁘지는 않단 말야."

점이 말했다.

노라는 눈에 띄게 얼굴을 찡그리지는 않았으나, 남의 좋은 점이 헐뜯길 때 그녀가 흔히 짓는 주름살을 이마에 잡았다. 그와 같은 비난은 그녀에게 거의 육체적인 고통을 주면서 그녀 개인에게까지 영향을 주는 듯했다.

"그러나 퍽 친절해요."

그녀는 주장했다. 노라는 자기 남편이 고용한 사람의 성씨를 부르기보다는 이름을 부르는 것이 옳다고 생각하고 있으며, 또 고용자를 자기 가정의 일원으로 만들려고 애를 썼다. 실상 그녀는 집에 혼자 있는 것을 더 좋아하는지도 모른다.

"내가 인플루엔자에 걸렸을 때, 그녀는 발골라에서 먼 길을 마다 않고 내장을 끓인 국을 갖다줬지."

"맛있었어요?"

에일린이 물었다.

그녀는 늘 하던 버릇대로, 노라의 **뺨**에 자기 **뺨**을 갖다 비비고 있었다. 노라는 안색이 좋지 않았다. 그녀는 친절해야 된다는 것을 잊어서는 안된다.

노라는 대답을 하지 않고, 휴게실로 안내를 했다. 노라가 말했다.

"얼마 동안은 전등을 켜고 싶지 않아. 눈을 다치게 하지. 그리고 어둑한 곳에 앉아 있는 게 훨씬 편안해."

노라는 정말 안색이 좋지 않았다. 그녀는 실은, 아스피린을 몇 알 먹고 난 직후였다.

"왜 기분이 언짢은 모양이지?"

에일린이 물었다. 노라는 대답을 하지 않았으나, 대신 드라이 마티니를 조금 마시겠다고 했다. 싱겁기는 하지만 역시 술은 술이라고 점은 혼나봐서 잘 알고 있었다.

"아치는 곧 내려올 거야. "

노라가 말했다.

"미스 컬렌이 편지를 몇 통 가져오는 바람에 그 일로 시달려야만 했어. 그래서 지금 샤워를 하고 있는 중이야."

에일린이 드라이 마티니를 건네주었을 때, 노라의 두 손은 떨고 있었으나, 에일린은 곧 그녀의 두 손이 언제나 떨고 있었음을 기억해냈다.

휠러 부부는 의자에 앉았다. 그들은 앉으라는 말을 기다릴 필요가 없었고, 그것은 또 다행한 일이기도 했다. 손님에게 의자에 앉으라고 하는 말을 노라가 선뜻 하지 않는다는 사실에 그들은 너무나 익숙해 있었다.

자기 친구보다 훨씬 더 머뭇거리며 노라도 의자에 앉았다. 쿠션이 푹 내려앉았다.

에일린은 한숨을 내쉬었다. 오랜 친구와 진한 냄새는 늘 그녀를 향수에 사로잡히게 만들었다.

"비가 그쳤어."

그녀는 말하면서 한숨을 내쉬었다.

"아치는 잘 있겠지요?"

점이 물었다. 대단한 걱정이라도 했다는 듯이.

그녀는 칵테일에 얼음을 집어넣어, 거의 물에 가깝게 만들어버렸다.

"등이 시원치 않아요."

노라가 말했다. 잊어버리든 말든 마음대로 하라는 듯한 말투였다.

노라는 아치를 사랑하고 있었다. 그 사실은 오히려 에일린을 부끄러워 하게끔 만들었다.

그들이 서로를 찾아낸 것은 다행한 일이었다. 노라 리드비터와 아치 맥켄지. 모든 면에서 그토록 재미없는 사람들, 게다가 새를 즐겨 바라보는 것도 공통되고. 하지만 에일린은 노라가 스스로 새들을 바라보게끔 되지는 않았다고 생각하며 믿지는 않았다.

골번에서도, 노라는 주말만 되면 글렌 데이비까지 와서 에일린과 함께 지내곤 했다. 노라의 아버지는 한동안 웨일즈에서 매니저 일을 보고 있었다. 그는 늘 자기 딸의 노트가 깨끗한 것을 살펴보았다. 노라는 수줍어했으나, 그 것은 아무 감각이 없는 것보다는 그래도 나았으며, 그들

두 소녀는 여름날 저녁에 베란다에 앉아서 손톱 손질을 하거나 외양간에서 염소가 끙끙거리는 소리에 귀를 기울이곤 했다. 에일린이 노라에게 화장하는 법을 가르쳐주었다. 노라는 싫다고 말했으나, 아주 싫어하는 표정은 아니었다.

"어머님은 안녕하셔?"

그 슬프고도 싱거운 진을 홀짝홀짝 마시면서 에일린이 물었다.

"뭐, 별로."

노라는 억지로 대답했다. 파킨슨씨병을 앓고 있는 홀어머니를 방문하기 위해 오렌지에 갔다왔기 때문이었다.

"알겠지만 말야……"

에일린이 말했다.

점은 카펫에 담뱃재를 떨어뜨렸다. 아치라도 좀 내려왔으면 좋을 것 같았다.

"그 여자, 갤로웨이 부인이 그녀에게 불친절하다는 생각이 들어."

노라가 말했다.

"다른 사람을 찾아. 전쟁이 끝났을 때하곤 다르잖아."

에일린이 충고했다.

"확신할 순 없지."

노라는 이의를 제기했다.

"부인네의 기분을 건드려서는 좋지 않거든."

어둑한 곳에 앉아 있는 노라 맥켄지는 흡사 좀먹은 듯한 모습이었다.

그녀의 얼굴은 분필로 문질러댄 것같이 보였다. 그 때 화장법에 대한 수업을 받고서도, 역시 그 정도밖에 못한다. 그녀는 앉은채, 손을 서로 비벼꼬고 있었다.

골번에서, 그들 두 소녀가 찾아갔던 수녀원에 있었을 때, 노라의 두 손은 얼마나 혈색이 좋았던가. 그들은 그 곳에 소속되지는 않았다. 단지 수녀원일 뿐이었다. 노라의 손은 혈색이 좋았고, 이슬이 내리는 이른 시간에 타란텔라(남부 이탈리아의 활발한 춤)를 연습한 후이면 파르르 떨렸다. 그 모든 것이 너무나 이른 시기에 행해졌다. 에일린은 사춘기가 지나자마자 곧 인생을 알게 되었다. 그녀는 노라에게 이것저것 주워섬기기 시작했으나 노라는 들으려고 하지도 않았다. "아, 얘. 제발 그만둬라" 하고 노라는 소리쳤다. 마치 사내아이가 자기의 팔을 비틀기라도 한 듯. 그녀는 갸름하면서도 애원하는 듯한, 예민한 두 손을 가지고 있었다.

그런데 그 두 손은 여전히 그 자세였다. 서로 비꼬면서, 변명을 하면서. 그 두 손이 결코 한 일이 없는 것에 대하여.

그 때 아치가 들어왔다. 그는 전등을 켰다. 그러자 노라는 몸을 움츠렸다. 그녀는 뭐라고 한마디 하는 대신 미소를 지었다. 범인이 아치였기 때문이었다.

아치가 말했다.

"두 사람은 여전히 술잔이나 기울이시는군."

그는 남아 있는 마티니를 스스로 따랐다. 에일린은 파티에서 늘 남을 즐겁게 만드는 그녀 특유의 웃음을 터뜨렸다.

아치와 샤워가 아니었더라면 그들도 그처럼 즐기지 않았을 것이라고 말하며 점은 다리를 구부렸다.

"술을 조금 하면 기운이 돌지."

노라가 전에 없이 부드러운 목소리로 말했다. 그녀는 농담이 개인적인 것으로 흐를 때마다 항상 불만이었다.

아치는 손잡이 모양의 콧수염을 어루만졌고, 점은 그들이 어떤 분위기에 빠져들었는지 알고 있었다.

"미스 컬렌이 편지를 한두 통 가져왔는데……."

아치는 고통스러운 듯 말했다.

"그녀가 생각했던 것이 오늘밤 일단락되어야만 한단 말야. 나는 요즘 매일 저녁 샤워를 해요. 적어도 여름 동안은……."

"습기가 많긴 하지."

노라가 거들었다.

아치는 술잔을 내려다보았다. 그는 몇 마디 더 하려는 눈치이더니, 입 밖에 꺼내지는 않았다.

저 멋대가리 없고 냉엄한 영국 공군장교의 콧수염. 아치가 내세울 것이라곤 그 것뿐이었다. 전쟁은 그로 하여금 자기 일도 아닌 것에 꼬치꼬치 간여하는 용기만 북돋아주었다.

"미스 컬렌은 쓸모 있는 여자지."

점이 자기 의견을 말했다.

"사무실을 꾸려나간다고."

"대낮엔 마흔살 쯤 보여요."

에일린이 말했다. 그녀의 몸가짐이 풀어지기 시작했다.

아치는 자기로서는 잘 모르겠다고 말했고, 짐은 미스 컬렌이 '막다른 골목'에 몰린 것에 대한 농담을 했다.

노라 맥켄지의 백묵빛 눈썹에 자디 잔 주름이 잡혔다. "저어……" 하고 그녀는 아주 여성다운 목소리를 내고 몸을 일으키며 말을 이었다.

"저녁이 아주 멋지게 되었으면 좋겠네."

외치듯 말하며 웃었다.

노라는 수탉 같은 부인과 함께 요리의 제2단계를 반쯤이나 해치우고 있었다. 에일린은 새우가 가득한 아보카도 열매의 요리와 통닭요리 따위를 생각해냈다.

에일린의 생각은 옳았다.

식탁의 자기 자리에 앉는 아치의 모습이 제법 위엄이 있어 보였다.

"이 포도주부터 맛 좀 봐야겠어."

그가 말했다.

"아주 약한 술이거든."

"아, 그래."

짐이 말했다. 포도주에는 코르크 마개가 있었으나, 아무도 그에 대해 입을 떼지 않았다. 둘째 번에 나온 병은 맛이 좀 더 좋았다. 맥켄지 부부는 오늘밤 큰 생색을 내고 있었다.

아치는 요령을 강조하는 듯 냅킨을 한두 번 뒤집었다. 그는 언청이도 아닌데 그것을 감추기에나 알맞은 콧수염을 매만졌다. 점은 그 콧수염이 달리고 오래 오래, 아주 오래 전부터 그와 만나왔다.

아치가 말했다.

"점심때 아미타지가 내게 들려준 얘기인데, 한 사내가 풀 베는 기계를 하나 샀대요. 그 사람은 소화불량으로 고생하고 있었거든. 그런데 이제 그 기계를 어떻게 정확히…… 움직이게 할 수 있겠어?"

점은 빵을 뜯어 조그마한 구슬을 만들기 시작했다. 작은 구슬이 지저분하게 만들어져나오는 게 그에게는 무척 재미있었다. 그러나 그 자신은 결코 지저분한 사람이 아니었다.

아치는 아미타지가 그에게 들려준 이야기의 핵심을 기억해내지 못하고 말았다.

어떻게 해서 아치가 자기 사업을 성공적으로 꾸려왔는지 이해하기란 힘들었다. 아마 과감한 미스 컬렌 때문이 아니었나 싶다. 오랫동안 아치는 질질 끌며 일을 잡쳤다. 여기저기 떠돌아다녔다. 공공건물에 오존을 공급하는 엉터리 기계를 위한 대리점을 가진 바 있었다. 그 때 맥켄지 부부는 버우드에 살고 있었다. 아치는 계속 죽을 쒔다. 전쟁은 하나님이 보내준 선물이었다. 아치는 참으로 보조적인 타입이었다. 양심적으로 일을 했다. 특별히 고려해야 하는 경우에도 역시 조심스러웠다.

그런데 전후戰後에, 갑자기 수출과 수입을 겸하는 무역에 손을 댔다.

그의 특이한 점인 우둔함에 반응하여 아이디어가 갑자기 떠오르는 식이란 참 야릇했다.

맥켄지 부부는 노스쇼어로 이사했는데, 그 집은 때때로 노라를 당황하게 했다. 그녀는 마치 자기가 사업의 성공에 대한 변명이라도 해야 할 듯한 기분이었다. 그러나 그 곳에는 새를 관찰하는 일이 있었다. 대부분의 주말을 그들은 숲 속에서, 산에서 또는 다른 곳에서 보냈다. 그녀는 보다 수수한 환경에서 더 많은 행복을 맛보았다. 그녀는 곧 그들이 몸에 지니고 다니는 녹음기에 익숙해지게 되었다. 그녀는 그 녹음기를 겉치레라기보다는 하나의 필수품으로 간주했다.

에일린은 담배를 한대 피우고 싶었다.

"담배 피워도 괜찮겠죠, 아치?"

"우리는 친구간이 아닙니까?"

이 말에 에일린은 대답을 하지 않았다. 그리고 아치는 필요한 사람에게 손쉽게 전해주게끔 마련해둔 재떨이를 가져다주었다.

노라가 부엌에서 콩을 떨어뜨렸다. 모두가 들었다. 그러나 아치는 노라가 방 밖으로 나가고 없는 사이이면 늘 그랬듯이, 점에게 투자정보를 부탁했다. 노라는 평소 증권거래소는 부도덕하다는 생각을 갖고 있었다.

그 때 노라가 조그맣고 회색빛이 도는 콩을 담은 접시를 가져왔다.

"고 것 참, 깜찍하네!"

점이 말했다. 그는 통통하고 다소 반지르한 입술을 작고 둥근 음 $_{\mathbb{B}}$ 을 가장 인상적으로 발음하기 좋은 모양으로 만들었다.

노라는 당황하지 않았다. 그녀는 외국어를 주워섬기는 점의 용기에 시기심을 느꼈다. 그녀도 이탈리아어를 배우기는 했으나, 공적인 장소에서 감히 써먹으려고 한 적은 없었다.

"크레프 수제트는 먹을 만합니까!"

노라는 사과라도 하는 듯이 말했다.

"좋구 말구."

에일린이 미소를 지었다.

그녀는 호랑이라도 삼킬 것이다. 그러나 근본적으로 그녀는 지독히도 우울했다.

노라가 크레프 수제트를 화제에 올리는 속셈은 뭘까? 그것은 너무 조그마하고 단순한 터키석 반지가 끼워 있는 그 길고 떨리는 두 손이었다. 하이얀 손이 불빛 아래 가볍게 떨렸다. 맥켄지 부부는 그들이 약혼했을 시절에 이미 귀금속에 가까운 가스등을 벽에 달았다.

"새 관찰하는 것은 이제 어떤지?"

짐은 억지로라도 말해야 했으나, 결국은 포도주를 마셨다.

아치 맥켄지는 의자에 몸을 더욱 깊숙이 하고 지극히 편안한 자세를 갖추었다.

"새 테이프라도 갖추었나."

그가 말했다.

"우리 다음에 한번 들어보세. 일요일에는 쿠라종에 가서 방울새를 잡았지. 내 금조琴鳥의 울음소리도 들려주지. 요 놈은 월슨산에서 잡았지."

"금조의 울음소리는 지난번에 듣지 않았나요?"

에일린이 물었다.

"그랬죠."

아치가 말했다. 신중하게.

"하지만, 다시 듣고 싶지 않으세요? 금조란 조류애호가나 수집하는 새니까요."

노라는 라운지에 가서 커피를 마시는 것이 더 좋겠다고 말했다.

그 때 아치가 녹음기를 가져와 앤 여왕 시대의 호두나무 껍질로 만든 탁자 위에 올려놓았다. 녹음기는 확실히 인상적인 기계였다.

"금조를 틀어드리죠."

"걸작인 모양이지요? 우리가 그 것을 간직해야 된다고 생각하지 않으세요?"

"그는 금조의 울음소리라면 사족을 못 쓴다구."

노라는 거의 득의만만해졌다. 그녀는 커피잔을 든 채 앉아서, 가볍게 웃었다. 그녀가 아치와의 사이에서 갖지 못한 아이들이 들어오고 있었다.

"맛있는 커핀데."

에일린이 말했다.

그녀는 담배를 필터 있는 데까지 피웠다. 그녀는 결코 따분한 것같아 보이지는 않았다.

녹음기가 콧소리를 내기 시작했다. 잡음이 의외로 많았다. 숲 속인 모양이었다. 그래, 맞다. 숲 속.

"아무튼 당신네들의 끈기도 알아줘야 해요."

에일린 휠러는 아무 말이라도 해야 했다.

"쉬이!"

아치 맥켄지는 얼굴을 찡그렸다. 그는 앞쪽의 의자로 나가 앉았다.

"여기 쯤에서 소리가 나와요."

그의 얼굴은 으슥한 불빛을 받아 비장해 보였다.

"들리죠?"

그가 속삭였다.

그의 손은 도와주고 있었다. 아니, 위엄이 있었다.

"아주 대단한데요."

에일린은 되풀이해서 말했다.

점은 싱구미에게 ICI(영국 최대의 화공업체)의 주식 인수 증서를 주도록 하겠다고 한 약속일자가 이틀밖에 남지 않았다는 것을 기억해내고 섬뜩해 했다.

노라는 자기의 빈 찻잔을 바라보며 앉아 있었다. 에일린은 그녀를 사랑스레 바라보며, 노라는 더 아름다워질 수 있었는데, 하고 생각했다. 그리고 유흥장에서 한두 번 옷을 벗었던 자기가 늙었다는 생각이 갑자기 들었다. 노라는 그 사실을 모르고 있다.

숲 속 깊숙한 곳의 어딘가에서 노라가 이제 막 네 시가 되었다고 소리치고 있었다. 그러나 그녀는 보온병을 꾸려넣는 것을 잊었다.

녹음기는 쿵쿵거렸다.

아치 맥켄지는 귀를 기울이고 있었다. 그러면서 그는 자기 콧수염을 물어뜯고 있었다.

"곧 다른 소절이 들릴 거예요."

그는 찡그렸다.

"여보."

노라가 속삭였다.

"금조를 다 들은 후엔 부엌으로 가서 밸브를 갈아요. 커피를 준비할 때 나가버렸잖아요."

아치 맥켄지는 더욱 찡그렸다. 노라까지도 그를 실망시키고 있었다.

그러나 그녀는 눈치채지 못했다. 그녀는 그토록 사랑하고 있었다. 감상적인 것이 아니었더라면 그것은 또한 퍽 우스꽝스러웠을 것이다. 에일린 휠러— 때때로 지적知的이기도 한 그녀는 결심했다. 그녀도 역시 지겨워졌다. 담요처럼 깔려 있는 것은 노라의 크래프 수제트였다.

"한두 군데 거친 곳이 있다고 생각할 거예요."

테이프가 끝나자 앞으로 나오면서 아치가 말했다.

"잘라야죠."

에일린도, "조금만 손질하면 되겠어요" 하고 동의했다.

"하지만 그대로가 더 자연스러울 거예요, 아마."

나는 이런 사람, 매저키스트인가, 하고 그녀는 자문했다.

"부엌의 밸브는 어떻게 되었어요?"

노라가 재촉했다. 아주 부드럽게.

그녀의 머리칼은 흰 뺨을 타고 늘어뜨려져 단정치 못한 채 흩어져 있었다.

"내가 어딜 가면, 그 때 방울새를 주지."

점의 목에서 끄르륵 소리가 나기 시작했다. 그는 일어서는 것과 동시에 재빨리 자기 잔을 집어들었다.

"나도 방울새를 기억하고 있지."

그가 말했다.

"이 새들이 아니지. 이 번 것은 새로운 방울새거든. 아주 최근의, 가장 좋은 방울새들이야."

아치는 테이프를 틀기 시작했다. 그러고는 마치 방울새들에게 자기의 말을 증명해주라고나 하는 듯, 방 밖으로 걸어나갔다.

"우리가 가장 좋아하는 녹음 중의 하나예요."

노라가 다짐했다.

그들은 모두 귀를 기울이고 있거나, 아니면 듣는 척하고 있었다.

노라가 "아니, 아니."(일어선다)— "나는 정말 믿어요."(거의 숨을 할딱거린다)— "방울새 테이프야."(몸을 떤다)— "손상되었나봐요." 말을 이어갔을 때 잡음은 더욱 심했다.

"아치는 퍽 심란해 할 거야."

그녀는 끔찍한 기계를 꺼버렸다. 그와 같이 무기력한 사람으로서는 놀랄 만한 동작으로. 잠시 동안, 노라가 그 손상된 테이프를 자기 가슴에 숨기려고 하는 듯하다고 에일린은 생각했다. 그러나 그녀는 그 것이 차라리 더 좋다고 생각했고, 그래서 그것을 조그마한 테이블의 여백에

다 치워놓았다.

"아마 기계가 고장난 모양이죠."

점이 자기 생각을 말했다.

"아, 아녜요."

노라가 말했다.

"테이프가 고장인 줄 난 알아요. 다른 것을 준비해야겠어요."

"난 이해를 못하겠어, 노라. 어떻게 기계조작에 관심을 갖게 되었는 지."

에일린은 빙긋 웃었다.

"마음만 단단히 먹으면……."

노라가 대답했다. 집중을 하느라고 그녀의 머리가 다소 숙여졌다.

"완전한 것을 원한다면……."

그녀는 새 테이프를 걸었다.

"정말, 우리는 새들을 좋아하지. 일요일을 숲 속에서 함께 보내."

녹음기는 다시 콧소리와 잡음을 내었다. 노라는 주문呪文이라도 외우 는 듯 고개를 쳐들었다.

새의 노랫소리 두세 소절은 놀랍게도 선명하고 맑은 데다 잡음도 없 이, 베이지색 톤의 실내에 울려퍼졌다.

"이것은" 하고 노라가 말했다.

"전에 들어본 기억이 없다고 생각되는데."

하여간 그녀는 웃었고, 기억해내려고 애쓰며 귀를 기울였다.

"할미새야!"

노라가 말했다.

할미새는 녹음하기에 적합했다. 그 노랫소리는 구르는 듯했고 기뻐 날뛰는 듯했다.

"내가 어머니와 있는 동안 그가 녹음했나본데, 아치도 대단하군. 혼자서 야외작업을 나간 일요일이 몇 번 있었지?"

노라가 말했다. 노라는 주변상황이 좋지 않으면 그녀가 겪는 모든 것 때문에 가벼운 우울증에 빠지고 마는 여자였다.

문간에 아치가 나타났다. 피를 흘리고 있었다.

"밸브가 폭발해서 손을 다쳤어!"

"아니 여보, 여보."

노라가 소리쳤다.

휠러 부부는 둘다 얼을 빼앗겼다. 베이지색 벽에서 피가 흘러내리고 있었다.

할미새는 얼마나 의기양양하게 웃었던가.

노라 맥켄지는 문자 그대로 비틀거리며 남편에게 다가가서 차라리 자기가 그 모든 끔찍한 일을 모두 치르었으면 하고 생각했다.

"이리 와요, 아치."

그녀는 신음 비슷하게 말했다.

"곧 괜찮아지겠지."

노라는 숨쉬는 것이 힘들어 보였다.

그리고 그녀가 문을 닫자, 그 모습은 지워졌다. 카펫 너머에 남아 있는 핏방울 따위들이.

"돼지처럼 피를 흘리다니! 불쌍하게스리!"

점 휠러는 그렇게 말하고, 웃었다.

에일린이 덧붙였다.

"우리끼리 할미새 소리를 감상합시다."

아마 그러는 편이 더 나을 것이다. 휴식을 취할 수는 있다. 에일린은 녹음기를 틀었다. 속옷이 깨무는 듯이 그녀의 신경을 건드렸다.

할미새 소리가 다시 녹음기 속에서 흘러나왔다.

"내가 미쳤나? 저 끔찍한 새소리를 듣고 있다니!"

점이 물었다.

테이프에서. 누군가가 웃었을 때, 휠러 부부는 조용히 앉아 있었다.

"사분의 삼이나 되는 술잔을!" 잡음. "아치 맥켄지 씨, 당신은 참 멋쟁이예요!" 다시, 그 다소간 귀에 거슬리는 웃음.

"이런 제기랄."

점 필러는 말했다.

"하지만 미스 컬렌 목소리예요."

에일린이 말했다.

휠러 부부는 긴 낚싯줄을 따라가듯 할미새의 노랫소리 속으로 빠져들었다.

"그러나 너무 바위투성이이고, 또 너무 늦잖아요. 게다가 우리가 찾고 있는 것은 할미새이고." 미스 컬렌의 웃음이란 참. "달밤의 할미새군!"
아치는 너무 많은 새소리를 들어서 지쳤는지 주눅이 들어 그런지 새소
리의 갈피를 더욱 잡지 못했다. 계속해서 잡음이 들려왔다.

"…… 단추는 끌르라고 만들어놓은 게 아녜요……." 미스 컬렌이 일
러주었다. "아, 그만. 아치! 아치! 당신, 너무 난폭해요!"

이 모양으로 그 무자비한 기계는 실내를 점령하고 있었지. 나뭇가지
가 찌그러지는 소리, 고약한 개미냄새 속에 휠러 부부는 앉아 있었다.
팔뚝이 굵고 키가 훌쩍하며 날씬한 해리 애드워즈가 있었지, 그가 자기
를 헛간 뒤로 끌고 갔지, 하고 에일린은 기억을 더듬었다. 처음에는 그
짓을 미치도록 싫어했지. 미스 컬렌의 녹음된 웃음에서 명랑함이 싹 가
셔졌다. 삐꺽거리며, 삐꺽거리며. 지금까지 생활의 상당한 부분이 녹음
되었다. 시골의 무도회에서 느즈막하게 돌아오는 도중에, 에일린과 점
은 나무막대기와 돌무더기 사이에 넘어졌다. 그리고 소위 사랑이라는
짓을 했다. 그리고 으스레한 무렵 일어났을 때, 그들은 몸이 마비되고
부풀어오른 것을 간파했다.

테이프뿐이라면, 망할 놈의 스위치를 다루는 요령을 안다면…….

점 휠러는 아내를 쳐다보지 않기로 작정했다. 다소 죄의식을 느끼는
그에게 구덩이가 저절로 떠올랐다. 로커모티브 호텔의 그 여자, 썩은 쓰
레기 구덩이, 구덩이. 작은 강을 따라 내려와서, 덤불과 양들이 토해낸
덩어리 가운데, 햇볕이 아들의 피부를 태우는데, 그는 섹스의 서곡을 연
주했다. 혼자.

"이런 일 나쁠 건 없어요." 미스 컬렌이 단정했다. "보다 현실적이 되어야 할 시간이에요. 우리가 차에 돌아가는 길을 당신은 자신있게 찾을 수 있어요?"

시종 돌아가며, 지지직 소리를 냈다. 그러나 다시 고마운 할미새의 차례였다.

"이 사람들, 녹음기는 새까맣게 잊어먹은 게 아닐까요?"

"이런 제기! 테이프를 끄집어내지도 않았어?"

할미새 한 마리가 숨막힐 듯한 방안에서 우아하게 독창을 하고 있었다.

"걱정할 것 없어요."

노라가 말했다.

"그이도 이제 좀 진정했어요. 브랜디라도 한잔 하라고 내가 설득했지요."

그러나 노라는 외로운 할미새의 음악에 귀를 기울이고 있었다. 그녀는 귀를 기울이며 숲 속에 서 있었다. 그들이 달빛 속에서 간섭받지 않았을 때, 새의 노랫소리가 산중의 폭포처럼 쏟아지고 있었다.

"할미새 노래보다 더 순수한 건 없어요. 슈베르트를, 슈베르트의 몇 곡을 제외하면."

그녀는 말했다.

그녀는 그 생각이 떠올라 너무나 수줍으면서도 기뻤다.

그러나 휠러 부부는 그냥 앉아 있었다.

그리고 노라 맥켄지는 다시 무정한 달밤의 고무나무 사이에 홀로 서 있었다. 그녀는 자기의 외로움에 감사하기까지 했지만, 아치와 같이 있을 때조차도 아마 자기는 늘 외로움을 느꼈다고 생각했다.

"아, 여기 계셨군요!"

노라가 말했다.

아치였다. 그는 붕대를 동여맨 상처를 붙잡고 서 있었다. 다소 굳어 있었다. 군법회의라도 받으러 나온 사람 같았다.

"난, 할미새 소리가 무척 듣고 싶었어요."

노라가 얼굴을 아치쪽으로 돌리고, 소녀처럼 자기의 슬픔을 드러내며 말했다.

"언젠가는 당신이 내게 들려줘야 할 거예요, 당신이 시간이 있을 때. 그러면 우리는 정신을 집중시킬 수 있어요."

휠러 부부는 존재하지 않았는지도 모른다.

테이프는 이미 조용해졌다.

아치는 뭘 좀 마시는 게 낫겠다고 중얼거렸다.

점도 그것 참 좋은 생각이라고 맞장구쳤다.

"좋구 말구요."

에일린이 말했다.

클레이

클레이가 다섯 살 쯤이었을 때, 아이들은 그의 어머니가 뭣 때문에 클레이라고 이름을 지었는지 묻곤 했다. 그 자신도 그 이유를 몰랐다. 그러나 이상하다고는 생각하기 시작했다. 그는 사실 상당히 이상하게 생각했는데, 나무껍질을 벗기거나 꽃잎을 찢어 그 속의 신비를 캐내려고 할 때이면 특히 그런 생각이 들었다. 그 역시 어머니에게 물어보았으나, 대답을 듣지는 못했다. 그의 어머니는 자기 생각을 함부로 털어놓는 성질이 아니었기 때문이었다.

스케리트 부인은 이렇게 말했다.

"느네 아버지가 죽지 않았더라면 그는 아직 쓰레기를 치울 텐데. 허리를 굽히는 건 물론 창고일은 내게 너무 벅차구나, 숨이 막힐 정도로. 하지만 클레이, 너는 이 어미 말을 잘들어라. 아직 좀 기다려야 하겠지만 나이가 더 들고 튼튼해지면 어미 일을 도울 거라고 난 믿고 있다."

이렇게 되면, 클레이가 대답할 차례인 것이다. 그러나 뭐라고 말할 것인가?

스케리트 부인이 말했다.

"어떤 사람이 어떤 일을 해주는 것도 바라진 않아. 또 물론 내가 바라지 않는 것 중의 하나로는, 예컨대 내 두 다리가 멀쩡한 데도 단지 신사이면 당연히 해야 한다는 이유로 전차 찻간에서 벌떡 일어나서 내게 자리를 양보하는 것과 같은 것이지. 그리고 펄 부인을 예로 들어보아도 그 여자는 남편에게 뭘 기대하고, 또 그 남편은 당뇨병이니까 역시 뭘 기대한단 말야."

클레이는 어머니의 목소리를 들으며 집안에서 서성거리고 있었으며, 뇌문雷紋 장식에 구멍을 또 하나 내고 있었다. 뇌문 세공은 아버지의 취미였다. 집안 어디에나 뇌문 세공이 되어 있었다. 선반받이 같은 것에도 있었고, 테이블이나 현관에도 뇌문 세공을 한 레이스가 걸려 있었다. 꼿꼿했다. 가끔 그는 어머니의 목소리가 권태롭고 먼 곳을 바라보는 동안, 갈색의 뇌문 세공을 조각내어서 집 밑에 감추곤 했다. 마침내 집 밑에는 뇌문 세공이 가득하게 되었다.

혹은 정원의 테라스 근처에서 서성거렸는데, 그 곳에는 시든 상추가 널려 있었고 발 밑에서는 화분 깨어진 것들이 서걱거렸다. 검고 질긴 식물의 줄기가 다리에 휘감겼으며 폐부에까지 아스파라거스의 질식시키는 듯한 냄새가 가득 찼다. 그는 갈매기의 똥이 다닥다닥 붙어 있는 돌담의 냄새와 바다풀의 초록빛 냄새를 맡으며 항구까지 빈둥빈둥 내려가곤 했다. 집 그 자체가 오히려 항구쪽으로 많이 기울어져 있었으나, 무너지진 않았는데, 그것은 사내 몇 사람이 와서 떠받쳐놓았기 때문이었다. 아무튼, 집은 매달려 있었다.

그처럼 클레이는 빈둥거리며 돌아다녔다. 그리고 자주 사진에 눈길을 돌리곤 했다. 그의 어린 시절이 흡사 결혼식날 사진에 의해 못박혀 있는 듯했다. 사진에는 허벅지가 굵고 다소 빳빳한 아버지가 있었고(불치의 병자로 침대에 누워 있던 것이 기억나는 아빠 같지는 않았다) 영향력이 있는 스터치베리 씨도, 아다 아주머니도, 넬리 월슨(역시 죽었다)도 그리고 전쟁터에서 죽은 사람들도 있었다. 그러나 클레이의 마음을 가장 끈 사람은 뇌문세공이 있는 레이스가 달린 가구 앞에서 물러나기 시작한 모습의 자기 엄마였다. 그리고 그 신발. 그는 흰 색 신발에 완전히 매료되었다. 때때로 그 신발은 큼직한 보트가 되어 냉랭한 시간의 해안으로부터 상상의 바다로 떠내려가면서, 그가 갖는 거의 투명한 생각의 뱃짐을 흔들곤 했다.

한번은 스케리트 부인이 방 안으로 들어와서 그가 사진을 보는 것을 목격했으나, 클레이가 사진 속 그녀를 바라보고 있다는 것을 정확히 눈치채지는 못했다.

"애야, 모든 것은 결국 슬프단다."

그녀가 말했다. 그녀는 가끔 반은 울음 섞인 목소리로 말했으며, 그럴 때면 무척 긴 회색의 노끈처럼 보였고, 바람이라도 부는 날에는 너덜너덜 해진 행주 같았다.

그녀가 사진을 보고 있는 클레이를 발견하는 날이면, 그의 목은 부풀어올라서 묻곤 했다.

"왜 내 이름은 클레이야, 엄마?"

클레이는 감히 묻지 않을 수 없었다. 왜냐하면 그 때 그는 일곱 살이었는데, 아이들은 전보다 더 극성스럽게 물었고, 또 그를 때렸기 때문이었다. 그들은 실상 그가 자기들과 다르다는 사실에 겁을 먹고 있었다.

"왜 그러느냐 하면."

그녀가 말했다.

"가만 있자. 네 아빠는 스터치베리 씨의 이름을 따서 '퍼시발'이라고 하고 싶어 했지. 하지만 난 내키지 않아서 당신이 할 수 없는 일이 많이 있는 거예요 하고 말했지. 하지만 정히 이름을 짓겠다면 당신 마음대로 짓구려라고 해주었어. 그리고 내가 당신이 모르는 여자나 어떤 사람을 찾을 수 있다면 도자기 만드는 것을 해보고 싶다고 말했지. 내가 예술적인지는 모르지만 결국 해보지는 못했어. 시간은 늘 그렇게 많지 않기 때문이지. 사람들이란 얘길 들어야 되고, 아빠는 고치지 못할 병에 걸렸고, 그래서 난 생각만 하고 또 생각하는 것으로 할 수만은 없고 해서…… 그래서 네가 클레이라고 불리게 되었다고 난 믿는다."

이렇게 횡설수설을 늘어놓고서 그녀는 습기가 가득 차서 항상 진동하는 고사리 더미에 찻잔을 비우려고 뒤란으로 가버렸다.

따라서 아이들은 계속 클레이를 때리며 왜 이름을 그렇게 붙였느냐고 물었지만, 그는 그들에게 그 까닭을 말할 수 없었다. 왜냐하면 그걸 어떻게 달리 말할 수가 없었기 때문이었다.

상황이 아주 나빠질 때도 여러 번 있었는데, 한 번은 낡아서 내버린 여자구두를 들고 그들이 그를 쫓아온 일도 있었다. 그는 전속력으로 달아났으나, 결국 붙잡혔다. 그들은 플랜트 거리 모퉁이에서 그를 붙잡았는데, 그가 태어나고 자란 곳이 바로 그 곳이었으므로 그들이 들고 쫓아온 헌 구두 뒤축은 영원히 그의 마음에 자리잡았다.

그 후 기울어진 집의 뜰에 혼자 들어갔다가 넘어져 있는 상추와 아스파라거스 사이에서 길을 잃었을 때, 그는 그 곳이 자기가 태어난 곳과는 다소 달랐기 때문에 울어버렸다. 그러나 마침내는 바싹 마른 눈과 코를 두 손으로 문질렀다. 마치 뾰족한 물건의 세계가 꿈 많은 새색시의 신발의 세계와는 공존하지 않는 것처럼, 항구쪽에서 푸른 빛으로 무척 평화스럽게 불빛이 떠올랐다.

그러나 그는 떠나지 않았다. 조금 지체했다. 갈비뼈의 아픔이 아직 진정되지 않았다.

한 번은 클레이가 꿈을 꾸면서 부엌으로 내려갔다. 그는 꿈을 자기 혼자만 간직하고 싶었다. 그러나 벌써 너무 늦었다. 그는 인기척을 들었고, 꿈얘기를 자기 엄마에게 하고 있었다. 그의 입은 딱딱하게 얼어 있었지만, 그는 계속해서 얘기했다.

"이 꿈에선."

그가 말했다.

"계단이 아래로만 죽 나 있어요."

그의 엄마는 프라이팬에 자꾸 달라붙는 햄조각을 이리저리 밀어붙이고 있었다.

"바다 아래로."

클레이가 말했다.

"무척 아름다웠어요."

그는 미안한 느낌이 들었지만, 달리 어떻게 할 수가 없었다.

"모든 게 늘어졌어요. 머리칼이나 그밖의 것들도. 그리고 바다풀도. 매듭진 것들도. 또 상추 같은 것들도요. 엄마, 어떤 고기는 턱수염도 다 길렀고, 또 개들처럼 막 짖기도 했어요."

그의 엄마는 구운 빵을 한 쪽에 있는 접시에 올려놓았는데, 조그마한 것들은 벌써 굳어지고 있었다.

"그리고 조개도 있었어, 엄마."

그가 말했다.

"내가 줄곧 내려가니까 온통 거품도 나고 메아리도 울렸어요. 기분이 아주 좋았죠. 퍽 부드러웠어요. 힘이 하나도 들지 않았죠. 그저 둥둥 떠다녔어요. 아래쪽으로."

그는 어머니의 등을, 어머니의 등이 떨기 시작한 것을 볼 수 있었으며, 자기가 이야기를 할 때 무슨 일이 일어날까봐 겁이 더럭 났다. 그렇지만 그것은 피할 수가 없었고. 그의 엄마는 프라이팬에 놓인 햄을 계속 찌르고 있었다.

"내가 밑바닥에 내려가자……."

그가 말을 이었다.

"계단이 끝났어요. 그리고 모래와 깨진 병들 너머로 바다가 얼마나 멀리 뻗어 있는가는 엄마도 보았을 거예요. 모든 게 은빛이었어요. 많이는 기억나지 않아요. 내가 본 것 말고는, 엄마."

"뭐라고?"

"구름 말예요, 엄마."

"……."

"죽은 듯이 움직이지 않았어요."

그 때 스케리트 부인은 몸을 확 돌렸다. 그녀의 눈초리는 섬뜩한 것이었다. 그녀가 입을 열었다. 그러나 처음에는 아무 것도 발음되지 않은 채, 클레이 뒤쪽의 조그마한 물건을 바라보았다. 얼굴을 치켜들었다. 그 물건이 매우 빨리 움직이기 시작했을 때, 갑자기 그녀는 울기 시작했다. 불안을 털어놓기 시작했다.

"넌 내게 무슨 짓을 하려고 그러니."

그녀는 축축한 잿빛 도너츠를 반죽하듯이 뺨을 주먹으로 치며 외쳤다.

"세상에 무슨 일이 있어도 괴짜를 낳으리란 생각은 꿈에도 하지 않았다!"

그러나 클레이는 서 있기만 했으며, 그녀의 위협적인 목소리를 듣고 있을 수밖에 없었다. 마치 어떤 사람이 막대기를 들고 그의 둘레에 원을 그린 듯했다. 그를 중심으로 아무 것도 그에 속한 것은 없었다.

햄은 프라이팬에서 타고 있었다.

　스케리트 부인은 심사숙고를 한 후, 오드콜론(독일 쾰른 원산의 향수)을 조금 바르고 나서, 그를 맥길리브레이 씨의 집으로 데리고 갔다. 토요일 오전이었지만, 그 때로서는 늦은 편이었다. 도중 내내 클레이는 그녀의 숨소리와 가끔은 그녀의 코르셋이 내는 소리에 귀를 기울였다. 맥길리브레이 씨는 벌써 문을 닫고 있었다. 그러나 스케리트 부인의 어린 아이는 봐주겠다고 응락했다.

　"맥길리브레이 씨, 아주 짧게 해주세요, 제발."

　스케리트 부인이 말했다.

　이발사가 가위를 들고 자르기 시작했을 때 클레이는 그의 등 뒤, 임금님의 천연색 그림 밑에 앉아 있는 자기 어머니의 숨소리를 들을 수 있었다.

　맥길리브레이 씨는 언제나와 같이 자기 일을 잘하고 있었으며, 스케리트 부인이 목이 메는 소리를 냈을 때, 작은 곱슬머리털을 매만지기 시작했다.

　"그건 짧은 게 아녜요, 맥길리브레이 씨. 내가 말한 건 그게 아녜요. 아 아니, 너무 복잡해서 설명하기가 어렵군요. 하지만 난 열네 살 때 학교를 그만뒀답니다."

　맥길리브레이 씨는 웃으며 말했다.

　" '짧다' 는 것은 '깎다' 는 것이 아닙니다!"

　"상관없어요."

　그녀가 말했다.

클레이는 거울을 쳐다볼 수밖에 없었다. 그리고 입을 오무려 그의 두 볼을 빨아들였다.

"내 말은, 내 말뜻은 짧다는 것이에요."

스케리트 부인이 다짐하듯 말했다.

"나는 요점을 놓치는 사람은 아니에요."

맥길리브레이 씨는 친절한 사람이었다. 그러나 그 역시 숨을 거칠게 쉬기 시작했으며, 바리캉을 집어들고는 머리에 길을 내며 깎았다. 그는 깎고 또 깎았다. 새로운 클레이가 탄생할 때까지.

"마음에 드세요?"

맥길리브레이 씨가 물었다.

"고맙습니다."

그녀가 말했다. 퍽 유순했다.

그러고 나서, 그들은 집으로 돌아갔다. 그들은 아스팔트 길 위를 저벅 저벅 걸어갔다. 그들은 둘다 그처럼 걷는 데 힘이 들었다.

그들이 언덕을 내려가다가 모퉁이를 돌려고 했을 때, 우유장수의 마 차가 튀어나오자, 스케리트 부인이 말했다.

"이것 보라구. 클레이야, 사람은 때때로 우리가 알고 사랑하는 것을 지키기 위하여 일을 서두를 때가 있단다. 나는 이 일을 달리 할 수는 없 었다. 너를 너 자신으로부터 보호할 수 없다면 너는 그 때문에 사랑에 시 달릴 것이다. 만일 네가 이상한 소리를 시작한다면 그것은 달리 가치가 없고 어떤 사람도 그들과 다른 사람과 틀린 것을 가지고 있지 않다면 다르지 않을 것이다."

클레이는 자기의 가시 같은 머리를 만져보았다.

"이건 기억해둬라."

그녀가 말했다.

"너의 엄마가 너를 사랑하기 때문이라는 것을."

그러나 클레이는 이제 사랑을 믿을 수 없었으며, 아이들은 그를 전보다 더 지독하게 때렸다. 왜냐하면, 클레이의 깎아버린 머리모양이 자기들과는 더욱 다르고, 다른 사람으로 만들었기 때문이다.

"그게 무슨 꼴이니?"

아이들은 물었다. 그러고는 그의 짧게 깎은 머리를 쥐어박았다. "대머리 장군!" 하고 소리치고는 또 쥐어박았다.

실제로 클레이는 빈곤하게 성장했다. 그는 뼈마디도 굵었고 팔목도 굵었다. 그는 기다란 팔을 가지고 있었다. 그는 너무나 많은 식물들 속에서 생활하느라고 피부도 초록색이었다. 그는 키가 컸다. 그리고 그의 눈은 그늘이 넘쳐흘렀으나, 그 그늘은 가로등에 삼켜져버렸고, 기름은 바닷물에 떠 있었다.

"외롭냐? 클레이"

스케리트 부인이 물었다.

"아뇨."

그가 말했다.

"왜요?"

"나는 네가 외로우리라고 생각했고, 너는 밖에 나가서 네 나이 또래의 다른 어린 애들을 만나리라고 생각했다. 너는 예쁜 소녀들도 알아야 한다. 그렇지 않으면 정상이 아니다."

그러고 나서 턱을 끌어들이고는 기다렸다.

그러나 클레이는 자기의 가시 같은 머리를 만져보았다. 왜냐하면 맥길리브레이 씨의 이발소에 그 후로도 자주 갔기 때문이었다. 그가 변성기로 접어들었을 때, 아이들은 그를 더 이상 때리지 않았다. 그들도 그들 자신의 문제들이 있었기 때문이다. 여드름이 났고 뽀루지와 턱수염도 났다.

스케리트 부인은 때때로 낡은 베란다에 앉아서 고양이들이 자주 빠져 죽는 조그마한 항구를 내다보며 울곤 했다.

"얘, 클레이야" 하고 그녀는 말했다.

"나는 네 엄마다. 그리고 아빠도 가버렸으므로 난 이중의 책임이 있다. 스타치베리 씨에게 부탁할 것이지만 전적으로 의지할 수는 없다. 넌 너 자신이 뭘 하고 싶어하는지 아냐?"

클레이는 "아니오"라고 말했다.

"저런!" 하고 그녀는 어느 때보다도 깊은 한숨을 내쉬었다.

"내가 사랑하는 이 조용한 소년을 내가 어떻게 감당할까. 난 너를 알고 싶어."

사실 클레이는 자기가 무엇을 사랑하는지 알지 못했다. 그는 그것이 자기 어머니라고 생각해보기도 했지만, 아빠일 수도 있었다. 그래서 그는 기억해내려고 애쓰곤 했다. 그러나 그것은 차디 찬 노란 색 피부였으며, 환자가 덮는 시트의 냄새일 뿐이었다. 불치의 병으로 누워 있는 아버지에게 접근하려고 그가 애썼을 때, 그의 가슴은 몸 속의 종각으로부터 굴러 떨어졌다.

저녁때였는데 한 번은 그의 어머니가 그의 머리를 앞치마에 꼭 감쌌다. 그러느라고 그 여자는 자기 손을 찔렀음에 틀림이 없었다.

"너는 내 아들이 아냐" 하고 소리쳤다.

"내 아들이라면 넌 달리 행동할 거다."

그러나 그는 달리 행동하고 싶어하지를 않았다. 아무튼, 그 나이에 때때로 그는 자라나느라고 너무 현기증이 났다.

"어떻게요?"

그의 목소리는 투덜댔다.

그러나 그녀는 설명하지 않았다. 그녀는 긴 몸을 훌쩍 돌렸다.

"그건 문제가 안돼" 하고 그녀가 말했다.

"누구나 의논할 수는 있으니까 나는 우리가 어떻게 무엇을 해야 하는가 알기 위해 스타치베리 씨에게 물어볼 참이다."

스타치베리 씨는 허브 스케리트의 평생의 친구였을 뿐만 아니라, 상당히 영향력이 있었다. 스타치베리 씨는 교육부의 높은 사람이라고 스케리트 부인은 믿고 있었다. 그러나 그녀는 일을 분명히 처리하지 않았는데, 그것은 자기가 그럴 필요가 전혀 없다고 생각했기 때문이었다.

그녀는 T자 형의 뼈가 붙은 스테이크를 사고는, 그 사람을 집으로 초대했다.

"클레이를 어떡하면 좋죠? 당신도 아시다시피 나는 과부이고 당신은 그애 아버지 친구였잖습니까."

그녀가 물었다.

스타치베리 씨는 그의 콧수염을 움츠리며 한 번 움찔 했다.

"글쎄요오. 두고 봅시다, 때가 올 때까지는" 하고 그가 말했다.

그러고 나서 그는 축축한 입술을 그렇게 연하지도 않은 스테이크의 노란 고기덩어리에 갖다 댔다.

때가 되었을 때, 스타치베리 씨는 간접세무국에 있는 친구 앞으로 보내는 편지를 생각해냈다.

아치에게

내 옛친구의 아들을 추천하네. 허브 스케리트는 다년간 시내 전차에서 일을 하다가 암으로 불행하게 죽었다네……

(물론, 편지를 뜯어보고, 클레이는 자기 어머니가 그에게 어떤 경우에도 결코 집안에서 사용하지 못하게 한 어휘를 발견하고 상당히 놀란다.)

…… 위에 말한 소년의 장래를 염려하는 것은 내 의무라네. 요컨대 그를 자네 밑에 두고 돌봐줄 수 있다면 대단히 고맙겠네. 나는 젊은 스케리트가 재주꾼이라고는 생각지 않지만, 예의바르고 평범한 청년

이라는 것을 믿고 있네. 아무튼 재주꾼이라고 모두 바람직한 건 아니지 않은가. 공무를 집행하는 데 있어서 말이네. 평생 펜을 놀리자면 끈기 있는 사람이어야 되는 게 아닌가. 이이상 더 부연하지는 않겠네. 경의를 표하면서 ……

스타치베리 씨가 편지를 타이프 치라고 부탁해둔 젊은 비서는 그의 방을 뜨지 않았다. 그의 상관이 불렀을 때, 그는 자기가 계획했던 아치볼드 부인에게 안부를 묻는 구절을 덧붙이는 것을 잊어버렸다. 영향력이 있는 사람들까지도 그들이 딛고 있는 땅, 등잔 밑을 염두에 두어야만 한다.

그러나 클레이 스케리트는 간접세무국에 근무하게 되었다. 아치볼드 씨는 스타치베리 씨가 부탁한 청을 거절할 사람이 아니었기 때문이다. 그래서 클레이는 아침마다 어머니가 골라준 빳빳한 검정옷을 입고 나룻배를 탔다. 그의 길고 가는 손가락은 서류를 다룰 줄 알게 되었다. 그는 서류를 이 상자에서 저 상자로 날랐다. 곧 그는 똑같은 서류를 세 통으로 만드는 데 익숙해지게 되었다.

클레이 스케리트는 불평하지 않았으나, 무시당하면 무척 기분이 나빴다. 왜냐하면 그는 서류상자 사이에 앉아 있는 신사들을 위시해서 손톱을 그토록 아름답게 기르는 간접세무국의 젊은 아가씨들에 의해서 틀림없이 무시당했기 때문이었다. 그들은 자기 개인용 수건을 화장실까지 가지고 다녔으며, 개인적인 문제와 찻잔을 놓고도 낄낄대는 사람들이었다. 그들이 손아랫사람을 꼬집어 그들의 능청스러운 기분이나 여드름 또는 짧게 깎은 머리를 비웃을 때마다 스케리트는 그것을 쉽사리 의식하지 못했다. 왜 그래야 하는가? 그는 태어날 때부터 내면만 응시하는 눈을 가지고 있었다.

그 모든 것은 질서정연하지 않았지만, 그는 어머니로부터 힘을 얻기 시작했다.

"내가 가버리면……, 클레이야" 하고 그녀는 말했다. 싱크대 구멍이 막힌 날 저녁이었다.

"넌 네 어미가 얼마나 귀찮은 사람이었는가 기억할 것이다. 그러나 네 어미가 혼자 싱크대에서 접시를 닦는 것을 생각할 것이다. 왜냐하면 내 마음이 너와 달리 너와 함께하고 있기 때문이다. 너에 대한 관심 때문에 늘 어떤 젊은 아가씨에 의해 네 어미가 했던 것처럼 간섭받을 것이다. 그러나 나는 시간이 무시돼선 안된다고 충고할 따름이지, 강제로 그렇게 하라는 건 아니다."

그러나 잿빛 바다 위로 바람이 검게 부는 날이면 스케리트 부인은 아스파라거스 나무 쪽을 내다보며 말하곤 했다.

"어떤 젊은 여자가 바느질도 썩 잘 하고 손재주가 있어서 과자도 맛있게 만들고……. 그러면 넌 너의 가여운 어미도 잊겠지. 사람의 일이란 늘 그렇게 되는 거니까."

그녀의 아들은 믿어서는 안되는 것을 무시하게끔 되었다. 그는 결혼하는 사람을 바라보곤 했다. 그 모습은 자기 혼자만이 중매인이 될 수밖에 없다는 진실을 말하고 있는 듯했다. 멀리서 그가 골라줄 것을 기대하며 여전히 내놓아져 있는 크고 흰 구두처럼.

아무튼 그의 어머니는 현실이 소멸하는 것을 축복하기 위해 계속 실수를 저지르고 있었다. 그녀가 어느날 그를 불렀는데, 그녀의 목소리는 그를 둘러싸고 있는 물체들의 가운데로 끼어들었다.

"내 회색 옷을 네거리에 있는 드라이클리닝 집에 갖다줘라. 토마토 소스는 뚱뚱한 사람에겐 치명적이란다."

클레이는 시키는 대로 행동했다. 즉, 그는 길을 따라 전차를 타고 그저 움직였을 뿐이었다. 아주 쾌청한 날씨였다. 맑은 쇳소리가 들려왔다. 벽돌집은 이제 은밀해 보이지 않았으며, 생활을 드러낸 채 열려 있었다. 창문에서 부인 한 사람이 자기 겨드랑이를 바라보고 있었다. 그것을 보자 클레이는 웃었다.

세탁소에서 아가씨가 젊은 처녀와 이야기를 끝내고 있었다. 그 아가씨는 담배연기를 내뿜으면서 말했다.

"너에게 그걸 맡기겠어? 마지. 나는 집으로 쫓아가서 신발을 벗어 던질 테야. 다리가 지독하게 아프단 말야."

그 때 종이 울렸다.

클레이는 여전히 웃고 있었다.

젊은 처녀는 세탁하는 냄새를 맡으면서 빳빳한 갈색종이를 내려다보고 있었다. 다름아닌 그녀가 세탁을 한 듯이 피부에는 핏기가 없었으며, 땀구멍이 숭숭 나 있었다.

손님이 계속해서 웃자 그녀는, "무슨 일이죠?" 하고 물었다. 그녀는 무척 맥이 빠졌으나 친절하게 말했다.

"아무 일도 아녜요."

그러고는 "당신은 우리 어머니와 닮았다고 생각되는군요" 하고 덧붙였다.

어느 의미에서 보면, 그것은 참말이 아니었다. 왜냐하면 그 아가씨는 맥이 없이 조용하고 파리한 반면, 그의 어머니는 토실토실하고 수다스럽고 탁한 잿빛 목소리를 갖고 있었기 때문이다. 그러나 클레이는 그렇게밖에 말할 수 없었다.

그 아가씨는 대답하지 않았다. 그녀는 마치 그의 말이 도를 지나치기라도 한 것처럼 내려다보았다. 그러고 나서 그녀는 옷을 받아들고 도마토 소스의 반점을 조사했다.

"내일까지 되겠어."

그녀가 말했다.

"당치도 않아요!"

"뭐가 어째서? 우린 주문 하루 만에 찾아갈 수 있게 일해."

그녀가 대답했다.

그러나 그녀의 목소리는 맥빠지고 멍청하게 들렸다.

클레이는 이유를 알 수 없었으나 이렇게 물었다.

"당신 마음 속엔 뭔가 딴 생각이 들어 있군."

"싱크대가 어제 저녁에 막혔을 뿐이야."

그녀가 말했다. 그 말소리는 무척 침울했으며 깊은, 영원히 변하지 않을 듯한 표정으로 쳐다보고 있었다. 그러자 그는 즉시 자기의 생각이 맞았음을, 즉 세탁소의 아가씨는 자기 어머니와 어딘지 모르게 닮았다는 것을 알았다. 그것은 다름이 아니라, 영원함의 핵심이었다. 그러자 클레이는 흥분되었다. 왜냐하면 그는 덧없음을 믿지 않았기 때문이었다. 그는 어머니가 그것을 믿도록 설득하려고 애썼을 때에도, 흙더미가 관棺 위로 굴러 떨어지는 것을 바라보는 그 때까지도 믿지 않았다. 적어도 그가 그인 동안에는.

따라서 그는, "내일" 하고 말했다. 그 소리는 너무나 단호해서 거의 오늘까지인 것같이 들렸다.

클레이는 자기 엄마에게 익숙해졌듯이, 마지에게 익숙해졌다. 거기에는 단지 정도의 차이가 있을 뿐이었다. 그들은 함께 손을 잡고 흔들면서, 몇몇 공원의 죽은 잔디 위를 걷기도 하고, 우리 속의 동물들을 쳐다보기도 했다. 그들은 이미 함께 살고 있었다. 즉, 그들의 침묵은 뒤섞여졌다. 두 사람 모두 다소 끈적한 손바닥을 가지고 있었다. 그리고 마지가 대답할 필요가 없다고 말할 때(맥이 상당히 빠져 있었다) 그녀의 말은 섬유판의 음색을 띠었다.

마지는 "내가 집을 가지게 되면, 목요일마다 라운지에 나가 있을 거야. 내 말은, 모든 것에는 시간과 장소가 있다는 뜻이지. 물론 침실도 있어야겠구" 하고 말했다. 그녀는 "난 일이 멋지게 되는 걸 좋아해" 하고 말했으며, 또 "결혼은 엄숙해야만 하지"라고도 말했다.

얼마나 엄숙하고 신중한가, 하고 클레이는 생각하기 시작했다. 그는 자기 엄마에게 전혀 귀띔하지 않았던 것이다.

그가 마침내 얘기했을 때, 그녀는 자루에 사도의 상이 있는 은수저들을 한참이나 들고 있다가 그 중 하나를 떨어뜨렸으며, 자기 스스로가 어떤 치료행위를 할 필요가 있다고 생각한 그는 어머니가 손수 그 은수저를 집도록 내버려두었다.

"참 기쁘구나, 클레이야" 하고 그녀는 다소 상기된 채 말했다. 잠시 후 그녀는 덧붙여 말했다.

"그 멋진 아가씨를 보고 싶어 죽겠구나. 뭔가 마련을 해야겠는데 젊은 부부가 시어머니와 함께 잘 지내지 말란 법은 없다는 점에 우리 생각이 맞기도 해야겠구. 집이 큼직하면 집이 작기 때문에 생기는 마찰은 훨씬 덜하겠지."

스케리트 부인은 늘 자기가 합리적이라고 믿어왔다.

"그런데 마지는 엄마와, 너무나 흡사해요."

"뭐라구?"

그는 자기에게 무엇이 필요한가를 늘 설명할 수가 없었다. 그가 해야만 했던 것은 하나의 연속적인 일이었기 때문이었다. 그는 자기가 했던 것을 여전히 설명할 수가 없었다. 왜냐하면 그는 아직까지는 알 수가 없었기 때문이었다.

스케리트 부인이 할 수 있었던 말은, "우리가 빨리 보면 빨리 볼수록 더 잘 알 수 있을 것이다"라는 것뿐이었다.

그래서 클레이는 마지를 데려왔다. 그들의 손은 그날 더욱 끈적했다. 나무들은 큼직했으며, 바다쪽으로 툭 불거져나온 집에 거무스름한 색조를 던지고 있었다.

스케리트 부인은 문밖을 내다보았다.

"오는구나. 난 아직, 아직 준비가 안돼 있는데."

그녀가 말했다.

클레이는 마지에게 최소한 그 날만이라도 집에 가 있으라고, 그러면 그녀를 부르러 사람을 보내겠다고 말한 후, 어머니를 안으로 데리고 들어갔다.

스케리트 부인은 마지를 또 다시 만나지 못했다. 거울 속에서밖에는. 거울 속에서 그녀는 세상에 영원과 같은 것은 없다는 것을, 섬뜩한 충격을 느끼며 보았다.

그 바로 직후, 어머니는 그 어떤 것으로 인해 죽었다. 사람들은 그 어떤 것이 심장이라고 말했다.

그리고 클레이는 자기가 나고 자란 집으로 마지를 데려와 살았다. 마지가 말했듯이 결혼은 엄숙해야 했기 때문에, 그들은 신혼여행을 떠나지 않았다. 엄마와 아빠가 쓰던 침대에 그들이 누웠을 때, 클레이는 자기가 어떻게 해야 하는지를 몰랐다. 그 야릇하고 우둘투둘한 곳에 몸을 푹 잠그고, 클레이와 마지는 서로의 말에 귀를 기울였다.

그러나 기분은 좋았다. 그는 계속해서 세무국에 나갔다. 한두 번, 그는 마지의 귓볼을 꼬집어주었다.

"무슨 버릇이지?" 하고 그녀가 물었다.

그는 계속 세무국에 나갔다. 그는 새장에 든 자바 참새를 사와서 그녀에게 주었다. 그것은 일종의 연시戀詩였다.

그것에 대해 마지는 이렇게 응답했다.

"참새가 자기 먹이를 온 방 안에 흐뜨려놓진 않을까. 하지만 우리는 늘 신문을 펴놓을 순 있지만."

그리고 그렇게 됐다.

클레이는 세무국에 갔다. 그는 자기 책상에 앉아 전보다 더 팔꿈치를 많이 놀렸는데 그것은 그의 중요성이 증가되었기 때문이었다.

"이 편질 가져가요, 미스 베나블."

그가 말했다.

"두 장밖에 안되잖아요. 다섯 장을 복사해야 하는데 가져가요" 하고 그는 말했다.

미스 베나블은 입을 삐죽 내밀었으나, 가져갔다. 다른 사람과 마찬가지로 그녀도 무엇인가 일어나기 시작했다고 여겼다. 그들은 스케리트 씨를 주시하며, 그것을 기다렸다.

그러나 마지, 그녀는 그들보다 덜 기다리고 있었다. 그녀는 시어머니가 치워버렸던 집안 가득한 뇌문세공을 받아들였고, 예를 들어 줄무늬가 진 더러운 냅킨도 받아들였다. 어떤 때는 마분지상자 속에 박제된 카나리아와 마주치기도 했다. 그녀는 아무 말도 하지 않고 받아들였다. 단 한번, 그녀는 받아들이지 못했다. 그러자 클레이는 물었다.

"사진을 어떻게 했지?"

"찬장 위에 있어."

그녀가 말했다.

그는 가서 어머니의 결혼식날 사진을 가져와 뇌문세공이 있는 테이블 위, 그것이 원래 있었던 자리에 꽂아놓았다. 그는 최소한 그녀가 왜 그 사진을 치웠는지 물어보지는 않았다. 그래서 그녀는 기뻤다. 왜냐하면 그녀는 뭐라고 대답해야 할지 몰랐기 때문이었다. 결코 알 수 없는 남편의 성질이 아무리 고약하더라도, 그보다는 자기 자신을 이해하지 못하는 것은 더욱 곤란하다.

그래서 마지는 양탄자 청소기를 집어들었다. 그녀는 침대 밑의 솜털이 기분 좋았다. 그녀는 리놀륨의 무늬가 좋았다. 그녀가 산, 아삭아삭하게 튀긴 감자를 넣어둔 상자도 좋았다. 너무나 야릇했다. 안 쪽으로 난 길 위에 비친 불빛조차도 딱딱해 보였다. 그래서 그녀는 양탄자 청소기의 소리에 귀를 기울였다.

그녀는 항상 클레이에게 어떤 일이 일어나고 있다고 깨달았다. 그 한 예로 그의 머리는 매일 길어지기 시작했다. 긴 머리다발은 그의 귀 뒤에 깃털처럼 곱슬져 있었다. 클레이가 아직은 머리를 반지르르하게 하는 데 익숙하지 않다고, 그녀는 생각했다. 그 전에는 그가 이발사에게 머릿기름을 발라달라고 할 때 양심에 찔렸을 것이라고, 그녀는 믿고 있다.

"귓볼까지 고르게 해주세요, 맥길리브레이 씨."

클레이는 이제 설명까지 하곤 했다.

지금은 늙어버린 맥길리브레이 씨는 무한히 친절해서, 언제나 말참견을 하지 않았다.

간접세무국에 있는 신사들 역시 그랬다. 그것은 훨씬 더 이상했다. 처음에는 낄낄대던 젊은 아가씨들까지도 그들이 이해하지 못하는 어떤 것에 대하여 몸서리쳤다.

스케리트 씨의 머리가 그의 어깨에까지 닿았을 때에야 아치볼드 씨는 그를 부르러 사람을 보냈다.

"스케리트, 그렇게까지 할 필요가 있나?"

그의 상관이 물었다. 개인 사무실을 보호하는 것이 또 하나의 일이었던 것이다.

"네에."

클레이가 대답했다.

그는 서서 바라보고 있었다.

그는 가도 좋게 되었다.

그의 아내인 마지는 놀랄 것이 아무 것도 없다고 단정했다. 그렇게 하는 것이 유일한 해결책이었다. 뇌문세공이 딱딱 소리를 내었을 때에도 그녀는 모르는 척하기로 했다. 벽에 걸어둔 바구니 속에서 고사리 대신 머리카락이 삐져나와도 그녀는 못 본 척했다. 그녀의 남편 앞에는 늘 맛있는 고기접시가 놓여졌다. 그곳에는 두 가지 생활이 있지 않은가?

어느날 저녁 클레이는 계단을 내려가 뜰로 나갔다. 그는 부모의 결혼 사진 앞에서 상당히 오래 서 있었다. 큰 신발 그리고 보트와 다리는 결코 조화롭지 않았다. 지나간 날을 회상하며, 그는 지금이 자기가 시와 소설을 쓰고, 또 구토를 하기 시작하는 시기라고 기억하는 듯했다. 그리고 그는 그 세 가지를 평생 간직했다.

마지는 그가 방문을 닫아건 저녁이 바로 그 날이었다고 분명히 알고 있었다.

"잠자리에 들지 않을 거예요, 클레이?"

그녀는 잠자리에 누워서 부르곤 했다.

때로, 그녀는 침대시트에 어둠이 내린 그 시간에도 자지 않고 움직이곤 했으며, 그럴 때면 바람으로 인해 알미늄 창틀이 달그락거리는 소리들이 무섭게 들리곤 했다. 그러면 마지는 입을 떼고서 이렇게 말하곤 했다.

"하지만 클레이, 아직 울지 않았다구요!"

그 때부터 그의 몸은 침대 위에 온기溫氣를 남길 만큼 오랫동안 침대에 머물러 있지 않는 듯했다. 하지만 그녀는 거의 불평할 수 없었다. 그는 1년에 딱 두 번, 크리스마스와 부활절에 그녀와 사랑의 행위를 했다. 그러나 때때로 부활절에 농업품평회가 겹치는 날이면 너무 피로하기 때문에 사랑의 행위를 생략하곤 했다.

이 모든 것은 실로 얼토당토 않다. 그에게 중요한 것은 종이뭉치였으며, 클레이는 문 뒤의 조그마한 방에서, 그 종이 위에 글을 썼다. 그녀가 그 방에 들어간 것은 곧 옛날일이 되어버리게끔 되었다. 마지 스케리트가 존경하게 된 것 중의 하나는 다른 사람의 프라이버시였다.

그처럼, 클레이는 글을 썼다. 처음 그는 그 일— 즉, 생명이 없는 것이 내포하는 신비로운 생명—에 탐닉했다. 애초의 몇 년 동안, 그는 다음과 같은 것에 몰두했다.

…… 테이블이 서 있다. 계속해서 서 있다. 테이블 다리는 그처럼 영원하다. 물론 당신은 도끼를 들고 그것을 휘둘러서 폴란드 사람들이 자주 하듯이 살점을 도려낼 수 있다. 그 때 비명이 들린다. 살인한다. 살인한다. 그러나 대개 아무도 방해하지 않는다. 지도, 나무 같은 바다의 꽁꽁 얼어붙은 파도 위의 여행, 어린 시절 나무이건 강철이건간에 보트가 없다. 생각해보면, 비단 같은 표면 어느 것도 A에서 B로 항해하지 않는다. 여행자의 마음 속과 다르게 그렇게 테이블은 서 있다. 전구 아래 정말 같지 않게 반응한다. 그렇지 않으면 폴란드사람 기질의 결심이나 자포자기에 대해……

어느날 밤 클레이는 이렇게 썼다.

나는 지금까지 화분을 관찰해본 적이 결코 없다. 화분의 구멍은 황홀하게 만든다. 조금 아래쪽에 푸른 이끼가 끼어 있고 속에 있는 것은 더 중요하다. 당신이 결심만 한다면 그 것을 채울 수가 있다. 만일 당신이 충분히 오랫동안 집중한다면……

이 때까지도, 그는 자기가 평생 동안 인간들에 의해 에워싸여 있었음에도 불구하고 그의 눈을 인간들에게 돌리지 않았다. 사실 그는 지금도 그의 눈을 인간들에게 돌리지 않았고, 무리하게 강요당하고 있었다. 로바는 그렇게 인간적이 아니었다. 아니, 처음에는 그렇지 않았다. 하나의 존재, 하나의 소유감이었다.

그날 밤, 클레이는 딸꾹질을 했다. 그는 너무나 흥분했다. 아니, 신경질적이었다. 그는 자기 아내 마지가 부르는 소리를 듣지 못했다. 너무 금속성으로 울려퍼졌기 때문이었다. 그녀의 창백한 목소리.

"클레이, 잠자리에 들지 않을 거예요?"

비교하여보건대 로바는 초록색이 감도는 노란 색 과일이었으며, 나무의 살갗이었다.

처음에 그는 로바, 로바, 로바 하고 쓰며, 철저히 시험해보았다.

그는 그 이름을 너무나 좋아해서, 그 때문에 스스로도 놀랐다. 전에는 그 이름이 떠오르지 않았다. 그는 앉은 채 그 이름을 그저 쓰고만 있었고, 로바는 점점 더 뚜렷해졌다.

…… 그녀의 조그마한 원추형의 유방은 때때로 기공氣孔 속에서 성숙하고 있었고 손을 능숙하게 놀림으로써 분리시킬 수 있었다. 바람이 부는 날이면 무척 붙잡기 어려운 과일이었고, 또 거울 속에 놓여 있는 신발들은……

처음에 로바는 거울 뒤로부터 나타나곤 했다. 그녀의 피부는 고사리 밑둥을 얼얼하게 하는 어렴풋한 온실의 습기를 머금고 있었다. 그녀의 두 눈은 만일 그가 알기만 했다면 그 자신에게 보충하여 스스로를 완전하게 했을 고사리빛 갈색이었다. 그러나 처음에 그는 서로 떠돌며 뒤얽히는 머리카락, 피부 위로 스치는 피부의 가벼운 떨림 등과 같은 제스처 이상의 것은 알 수가 없었다. 그녀는 이끼 낀 양탄자를 덮어씌운 돌층계참에 잠깐 동안 머뭇거리면서 돌계단을 오르내리곤 했다. 엄청나게 향기로운 나뭇잎들이 가끔 그녀를 체로 걸러 뿔뿔이 흩어지는 빛으로 만들었다. 그것을 어떻게 재조직하는가는 그 혼자만이 알았다. 정원의 후미진 곳에서 그들의 입술은 거의 맞닿곤 했으며, 그 곳에는 썩은 냄새가 있었고, 훨씬 전에 말라버린 액체형태의 비료가 있곤 했다. 그녀는 아직 실감할 수 없으리만큼 전혀 존재하지 않는 듯도 했다. 아니다. 그는 그녀를 만들곤 했다. 그러나 방해물이 있었다. 몸이 좋지 않았던 것이다.

마지가 말했다.

"내 손이 무척 갈라터졌어. 토드 씨의 충고를 들어봐야겠어요. 약제사와는 얘기를 나누며 즐길 수 있어. 의사들은 대부분 너무 바빠서 상대를 하지 않아 화만 나게 만들거든."

그리고 로바는 헤르페스(포진; 疱疹)에 걸렸다. 클레이는 처음에 그녀를 쳐다볼 수가 없었다. 그녀가 열다섯 종류의 알약을 돼지 주둥이처럼 삐죽한 입 안에 틀어넣으면서 자기의 조그만 테이블에 앉아 있었을 때, 로바는 여전히 웃곤 했으나, 슬퍼 보였다. 그러나 상처에는 곧 딱지가 앉았다. 그는 다가갈 수가 없었다. 게다가 숨조차 쉴 수 없었다.

여러 날 밤을 클레이는 한 자도 쓸 수가 없었다. 아니 정확히 말하자면, 그는 몇 날 밤을 다음과 같은 구절만 되풀이해서 썼다.

…… 하나의 메마름과 하나의 죽음 ……

만일 그가 귀를 기울였다면, 그가 들을 수 있는 것은 로바가 골고루 갖춘 알약을 와삭와삭 먹는 소리와 한 그루 다 말라빠진 대추야자나무가 으스대는 소리 그리고 마지가 침대에서 몸을 뒤척이는 소리뿐이었다.

그 때 그에게 기둥을 받친 집이 무너져 내려앉을지도 모른다는 생각이 떠올랐다. 집은 너무 썩었고 무척 건조했다. 그는 테이블 주위를 빨리 돌 수 없었으며, 찢어지기 쉬운 종이뭉치를 흐트렸다. 미끄러운 가죽 슬리퍼를 신었을 때처럼 그의 움직임은 다리와 어긋났다. 쓰러질 듯이 문까지 갔다.

사실은, 클레이는 가지 못했다. 왜냐하면 그는 지금 로바가 문을 잠근 것을 보았기 때문이다. 그러고 나서 그녀는 열쇠를 뒤로, 아래로, 가운데로 불쑥 내밀었다.

로바는 웃었다. 그리고 클레이는 서 있었다. 조그마한 파문이 그녀의 목에서 일어났다. 마치 그것이 차디 찬 열쇠인 것처럼. 그리고 그녀의 입, 축축한 입 밖으로 쏟아버렸다. 그는 어린 아이의 음부가 로바의 입처럼 보드랍다는 것을 알고 있었다.

그는 한번도 맛보지는 않았다. 그러나 꼭 맛보아야 한다고 생각했다. 그녀가 그에게 다가왔다.

"이 게으름뱅이야!"

로바가 말했다.

그러고 나서 그녀는 그의 무릎 위에 앉았으며, 그는 아무 일도 하지 않는 나머지 한 손으로 글을 썼다. 그 많은 백야白夜의 첫 날을.

마침내 나의 리비타ryvita는 벨비타velveeta로 변신했다. 인생은 이제 토스트를 올려놓는 그릇이 아니다.

"어머나! 교육받은 사람이란 저 모양이라니까! 정직하세요, 클레이. 한 손을 쉬지 않고 놀린다면 그 것만으로도, 글을 쓴다는 건 대만족임에 틀림없어요."

로바가 말했다.

그녀는 다시 웃었다. 그가 의혹에 사로잡혔을 때, 만일 그것이 자기 얼굴이 아니라면 모든 얼굴은 같은 표정을 갖지 않는가? 그는 그 것을 증명하기 위해 부모의 결혼식 사진을 즐겨 보았으나, 거기에는 어중되게 계단과 어두움이 있었다. 그가 들을 수 있는 것이라고는 마지가 뀌는 방귀소리뿐이었다. 마지는 아침식사때 분명히 이렇게 말했다.

"똑같아요. 생산자가 뭐라고 말하든, 그 건 물건을 팔기 위한 것일 뿐이에요."

그러나 로바는 이렇게 말했다.

"달라요, 클레이. 금귤이 영국에서 새로 온 입식자들과 다른 만큼이나. 당신은 필시, 그 무엇과도 달라요. 나는 당신의 천재가 만드는 크림을 핥아먹을 수 있어요."

그녀는 실제로 그의 무릎(원어는 핥아먹다와 같은 단어인 lap이다) 위에 옹크리고 앉아서, 고양이처럼 잠시 쳐다보았다. 그러나 여닫는 칼처럼 곧 열고 닫쳤다.

"난 당신을 먹을 거예요"하고, 그녀는 자기의 날카로운 이빨을 드러내며 말했다. 그 때 그는 그 것들이 엄마나 마지의 이빨처럼 넓고 틈이 있다고 생각했다.

그는 무서웠지만, 아무 것도 하지 않는 바른 손으로 다음과 같이 썼다.

　　　나는 나 자신의 것 말고는 어느 누구의 면도날도 믿지 않겠다.……

로바가 그 것을 건너다보았을 때.

"어서 말해요! 그게 바로 나예요!"

그녀가 말했다.

그는 자기가 써야 하는 것을 적어놓느라고, 잠시 동안 그녀에 대해 잊었다.

……짓뭉개진 홍당무 잎을 만지며 로바는 내 무릎 위에 앉았다. 그녀는 머리털을 지글지글 볶았다. 그렇다고 풀냄새가 덜 나지는 않았다. 나는 그녀를 모략중상하느니보다 차라리 더 이상 믿지 않겠다. 한밤이 지나면 자신의 생각조차 믿을 수 없다.……

"자기 손가락을 잘라내고 잘라내고 잘라냈어요. 하여간, 그건 ㅈ으로 시작해요."

로바가 말했다.

"저런, 저런, 저런, 저런, 로바!" 하고 ㅈ이 울기 시작했다.

"ㅌ은 언제 나오죠?" 그녀가 물었다.

"ㅌ은 태어나지 않았어. 그리고 분명히 태어나지 않을 거야. ㄱ으로 말하자면, ㄱ은 침대에서 자고 있지" 하고 그는 말했다.

"아니, ㄱ은 없어" 하고 그가 정정했다.

갑자기 그는 존재하고 싶었다.

그는 자기가 로바와 의견의 일치를 보고 있다는 것을 깨달았다. 즉, 그들을 잇는 끈이 끈적끈적한 의견일치로써 함께 붙잡고 있으나 우울이 넘쳐흐르고 있다는 것을 깨달았다. 그들은 서로 자기를 상대방에게 쏟아부었다.

그러고 나서, 클레이는 최소한 밤 동안에 끝마쳤다. 그리고 자기의 조그마한 빈 방에 의한 크낙한 외상外傷을 경험했다. 왜냐하면 로바는 사라져버렸고 그녀가 그 곳에 없었다는 것을 표시해주는 잉크스탠드가 그의 손가락에 닿아 있었다.

이제 부모 소유였던 침대로 가서 마지와 함께 자는 도리밖에 없었다. 그 곳에서 그는 자기가 또 다시 일어날 수 없는 것은 아닐까 하고 생각했다. 그는 추웠다. 추웠다.

실제로 마지는 몸을 뒤채고는 "클레이, 순무 때문에 테소리에로 씨와 다퉜댔어. 난 그에게, 사람들이 그 흐늘흐늘한 무를 사리라곤 생각지 말라고 얘기했지" 하고 말했다.

그러나 클레이는 잠을 잤다. 그리고 실제로 그는 그 날 아침에 일어나지 않았다. 여러 해 만에 처음 있는 일이었다. 그날 괘종시계의 알루미늄 판은 온 방 안에 흩어졌다.

클레이 스케리트는 계속해서 세무국에 나갔다. 그 때 그들은 그에게, 그의 머리나 머리에 나 있는 줄무늬에까지도 익숙해졌다.

그는 맥길리브레이 씨의 이발소에 찾아갈 시기가 된 것을 깨달았다. 그러나 어떤 젊은 이탈리아 친구가 턱 나서서,

"아니! 아니! 맥길리브레이 씨는 갔어요. 죽었단 말이오. 몇 년이 되었더라? 오년? 육년?"

하고 말했다.

그래서 클레이 스케리트는 가버렸다.

맥길리브레이 씨에게 그런 일이 일어났다는 것은 당연하고도 남았다. 물체에 관한 한, 덜 당연했다. 겉모습만의 집. 부풀어올라 있던 아스팔트.

그 때 그는 뾰족한 구두의 뒤축을 보았다. 갈라진 틈에 끼어서 비틀리고 있는 그 사람을 보았다. 그는 보았다. 그녀였다.

그녀가 몸을 돌리며 말했다.

"걱정할 것 없어요. 당신이, 사각형 구두니까요, 건달나리."

줄곧 구두뒤축을 비틀면서.

"하지만 로바" 하고, 그는 두 손을 내밀며 말했다.

그녀는 커다란 벌집무늬가 있는 스웨터를 입고 있었다.

"아니, 왜 그래요!"

그녀가 말했다. 그리고 웃었다.

"당신 기분이 그렇다면."

그가 대답했다.

"내 기분이 그렇다면!"

그는 손을 흔들었으며, 귀리로 만든 털실이라도 붙잡을 듯했다.

"난 군사도로 한가운데에서 장발족과 말을 주고 받으며 빈둥빈둥 서 있긴 싫어요. 당신이 참견할 바도 아니라구요!"

"분별이 좀 있어야죠."

그가 간청했다.

"분별이 뭐란 말예요?"

그녀가 물었다. 그는 말할 수가 없었다. 사랑이 뭐예요? 하고 그녀가 물었더라도 사정은 마찬가지였다.

"그럼 날 알고 싶지 않단 말야?" 하고 그가 말했다.

"난 당신을 안다구요."

그녀가 다소 무뚝뚝하게 말했다.— 두 장의 마분지는 아주 정확하게 똑같을 수는 없었다.

"게다가, 난 가야겠어요." 그녀가 말했다.

그녀는 옴짝달싹 안하는 구두 뒤축을 휙 잡아제쳤다.

"난 여기 볼 일이 있어 왔죠." 그가 기억을 해냈다.

"그거 새 모이 아닙니까?"

"페니 아주머니 거예요!"

그 때 그녀의 구두 뒤축이 빠졌고, 아스팔트 위쪽으로 또그락또그락 소리가 났으며, 그 주위를 딸랑딸랑 소리가 나는 듯이 검게 찢어진 신문지 조각이 흩날리고 있었다.

사랑은 설명될 수 없다는 것을 그가 설명할 수만 있다면.

부인들은 줄곧 들어가고 나오고 있었다. 그들은 자기의 반지와 함께 손가락을 먹고 있었다. 한 부인은 셰퍼드를 한 마리 데리고 있었다. 개의 이빨에 바구니가 하나 걸려 있었지만 그것은 조금도 어려운 일같아 보이진 않았다.

토요일 아침이었다. 클레이는 집으로 갔다.

그 날 저녁, 그들은 스파게티와 토스트로 한 끼를 떼웠다. 테크니코 값을 아직 다 치르지 못했기 때문이었다. 마지가 말했다.

"나 꿈을 꿨어, 클레이."

"정말!"

그가 소리쳤다.

그는 어디로 갈 수 있나? 이제 아무 데도 없었다.

월요일을 제외하곤, 세무국에 나갔다. 그는 재빨리 일을 처리해낼 수 없었다. 그의 연필을 날카롭게 깎느라고, 종이끼우개를 잉크지우개의 반대쪽에 갖다놓느라고.

그가 염려했던 일이 일어났다.

로바는 세무국에까지 그를 따라왔던 것이다.

그렇지만 다른 사람들은 아직 그 것을 눈치채지 못했다. 왜냐하면 자기의 부당한 이익을 찾아 그 날 세무국에 들른 여자라면 어느 누구라도 좋았기 때문이었다. 어떤 여자도 스케리트의 책상을 말끔하게 정돈하지 않았고, 어느 여자도 귀리무늬가 있는 스웨터를 입은 모습이 로바처럼 그렇게 솔직해 보이지 않았다.

그녀는 그 조그마하고, 꼿꼿하며, 웃음 짓는 이를 가지고 있었다.

"이건 계산에 넣지 않았어요" 하고 그녀가 입을 열었다. 그녀는 너무 자기 자신을 확신하고 있어서, 그녀가 옷을 벗어제치고 뛰어들지는 않을까 하고 그는 염려했다.

그는 앉은 채, 수입대리인인 만과 둘리가 난파된 베흐스타인호에 관해서 적어보낸 편지를 내려다보고 있었다.

"이봐, 로바. 이 곳엔 없어. 피아노는 보이지 않을걸."

그가 충고했다.

"피아노요? 뚱뚱한 피아노! 날 갖고 연주할 순 없지."

"당신 말이 맞을지도 몰라."

그가 대답했다.

"맞다니? 내가 틀렸는데도, 손가락을 잘못 집었는데도" 하고, 그녀가 말했다.

그녀는 핸드백을 책상 위에 올려놓았다.

"누구든 연주한다면, 나를 연주하겠지요."

그녀가 말했다.

물론 검정색의 낡은 피아노는 아치볼드 씨의 유리를 끼운 사무실 뒤로부터 모퉁이를 돌아 미끄러져갔으며, 속을 넣고 천을 씌웠으나 털이 삐져나와 있는 둥근 의자에까지 따라갔다. 로바는 만족하는 듯했다. 그녀는 웃었고, 그녀가 의자에 걸터앉자 즐겁고 슬픈 재즈가 들려왔다. 낡고 변형된 피아노의 모든 벌레구멍에서부터 음악이 연주되었다.

클레이가 쳐다보자, 아치볼드 씨가 내려다보는 것이 보였다. 미스 티트머스는 자기 개인용 수건을 가지고 있었다. 그녀가 화장실을 갈 때 구두가 말썽을 일으켰다.

로바가 일어났을 때, 그녀는 일을 끝마쳤다. 아니, 아직은. 그녀는 소금으로 치료한 낡은 피아노 건반의 미끈하고 꽉 조여진 조각을 두드리듯이 엉덩이로 쿵쿵 치기 시작했다.

"저런!"

그녀가 외쳤다.

그녀는 와서, 그의 책상 모퉁이에 앉았다. 그녀가 그처럼 신축성 있게 자세를 취한 적은 결코 없었다. 그녀가 격하게 호흡하였다. 그녀의 무릎으로부터 그에게 윙크하는, 그녀의 스타킹 밴드 조이는 부분을 그는 피할 수가 없었다.

다른 세무국 관리 한두 사람이 그의 머리 옆으로 늘어뜨려진 커튼 사이로 주목하기 시작했다는 것을 그는 깨달았다.

그래서 그는 말했다.

"이봐, 로바. 이 무대에서의 장면은 내가 세무국에 계속 근무하는것을 불가능하게 만들 거야. 그리고 연금이 없으면 우린 어떡하지? 마지도 계산에 넣어야 한다고. 내 말은 돈뿐만 아니라 위신마저 말야. 우린 차와 빵만으로 지내게끔 되었어."

그러자 로바가 웃었다.

"하, 하! 하아!"

그 것이 벽에 어떻게 씌어졌는가, 그것을 달리 알 길은 없다. 왜냐하면 그 것은 거기에 존재했기 때문이었다. 그 것은 90도 각도로 아치볼드 씨의 사무실까지 연결되어 있는 벽 위에 인쇄되어 있었다.

클레이는 꼿꼿이, 꼿꼿이 앉아 있었다. 그는 결후結喉 때문에 그 짓을 오랫동안 견뎌내지 못했다.

"장면들이 너무 파괴적이야."

그가 말했다. 아니, 간청했다. 그의 어머니는 그에게 그렇게 말했다.

"당신이 원하는 것이 그 것이라면, 나는 서류의 빈 곳을 메워넣는 일을 계속하는 그런 사람은 결코 아니란 걸 당신은 알죠."

로바가 말했다.

그리고 그녀는 그의 눈 앞에서 장부를 박박 찢어버렸다. 그녀의 손은 너무 적나라했고 훨씬 더 적나라해질 수 있었다. 그는 자기에게 책임이 있을까봐 겁이 났다.

그러나 그는 개인적인 이유 때문만이 아니라 공중도덕을 위하여, 세무국의 명예를 위하여 저지해야만 했다. 그는 종이끼우개들을 보호해야만 했다.

그들의 두 손이 서로 씨름을 했기 때문에 책상이 어지럽혀졌다. 그와 로바. 언제 어느 때이고 상자는 활짝 열린다. 언제 어느 때라도 결국 그것은 한숨을 흩뿌리며 아주 빠르게 일어났다.

"난 이제 당신 곁을 떠나겠어요."

그녀는 책상 모퉁이에서 내려섰다. 그러고는 주름 투성이가 된 자기 스웨터를 끄집어내렸다.

그의 동료 중 거의 모든 사람이 이것을 주목했으나 그들은 모두 그와 같이 극히 사사로운 정황에 대해 귀로 들을 수 있는 비평을 가하지 않는 예의는 지니고 있었다.

잠시 후 사태가 일단락되었을 때, 미스 티트머스는 쭈그리고 앉아서 종이끼우개를 주워모았다. 스케리트 씨에게 미안한 생각이 들었기 때문이었다.

그는 감사하다거나, 설명을 하려 들지 않았다. 그 대신 자기 모자를 집어들고 시선을 피하기 위해 조심스럽게 걸었으며, 반대쪽으로 가는 페리를 탔다.

마지는 "일찍 왔네요, 클레이. 잠시 베란다에 앉아 있어요. 차 한잔과 파운드케이크를 가져올 테니까. 아직 먹을 만할 거예요" 하고 말했다.

그래서 그는 어머니가 자주 앉아서 투덜대던 베란다에 앉았다. 남풍이 그의 셔츠 깃에 스며들었으며, 대추야자나무가 불쑥 나타났고, 참새들이 조심스럽게 모여들었다.

"먹고 싶지 않거든, 차라도 마셔요, 클레이."

마지가 말했다.

하지만, 늘 무시할 수밖에 없다. 그래서 그는 방 안으로 들어갔다. 그는 그 방을 전혀 두려워하지 않았다. 그 곳에 그녀가 있었다. 귀리무늬가 있는 스웨터를 입고 다른 의자에 앉아서. 그녀는 등을 돌렸다. 자연스럽게.

"로바."

그가 시작했다.

그러자 그녀는 그가 있는 쪽으로 다가왔다. 그리고 그녀 자신이 시간의 바다에 가라앉을 것이라고 응유凝乳식품 위에 친 육구두(약용, 향유로 쓰임)의 냄새가 나는 바다의 그물을 그의 앞에 빈틈없이 펼쳐놓았다고 생각했다. 그 안개 자욱한 아침과 다소 눈부신 오후. 만일 그가 저항하지만 않았다면…….

그가 손으로 부드럽게 덮치고 덮쳤을 때, 그녀는 밀물 같은 것이 아니라 치솟고 가라앉으면서 기쁘게 상승하는 깃털 같은 파도처럼 저항

했다.

마지가 문을 두드리고 있었다.

"차가 식어요, 클레이."

그녀가 큰 소리로 알렸다.

그 것 역시, 존재했다. 세상일이란 그런 것이다.

"머스타드를 듬뿍 바른 토스트를 맛나게 구웠어."

그녀는 돌아갔다. 그러나 다시 돌아왔다. 메마르고 썩어문드러진 곳에 자기 귀를 갖다 대었다.

"생각 없으세요, 클레이?"

그녀가 물었다.

마지는 프라이버시를 존중하기 때문에 문틈으로 엿듣고 싶지는 않았다.

"당신이 이렇게까지 나올 줄은 몰랐어요."

그녀가 말했다.

마지가 문을 그렇게 연 것은, 그녀 생전에 처음 있는 일이었다.

그러자 그녀는 비명을 질렀다. 그녀는 불평하기 시작했다. 그녀답지 않은 일이었다.

그녀는 그의 머리카락 때문에 그의 얼굴을 볼 수가 없었다. 두 사람들 사이에 놓인 머리카락과 마분지가 비밀을 쥐고 있었다.

"내가 기대한 건 결코 이런 게 아닌데."

그녀는 울부짖었다. 왜냐하면 테이블 다리에서부터 피가 뿜어져나왔기 때문이었다. 아주 조금.

그리고 그 낡은 구두. 그는 누운 채 흰 구두를 붙잡고 있었다.

"이 구둔 본 기억이 전혀 없잖아! 그녀가 쓰레기란 쓰레긴 죄 버렸는데. 자기 것까지도. 카나리아와 기타 등등도. 구둔 없었어!"

그녀는 끙끙대며 말했다. 클레이는 여전히 누워 있었다. 그 빳빳한 구두를 들고.

"믿을 수 없어!"

마지가 부르짖었다. 그 것이 있을 경우에도 모든 사람들은, 없는 것은 없다고 알고 있기 때문이다.

시시 카마라의 집에서 보낸 저녁

　그 순간 페트로쉐일로스는 신경이 곤두섰고, 엄숙한 성질에도 불구하고 판초풀로스 부인은 벌떡 일어섰으며, 치과용 머리받이를 가리고 있던 종이는 구겨져버렸고, 머리는 그녀의 얼굴 가장자리에서부터 둥그렇게 물에 젖었다.

　'이 여잔 주사를 맞고 싶어하는 모양인가' 하고 페트로쉐일로스는 생각했다.

　"아, 아니. 우린 그리스 사람이잖아요, 그쵸?"

　판초풀로스 부인은 이렇게 말하고 웃었다.

　페트로쉐일로스는 대답을 하지 않았다. 그리고 그녀는 이해도 못하는 사람에게 그럴 듯한 말을 해대는 짓으로 인해 얼굴을 붉혔다. 그녀는 자그마한 금속으로 이곳저곳을 꼼꼼히 조사하는 것부터가 도대체 비위에 맞지 않았다. 훨씬 더 잔인한 짓인 치아에 구멍을 내는 작업은 더욱 그랬다. 판초풀로스 부인에게는 오히려 치과병원 의자에 걸터앉아 자기의 참을성을 시험하는 것이 자기 의무인 것처럼 느꼈다.

그녀는 눈썹 아래로 치과의사의 튼튼하고 털이 많은 팔뚝이며, 그가 일어서서 숨을 내쉬며 이에 구멍을 낼 준비를 하는 모양을 맥없이 바라보았다. 페트로쉐일로스는 골격이 굵고 말이 없는 사람이었다. 그는 아마 자기 환자에게 고문하는 것을 즐기는 것은 아닐까, 하고 판초플로스 부인은 의아해 했다. 그건 지나친 표현인지도 모른다. 그녀는 왜 자기가 단골 치과의사를 다른 사람으로 바꾸지 않았지, 하고 이 점을 이상하게 생각했다.

그 때 페트로쉐일로스는 그녀의 입이 마치 고무이기나 하듯이 입을 벌렸다. 그는 큼직한 손을 집어넣어 서서히 그 끔찍한 구멍 파는 작업을 시작했다. 그녀는 차라리 농사꾼이라고 하는 게 더 적절할 것같았다. 판초플로스 부인의 외마디 소리는 반은 비명, 반은 웃음이었다. 물론 그녀는 그 것쯤이야 참을 수 있었다. 그녀는 눈을 감은 채, 몸을 느슨히 했다. 참을 것을 강요받는 것은 끔찍스럽다.

그리고 흡사 육체적인 공포는 충분하지 않다는 듯, 모든 기분 나쁜 기억들이 치과병원 의자에 앉은 그녀의 머리에 떠올라서는 그녀를 고통스럽게 만들었다. 게다가 중요한 사건도 아닌 사소한 것일수록 더욱 자주 떠오른다. 예를 들면, 시시 카마라의 집에서 보낸 저녁 같은 것. 그렇지, 시시 카마라의 집에서 보낸 저녁.

"시시 카마라가 전화를 걸어왔어요."

포피 판초풀로스는 마침내 남편에게 털어놓기로 결심했다.

배실은 그 소음과도 같은 소리로 말했다.

"그녀가 우리를 초대했다고. 이거 놀랐는데. 그녀는 지난날에 관해 애기를 나누고 싶어 하거든."

"아나톨리아(흑해와 지중해 사이의 고원지대)의 밤! 당신이 스머나(터키 서부 애게해의 항구) 출생이란 것 속이지 못해요."

그녀는 배실의 의도를 알아챘다.

"내 출생에 대해 내가 무슨 책임을 질 필요는 없는 거예요. 안 그래요?"

"물론이지. 하지만……."

배실은 넥타이에 늘 달고 다니는 흑진주를 만졌다. 그는 너무나 흠 잡을 데 없이 자라난 탓으로, 자기가 태어난 파이리어스(그리스 동남부 아테네의 항구)의 모래를 잊을 수가 없었다. 매일 아침 그는 다리미질을 미리 해놓았기 때문에 아직 온기가 있는 바지를 입었다. 매일 아침 그는 단지 자기 자신을 확인하기 위해 둑까지 걸어갔다. 정확히 배실과 동류 사람들은 그가 냉담하다고 간주해버리는 경향이 있었으나, 그의 아내는 남편이 관례에 따라 쿨로나키 지사支社에 오게 되었다고 확신하고 있었다.

"하지만, 시시 카마라의 저녁초대를 수락한 것은 당신한테 책임이 있어. 우리 둘 다 후회하게끔 되어 있는 일을 피할 수도 있었잖아."

그는 손가락을 만지작거리며 말했다.

"아니! 당신은, 부당해요! 마치 시시가 좋지 않기라도 한 듯이! 차라리

나를 비난해요! 난 내 자신을 잘 알아요. 그러나 시시는 재주꾼이란 말예요.”

하고, 그녀가 외쳤다.

“우리도 그렇게 들었지.”

배실이 말했다.

포피 판초풀로스 부인은 남편의 외모가 여전히 흠 잡을 데 없음을 이부자리에서 깨닫곤 하지만, 그 때가 아니면 그 사실을 용납하려 들지 않았다.

“거기 시詩가 있어요.”

그녀가 말했다.

“자비출판한 것이어서 아무도 읽지 않아.”

“서사시가 있었는데.”

포피 판초풀로스가 중얼댔다.

때때로 그녀의 정신은 그녀의 뚱뚱한 몸집의 희생물이 되었다.

“서사시가 있었지. 아무도 기억할 수 없는 주제에 관한. 시시 카마라가 그렇게 말했지. 산 중턱에서 한 무리의 여자들한테 말야. 그들 대부분은 이제 이 세상에 없어.”

배실이 힘없이 말했다.

남편이 늘 하는 버릇대로 여자에 관한 의견을 내세우면, 포피 판초풀로스는 결혼한 뒤 줄곧 함께 살면서도 그 의견만은 묵살해버렸다.

“그 여자의 다른 작품이 있어요. 잘 짜였죠. 그녀는 아무도 관심을 기울이지도 않을 때 그리스 농민조합을 조직했어요. 거의 아무 도움 없이 유지해나갔죠. 건강을 버려가면서까지. 그 때문에 시시 카마라가 튼튼하지 못하다는 건 누구나 아는 사실이죠."

"시시 카마라에게는 자기가 공을 세우기 위해 남을 을러대는 재주나 있지."

"아니, 무슨 말 같지도 않은 소릴! 너무 뻔뻔스럽지 않아요. 시시가 다소 강제성을 띤 것은 인정해요. 그러나 그 만한 강제성이라도 띠지 않고서 그녀가 어떻게 일을 하죠? 자기가 생각한 그 모든 것을 말예요. 건강이 나빠졌을 뿐 아니라 재산도 없었어요. 그런데 그 남편은……."

"물론이지."

배실이 말했다.

"그녀가 어떻게 해서 소토스와 결혼하게 되었는지 모두 궁금해 한다구."

"그 문제라면……."

포피가 대답했다.

"모든 사람들이 지금 함께 살고 있는 남편이나 부인과 왜 결혼했는가 하는 것도 마찬가지로 궁금하잖아요."

배실은 그녀를 쳐다볼 수가 없었다. 그는 그녀가 알고 있다는 것을 안다. 그녀는 자기가 그녀 아주머니인 다나에가 소유하고 있는 플루타추의 집과, 그녀 아저씨인 스테포의 유비어에 있는 재산을 바라고 그녀와 결혼한 것을 알고 있었다. 그녀는 해리클리어와 프로소와, 아마도 스마라그다 티라이오에 관해서도 알고 있었다. 하지만 그녀는 강짜를 부리지는 않았다. 그녀는 그를 사랑했기 때문이었다.

배실은 자기의 흑진주를 만지작거렸다.

"소토스 룰루디스 말야!"

"그래요."

그녀가 말했다.

"그래요, 가정적인 의무가 있었음에도 불구하고 시시는 늦게 결혼했어요. 그 때는 너무 가난해서 자신을 돌볼 형편이 안되었어요."

포피는 거의 우는 듯했다.

"그러나 소토스 룰루디스, 그가 뭘 하는지는 아무도 몰라!"

"매우 신중한 일이겠지요. 그가 무슨 서기 출신이라는 말은 들었어요. 아마 정말 서기였는지도 모르죠. 그 사람, 집에 꽤 많이 틀어박혀 있는 듯하던데요."

"그러나 얼마나 사내다워! 시시가 그런 소토와 결혼하리라곤 생각도 못한 일이야. 아무도 못하지. 시시는 누구에게나 여전히 시시 카마라로밖엔 안 여겨지거든."

"그건 그래요."

포피는 인정하지 않을 수 없었다.

"왜냐하면 스머나의 시시 카마라를…… 모르는 사람은 없기 때문이에요."

"아니! 또 시작이군! 우린 아나톨리아 사람이야!"

"안 늦었을까요?"

"그래, 늦었어."

그는 얼굴을 찡그렸다.

그녀의 피상적인 성격을 어김없이 비난하는 그의 양심에 대해서는 그녀도 존경하고 있었다. 예를 들어, 박물관에서 그녀가 홀의 구석에 앉아 피곤해진 다리를 쉬는 동안, 그는 하나 하나 돌아가며 거기에 적힌 설명문을 읽곤 했다.

"어디 두고 볼까. 카마라 룰루디스 부인이 우리에게 먹음직한 저녁을 내놓을지. 최소한 수요일까지는 희망을 가져도 되겠지."

배실이 말했다.

그날 아침 그는 그녀에게 키스를 해주지 않았으나 그녀는 평소대로 기운을 차리기는 했다. 그렇지만, 그녀는 자기 턱이 좋지 못한 것을 알고는 오히려 그가 키스를 해오지 않은 것을 다행으로 여겼으며, 게다가 그녀는 눈꺼풀에 시커멓고 미끄러운 화장을 하고 있었다.

그 때 페트로쉐일로스가 말했다.

"늘 예상할 수 없는 것이지만, 예측한 것보다 사정이 악화돼가고 있군요."

그의 입김이 그녀의 귀를 거의 덮었다.

"아이, 끔찍해라!"

판초플로스 부인은 입에 치과기구를 잔뜩 넣은 채 대답했다. 그러나 그녀의 말은 튜브에 의해서 아래로 헛되게 빨려 내려갔다.

"난 겁이 많아요."

그녀가 덧붙였다.

"될 수 있는 한 아프지 않게 해주세요."

그녀는 자기 고막의 반대편에 대고 소리치는 것같았다.

그리고 자기가 얼굴을 찡그리는 것을 보고 의사가 진찰을 중단해주었으면 하고 바랐다.

소토스 룰루디스가 현관으로 나왔다. 그들은 시시가 부엌에서 일을 하고 있는 것에 대해 변명을 구해야만 한다고 그가 말했다. 아니, 제안했다는 편이 더 적절하다. 그녀는 손님만 오면 신경질을 부리는 하녀를 돌려보냈는데, 그래놓고 보니 이제 시시가 신경질을 부리게끔 되었다.

포피는 남편의 미소가 소토스의 변명을 감싸주는 힘이 되었으면 싶었다.

하여간 소토스는 거기에 나와 서 있었다. 그는 몸이 너무 가냘펐다. 그에게는 가냘픈 것을 빼놓으면 별달리 기억할 만한 것이 없었다. 물론 그의 의견은 아니지만, 다른 사람의 말 속에는 저물어가는 가을의 자취가 있었다.

그가 말했다.

"어서 오세요. 함께 갈까요? 시시는 우리가 발코니에 자리잡았으면 하고 생각하더군요. 나갈까요?"

여객선의 손님을 위한 것과도 같은 좌석은 자스민과 양아욱 사이에 배열되어 있었는데, 시시가 준비했음이 틀림없었다.

"술이라도 한잔 할까요?"

소토스가 물었다.

실제로 우조(아니스 열매로 만든 그리스의 술)가 한 병 남아 있었다.

"담배 태우시죠?"

그는 '담배를 갖고 계시다면'이라는 말은 하지 않았다. 배실은 물론 담배를 갖고 있었다. 소토스 자신은 담배를 피우지 않았다. 그것은 아마 담배를 여행할 때의 짐처럼 갖고 다니는 시시에 대한 일종의 질책인지도 모른다.

그들은 곧 격자의자에 앉았고, 소토스 룰루디스는 대화중에 가끔 생기는 틈을 메우느라고 바빴다.

"믿어지지 않죠? 직접 듣는다고 해도."

그가 말했다.

"지금요? 사실입니까?" 하며, 그는 주름 잡힌 손에서 눈을 돌려 위쪽을 쳐다보곤 했다. 그러곤 이렇게 덧붙였다.

"내 생각엔 그런 것같아요. 웃음거리밖에 더 되겠어요!"

그는 질이 좋지 않은 식탁보 밑에서 야윈 두 다리를 꼬고 있었다.

저녁 늦게쯤 해서야 소토스 룰루디스는 자기가 갖고 있는 다른 것들에 갑자기 눈을 돌리기 시작하곤 한다. 그의 눈꺼풀이 끔뻑거렸다. 그는 터널의 끝에서 나타난 사람 같았다. 이제는 더 이상 당황하지도 놀라지도 않았다. 매번 포피 판초풀로스는 그와 비슷한 경우에 소토스와의 거리가 갑자기 가까워짐으로써 그에게 매료되는 일이 있었다고 기억하곤 한다. 그렇지만 그것은 쉽사리 잊어버리는 종류였다.

그녀는 지금 그 생각을 하고 있지 않은 게 분명했다. 왜냐하면 시시가 다가오고 있었기 때문이다. 그리고 시시의 뺨. 프랑키쉬 거리의 집쪽으로 열려 있는 문에 대한 추억처럼 그렇게 향기가 있지는 않았다.

"어머나!"

시시 카마라가 소리쳤다.

"이제 왔군! 너만 보면 난 기분이 썩 좋아진다구, 포피!"

만약 포피 판초풀로스가 시시를 잘 알고 있지 못했더라면, 그녀는 퍽 의아해 했을 것이다. 그녀는 배실의 그 작은 소리, 즉 목 뒤쪽에서 내는 끅 하는 소리를 들을 수 있었다.

"배실 씨에 대해서도 마찬가지예요. 두말 하면 잔소리죠."

시시가 덧붙였다. 그리고 가져온 것을 테이블 위에 놓았다. 그녀가 소토스에게 주의를 안 기울였다면, 그 것은 그가 자기 남편이고 항상 거기에 있었기 때문에 그런 것이었다.

"제라늄을 좋아해?" 그녀가 물었다. "난 좋아. 나뭇가지가 너무 우거져 퍼지기는 하지만. 그 가지들은 누가 지배하는 걸 좋아하지 않지."

그러면서도, 그녀의 두 손은 한번 만져보지 않고는 못 배겼다.

"자, 최소한 먹기라도 해야겠지."

그녀는 웃었다. 그리고 담배연기를 보라는 듯이 내뿜었다.

"배고파요?"

그녀는 대답을 기대해서 한 말은 아니었다.

"젊은 친구를 하나 발견했죠. '행위' 예술가예요."

시시 카마라가 말했다.

포피는 전율했다. 조금은 자기 자신에 대해서, 그보다 더 많이는 배실에 대해서, 그러나 그 무엇보다도 카마라에 대해서.

소토스 룰루디스는 그저 웃고만 있었다. 그는 자기 아내가 항상 일을 정확하게 해야 한다는 것을 알고 있었다.

그는 자리를 비키면서, 그 일을 자기 아내에게 맡겼다.

"당신의 그 젊은 친구, 천재가 아니었으면 좋겠는데."

배실이 공언했다.

"소개해드리죠." 시시가 약속했다. "나중에요. 아, 참, 서로 말하고 들을 것도 퍽 많지 뭐예요!"

그녀가 손바닥을 찰싹 맞부딪쳤을 때, 동양제의 조그마한 팔찌가 달각달각 소리를 냈다.

시시 카마라는 남의 주의를 끌기에 모자람이 없는 추녀로서, 천연덕스러운 동시에 퍽 열광적인 여자라고 배실은 말하곤 했다. 배실은 자기 자신의 괴팍스러움에 의한 희생물이라고 하기보다는 오히려 무정한 편이었다. 담배쯤이야 그렇게 탓할 건 아니지만, 그 목소리 그 웃음, 하고 그는 중얼거렸다. 그녀는 뺨에 메마른 연지를 마구 발라서 흡사 흥분해 있는 듯했고, 게다가 머리칼은 높이 치켜올려서 그녀가 온통 우그러뜨

려진 것같은 인상을 주었으며, 또 마치 잠에서 막 깨어났거나 아스피린
이라도 한두 알 먹은 듯도 했지만, 실은 애초부터 그렇게 생겨먹은 것임
에 틀림없었다.

"그 사람, 너무 친절해요. 오르되브르(에피타이저로 먹는 간단한 요리)를
가져왔잖아요."

시시가 말하고 있었다.

사실을 말하면 그들은 접시를 들고 소토스가 돌아왔다는 것을 눈치채
기 시작했다. 접시에는 올리브가 놓여 있었다. 깡통에서 꺼낸 돌마다키
아(양념을 넣은 포도나무 이파리)도 있었다.

"음식이란 그다지 중요하지 않은 거예요. 음식의 필요성이란 생각만
해도 구역질이 나요."

시시가 말했다.

배실은 시시가 또 그 영리한 얘기들을 끄집어낼까봐 겁이 더럭 났고,
포피는 그와 똑같은 생각을 배실에 대해 가졌다. 배실은 시시가 희랍의
새디즘 ― 매저키즘에 관한 얘기를 할 때 그녀를 가장 증오했다.

그러나 시시는 접시에 정신을 집중시키려고나 하는 듯 접시를 집어들
었다.

"돌마다키아를 좋아하세요?"

시시는 성직자처럼 말했다.

"아, 돌마다키아……."

포피가 외쳤다. 그리고 그녀는 다시 소녀가 되었다.

"돌마다키아를 좋아하구 말구!"

그녀는 자기의 바보같은 짓에 대한 다짐을 받기 위해서 배실을 쳐다보지는 않았다. 다짐이야 자기가 예상했던 대로 그 깡통에서 꺼낸 돌마다키아의 독특하고 날카로우면서 거의 악취에 가까운 냄새를 맡았을 때, 벌써 그 자신의 귀로 들었기 때문이었다.

"접시는 어머니 것이야."

시시는 자기 어머니 것이었던 금이 간 반지에 대고 얘기했다.

"기억 나, 포피? 스머나에서 있었던 일 말야?"

그러자, 포피 판초풀로스와 시시 카마라는 동시에 접시를 응시했다. 몸을 꼬고 있는 황금빛 뱀들로 둘러싸인 두 마리 독수리의 모습이 담겨 있는 접시는 정교하긴 했으나 볼품은 없었다. 문양은 특이한 상징물 같지는 않게 그려져 있었으며, 구멍이 숭숭 나 있었고, 축축하게 흩어져 있는 한 무더기의 돌마다키아는 흔들흔들 쓰러질 듯 놓여 있었는데, 흡사 시간과 거리로 인한 고통에 의해 이제는 움츠러들 대로 움츠러든 평범한 연인들이나 함직한 생각을 갖게 만들었다.

포피 판초풀로스는 프랑키쉬 거리의 응접실을 기억해냈고, 철제 덧문으로 몰래 들어가던 여름을 기억해냈다. 불빛과 자스민 향기의 우아함 속에서 비잔틴식 접시를 가지고 놀았지. 늙은 여자가 가져왔던 그 접시…….

"쿠라비데스(백설탕을 묻힌 비스켓)가 좀 있어요."

늙은 반젤리오가 말했다.

"포파키(포피의 애칭)를 위해 특별히 준비해둔 거죠. 착한 아이니까요."

"난 착하지 않아."

포피 페스마조글루(결혼 전의 이름)가 말했다. 그녀는 자기 친구를 오라고 했고, 게다가 늙은 가정부의 감상적인 복종에 짜증이 나버렸다.

"하지만 포파키는 정말 착하지요. 난 알 수 있어요."

반젤리오는 그 느끼한 미소를 지으며 주장했다.

"난 착하지 않아! 안 착하단 말야!"

포피가 거의 비명을 지르면서 주장했다.

반젤리오의 두 손은 갈라터져 있었는데, 그 때까지는 아직 요리를 하도록 허락이 되었으므로 항상 야채 찌꺼기가 지저분하게 묻어 있었다.

"쿠라비데스를 좋아하니?"

시시 카마라가 물었다. 그녀는 벌써 들어와 있었다. 머리칼에 꽂은 깃털은 잉크빛 모자를 쓰고 있는 그녀의 머리와 어울리지 않았다.

"아, 쿠라비데스라면 난 사족을 못 쓰지!"

포피 페스마조글로는 대답했다. 그러고는 낄낄 웃었다.

"그럼 넌 콧수염이 겁나지 않나보네."

두 아가씨는 벌써 가루설탕의 흰 솜털을 덮어쓰고 있었기 때문에, 다시 포피가 낄낄 웃었다. 그러고 나서 자기의 우스꽝스러운 콧수염을 문질러 없앴다. 그녀는 사람들이 기억해둘 짓을 하거나 말하는 것을 좋아했다. 그러나 성공한 적은 한 번도 없었다. 그녀는 아침 일찍 남의 집에 찾아갔다가, 살그머니 돌아가버릴 때에는 아무도 알아채지 못하기를 바랐다.

"중대한 얘기를 하나 하겠는데."

시시 카마라는 그들이 반젤리오가 갖다놓아둔 수마다(아몬드와 오렌지 꽃 즙으로 만든 청량음료)를 홀짝홀짝 마실 때 입을 열었다. 포피 페스마조글로는 빨리 듣고 싶어 안달이 났다.

"나, 일인칭 소설을 한 편 쓰고 있어."

포피는 감탄과 함께, 자기가 들고 있는 차디 찬 유리잔에서 급작스럽게 뿜어져나오는 향기로 인해 숨이 탁 막혔다.

"공군장교에 관한 얘기야."

시시 카마라가 털어놓았다.

"그는 후방에서 격추되어 터키군의 포로가 되지."

"하지만 시시, 정말이냐?"

"정말이지."

시시는 한숨을 쉬며 말했다.

"나는 완벽하게 비밀로 할 거야. 이 달 둘째 주에 전선戰線에 가볼 작정이야."

"위문차 가는 거야?"

포피 페스마조글로는 수마다를 꿀꺽 삼켰다. 그녀의 감탄은 너무나 강렬했다.

"우리끼리 이야기이지만, 푸리스가 다리를 놓아줬어. 우리가 K까지 차를 몰고 가면 그 곳에 말과 노새가 준비되어 있을 건데, 그 걸 타고 산을 가로질러 가면 된다구. 군대의 사기에도 대단히 좋을 거야.”

시시가 말했다.

포피 페스마조글로는 자기가 수마다를 엎질렀음을 알아챘다. 그녀는 아주 진뜩한 물을 닦으면서 오렌지꽃 냄새에 질식할 것같았다.

“하지만 늬네 어머니는?”

포피가 물었다.

“엄마는 너무 피곤하셔. 그리고 그 곳은 그리스 사람들이 많이 오는 데거든.”

시시가 말했다.

그러자 두 아가씨는 함께 웃었다. 왜냐하면 그들은 그리스가 아니라 전쟁조차도 끼어들 수 없는 아나톨리아의 현실, 즉 프랭키쉬 거리의 덧문을 닫은 응접실에 각기 앉아 있었기 때문이었다.

그리고 그 동안 내내— 몇 년이나 되었을까?— 시시 카마라는 비잔틴식의 볼품없는 접시 위에 놓인 몇 개의 돌마디키아를 집어들고 앉아 있었다.

“아름답지 않아?”

시시 카마라가 물었다.

“아름답고 말고!”

포피 판초풀로스가 동의했다.

그들은 둘 다 자기들의 남편이 그들을 감시하고 있으나, 지난날에 잠시 즐긴 다소 부도덕한 관계에 남편들이 끼어들려고 하지 않으려는 것을 잘 알고 있었다.

"그 접시가 전쟁통에 내가 건져낸 유일한 재산이라는 걸 알지. 그리고 만일 반젤리오가 그 접시들을 싸지 않았더라면 가지고 나올 수 없었다는 것도. 내 아저씨의 유모였던 가여운 노인네, 반젤리오를 기억하지?"

시시 카마라는 접시를 엄숙하게 내려놓으며 물었다.

포피는 고개를 끄덕였다. 그리고 죽은 사람에게 애도를 표할 때 하듯이 눈을 내리깔았다.

"만일 반젤리오가 접시를 싸지 않았더라면, 무엇보다 내 손에 주지 않았더라면 터키군이 마을에 불을 지른 뒤인 그 때……."

그 때 시시 카마라의 남편인 소토스 룰루디스가 입을 열었다. 아니 속삭였다고 하는 편이 옳겠다.

"송아지 고기를 가져왔어, 시시."

"이런, 태웠군요!"

"아니. 바싹 말라버렸어."

"이런, 송아지고긴 바싹 마르지 않는 거예요! 등 뒤에서나, 코 앞에서나……."

"줄곧 지켜보고 있었어, 시시."

시시의 남편이 덧붙였다.

"내 생각엔, 당신이 말라빠졌다고 하는 그런 정도까진 되지 않은 것같은데."

포피 판초풀로스는, 남자가 창피당하는 것을 배실이 유독 참지 못하는 것을 알고 있었기 때문에 그가 자기한테 물어오기 전에 일어나버렸다. 그녀는 소녀때부터 버릇이 되어 있는 작은 목소리— 그것도 어느 때는 더욱 작아졌다— 로 말했다.

"시시의 송아지고기는 맛있을 것같아 보이는구먼."

그 소리는 그녀가 듣기에도 퍽 우스꽝스러웠으나, 소토스는 동정하는 빛의 미소를 지었다.

시시 카마라가 털썩 주저앉아서 그리스 사람들의 새디즘과 매저키즘에 관해 입을 열기 시작한 것은, 그들이 안으로 들어갔고 소토스가 저녁 준비를 하고 있는 때였다. 그러자 배실을 외면한 채, 포피는 시시가 제발 그만두었으면 하고 바랐다.

"우린 잔인하고 진절머리 나는 종족이야" 하고 시시 카마라가 말했다. 소토스가 갖다놓았던 송아지고기를 먹을 때 소스 몇 방울이 그녀 무릎에 떨어졌다.

"아무튼 전선으로 다시 돌아간 터키 사람들보다는 다소 낫다고 할 수야 있겠지."

그녀는 엄숙하게 덧붙였다.

"식사순서에서 첫 번째 요리는 생략했어. 깜빡 잊어먹었거든. 우린 그렇게까지 신경 쓸 필요가 없는 오랜 친구들이니까."

포피 판초풀로스는 배실을 쳐다보지 않았다. 그러나 그가 자기 식기를 바꿔 놓는 소리를 들었다.

"아까 하던 얘기의 계속인데, 그리스 사람에게 칼을 쥐어주면 그는 자기 자신보다도 남에 대해서 그 칼을 더 많이 써야만 하지."

시시 카마라가 말했다.

그 때 포피 판초풀로스는 배실의 극도로 긴장한 목소리를 들었다.

"난 일어나겠어, 시시. 아나톨리아의 루코미아(터키의 기호품)는 말할 것도 없이, 모든 그리스 사람들과 내가 같이 취급당하는 소린 듣고 싶지 않아요."

"능동적인 사람도 있고 수동적인 사람도 있다는 건 인정하겠어요. 그러나 어느 정도까지는, 그리스 사람들은 누구나 가슴 속을 털어놓을 거예요."

시시 카마라는 송아지고기를 입 안 가득히 문 채 그렇게 말했다.

"영웅의 전설에 그런 것이 있죠."

그녀는 마치 그 말을 사랑하는 듯, 덧붙여 말했다.

"영웅의 전설, 살 속으로 파고 든…… 발톱처럼."

"보통 그리스 사람들은 당신이 말하는 보편성에 자기를 적응시키기에는 너무나 바쁘죠. 바윗돌에 생명을 불어넣거나 자기가 맡은 일을 해나가느라고 정신이 없는 편이에요."

배실이 외치고 있었다.

"보통이라뇨!"

시시 카마라가 승리한 듯 소리쳤다.

"보통이란 누굴 말하죠?"

포피 판초풀로스는 참을 수가 없었다. 아마도 시시의 남편이 허둥지둥 사라진 것도 똑같은 이유 때문일 것이다. 자기의 송아지고기와 나이프와 포크를 내버려둔 소토스는 테라스의 어딘가에서 참기 어려운 제라늄 향기를 맡으며 있을 것이었다. 포피는 그의 인기척을 들을 수 있었다. 몇 개의 유리잔을 모으는 극히 연약한 소리가 들렸다.

"하지만, 배실."

시시는 자기 손끝을 가슴에 갖다대었는데, 그 곳은 아주 어색한 위치였기 때문에 그녀의 팔꿈치가 드러났다.

"난 내 영혼을 그리스를 위해 바치겠어요. 모든 그리스 사람들을 위한 나의 사랑은 곧 그들의 약점에 내 눈을 뜨는 것이에요."

"당신은 고통 주는 것에서 기쁨을 느끼는군요."

"내가요?"

포피는 자기가 조금이라도 그에 대한 지식이 있었더라면 반박했을 것이다. '제발 시시, 내가 너의 방패가 되어 진리의 가장 야만적인 타격을 막겠어' 하고 소리쳤을 것이다. 그 대신, 그녀는 창문을 통해 테라스쪽을 바라보며 앉아 있었다. 그녀의 불행은 감각적이기보다는 모질지가 못한 편이었다. 그녀의 풍뚱한 몸매도 탓해야만 했다. 풍뚱하디 풍뚱한 것에서 그저 살찐 것으로 되었으면. 밖의 테라스에서 소토스 룰루디스는 두 손 가득히 유리잔을 들고 서 있었다. 소토스를 저 만큼 위축시킨 것은 날카로운 불빛인가, 아니면 예감의 그림자인가? 그는 심신이 시달린 듯 그 어느 때보다 호리호리해 보였다.

그 때 포피 판초풀로스는 다시 한 번 소리쳤을 것이다. 아니, 아마도 정말 소리쳤다. 그러나 아무것도 사라지지는 않았다. 왜냐하면 소토스는 구부정히 허리를 굽히고 서 있었기 때문이었다. 내 두 손만이 깨어질 수 없는 접시를 나를 수 있을 만큼 둔감하다고 포피가 주장했을 때.

그러나 이미 일은 그렇게 되었다. 그렇게 되어야 했던 것처럼. 그녀와 소토스가 오래 전부터 그 몇 가지 경우를 알았던 것처럼.

포피 판초풀로스는 테라스에서 희게 반짝이는 쌍두 독수리가 그려진 접시의 파편들을 앉아서 보고 있었다. 대리석에 떨어지는 돌마다키아의 소리는 사람이 내는 소리 같았으며, 완전히 떨어지고 나자 마자 더욱 사람같이 무기력했다. 소토스의 엉덩이뼈는 그가 사납게 허리를 굽혔을 때 그의 바지를 팽팽하게 저미고 있었다.

너무 슬펐다. 그녀의 목구멍은 그녀가 곧 빠져 죽을지도 모를 심연이었다. 그녀의 두 눈은 으르대고 있었다. 너무 고통스러워 참기 어려웠다. 포피 판초풀로스는 웃기 시작했다. 혹은 푸념. 혹은 꾸짖는 소리. 너무 무자비하고 끔찍했다. 그녀는 배실을 마음대로 다루고 싶어 하곤 했다. 심연 사이에서…… 당신은 쳐다봐선 안돼요, 당신에게는 또 다른 무기들이 필요하지 않아요.

그러나 물론, 배실은 쳐다보았다. 그는 소토스의 메마른 엉덩이를 보았다. 그는 접시조각들이 주르르 미끄러지는 소리를 들었다.

시시 카마라는 테이블에 비스듬히 기대었다. 그녀는 머리카락을 쥐어 짜고 있었다.

"아, 잔인해."

그녀가 투덜거렸다.

"가장 좋은 의도들이 표면화하기도 전에 숨어버려야 하다니. 난 평생 동안 판단을 잘못 내려왔어. 게다가 난 내가 정말로 마음을 썼다고는 말할 수 없어. 나는 단지 나 자신의 성실에 의해 보상받으리라고 믿었지."

그러나 포피 판초풀로스는 웃을 수밖에 없었다. 그러니, 그녀는 미칠 지경이었다. 그리고 배실도 웃기 시작했다. 그러나 그 웃음은 더 고상한 것이었다. 더욱 건조했기 때문이다. 그 웃음은 죽은 야자수를 줄기째 쥐어짜는 것이었으나, 반면에 포피의 웃음은 오히려 농부에 의해 우리 속에 내팽개쳐진 한 무리의 젖먹이 돼지처럼 거품을 뿜는 것이었다.

만약 시시가 아직도 눈치를 채지 못했다면 그것은 아마 그녀가 너무 뒤쪽에서 홀짝거리고 있었기 때문이었다. 그녀는 벌써부터 나 있던 상처를 만지작거리면서 말했다.

"가장 지독한 불친절을 당했을 때에도 난 울지 않았어요. 그런 것이야 늘 예상하기 때문이죠."

그녀가 그들을 압박하고 있던 공간을 포피의 유쾌한 발작이 뒤흔들었을 때, 그녀는 그 폭풍 속의 정박선 속에서 나는 것같은 배실의 킥킥거리는 메마른 웃음소리를 들었다. 그녀의 두 눈은 이제 그녀의 것이 아니었고 냉정한, 그러나 고통스러운 안구는 창틀에 영원히 못박혀 있었다. 그 창틀 너머에 소토스 룰루디스는 카마라의 낡은 접시조각을 긁어모으며 서 있었다. 쏟아진 돌마다키아를 주워모으면서. 의도된 목적을 이루지 못했기 때문에 그 작은 포도나무잎의 덩어리들은 노랗고 외설스럽게 되었다. 그 것이 포피와 배실 판초풀로스를 잡아 흔들었다. 통조림 깡통 속의 돌마다키아의 그 냄새를 기억하게 했다. 그리고 웃었다.

그러나 소토스 룰루디스는 정돈하고 있었다. 그의 손목은 더 늙었고 더 길어 보였으며 더 야윈 듯했다.

그 때 시시 카마라가 눈치챘다. 자기 남편 나이에 이런 일을 저지르다니…… 그의 그로테스크한 자태는 세 사람 모두를 꾸짖고 있었다. 왜냐하면 그녀가 자기가 앉아 있는 자리에서부터 창문에 대고 날카로운 소리를 질렀기 때문이었다. 이렇게…….

"무슨 짓을 저질렀어요. 소토스? 내가 아끼는 접시를 깨뜨린 건 아니겠죠?"

소토스가 들어왔다. 그는 두 손으로 둥우리 모양을 만들었는데, 그 속에는 예리한 파편들이 담겨 있었으며 부드럽고 축축한 돌마다키아는 빠져나가려는 듯 그의 손가락 사이에서 쥐어짜이고 있었다.

"그래" 하고 그가 말했다.

"내가 깨트렸어, 그 접실."

그러고 나서 그는 나가버렸다. 집안의 비밀한 곳으로. 마치 캔버스나 고무 속에서처럼 걸어서. 실지로 아무도 보지 못하는 데에서 그와 같이 신발을 신곤 했을지도 모른다.

소토스 룰루디스가 가버린 것은 최소한 포피 판초풀로스로 하여금 그녀가 참고 있던 웃음을 터뜨리게 했다. 괴로운 듯이 그녀는 몸을 흔들기 시작했다. 그녀는 아주 보기 흉하게 뭘 마구 먹고 싶었다. 더욱 재미없어진 배실은 몸을 흔들고 비틀거렸다.

"하지만 내 접실!"

그녀가 다시 웃기 시작하기 전에, 시시가 날카롭게 소리쳤다.

"내 독수리를!"

시시는 웃었다.

"그렇게나 좋아했는데. 내 사랑스런 독수리, 그 모든 걸 떨어뜨리다니!"

시시 카마라의 흥분이 가라앉았다. 이슬이 먼지 사이에 내렸다. 눈물이 그녀 두 눈의 가장자리에서 용솟음쳤다. 그녀가 염려했던 생각으로 인해, 보통 때에도 긴장해 있는 그녀의 얼굴이 쫙 찢어졌다.

"내 마지막 귀중한 재산을."

시시 카마라는 웃었다.

"늙어서 덜 집착하고 싶어할 때, 늙는 것 자체가 짓궂게 실망시키는 것이 될 때, 자그마한 허영을 모아 뭘 소유하고 있다는 마지막 즐거움을……."

배실은 웃음을 그쳤다. 만일 그가 술잔을 발견할 수 있다면, 저녁 내내 자기를 거들떠보지 않았던 그는 당장 웃음을 그쳤을 것이다.

시시 카마라를 제외하고 모든 이들이 그에게 한잔씩 주었다.

"아, 나는 우리들이 아직 기분이 좋은 것을 부정하지는 않겠어요."

시시가 웃었다. 그리고 가볍게 토닥거렸다.

"또한 아름다움은 가끔 더 이상 잃어버릴 게 없다는 다짐이 되니까."

소토스 룰루디스가 돌아왔을 때, 포피 판초풀로스는 사다리 모양의 의자등받이에 숨을 거두려는 듯이 몸을 기대었다. 그녀는 그 정도로 푹 내려앉아 있었다.

소토스는 자기 자리에 앉았으며, 식어빠진 송아지고기를 길게 장방형으로 자르기 시작했다. 그는 창백한 입술로 먹었다.

시시 카마라는 진정되었다.

"늙는 것을 두려워해선 안돼요. 그건 다소 정상적이니까. 단지 내 관절염에 걸린 엄지손가락만을……. 포피, 내 엄지손가락은 관절염에 걸렸어. 무게를 지탱하질 못해."

이렇게 말하며 그녀는 마비된 발톱을 쳐들었다.

"나는 늘 무엇을 떨어트릴까봐 겁을 내지."

그녀는 한숨을 쉬었다.

"내 접시! 내 귀여운 접시!"

포피 판초룰로스는 꼭 보려고 했던 것은 아니었지만, 소토스의 눈꺼풀이 씰룩거리는 것을 보았으며, 그가 가끔 그렇게 하듯이 불빛을 마주하여 자기 자리에서 똑바로 터널의 끝을 내다보았다. 포피는 소토스가 무엇을 보았는지 알고 싶었다. 그녀는 웃음을 그쳐서 기뻤다. 이제 아주 그쳤다.

포피가 말했다.

"알레코 필리피데스는 바다고기가 우리 지중해의 고기보다 더 영양가가 많다는 이론을 주장하고 있어. 그들이 받아야 하는 훈련 때문이라는 거지. 그가 엘리 람브라키의 집에서 내게 들려줬다구."

밤공기는 작별인사하는 것을 더욱 용이하게 만들었다. 그 것은 일종의 의무가 아니라, 일어났던 일에 대해 미안함을 느끼는 것이었다.

"옷을 단단히 걸쳐 입으라구."

시시 카마라는 남편과 함께 문간에 서서 충고했다.

"날씨는 여전히 믿을 수 없으니까."

불빛이 시시와 소토스를 갈라놓았다. 그들은 누구도 생각할 수 없을 만큼, 한 쪽은 더 작아졌고 또 한 쪽은 더 호리해졌다. 늙은 개들의 코처럼 그들의 메마른 코는 공기를 킁킁 냄새 맡았다. 이내 도망자의 냄새를 맡는 요행을 바라는 사람 같았다.

배실과 포피 판초풀로스가 자기들의 멋진 차에 올라타 앉고 나서 환기장치를 열어놓지 않아도 창문으로 공기를 유통시킬 수 있는 것을 확인했다. 배실이 입을 열었다.

"창피한 에피소드였어, 포피. 나도 가담한 것은 인정해야겠지만. 웃음이 자꾸 나온단 말야. 달리 어떻게 할 수가 있었어야지?"

"그래요."

포피가 고개를 돌리면서, 길모퉁이임을 알리며 말했다.

"가여운 시시! 우린 그녀를 다시 못 볼지도 몰라."

배실이 넌지시 말했다.

"그래요."

포피가 말했다. 어느 정도, 전에 일어났던 그대로 모든 것이 다시 일어난다는 것을 믿으면서.

"이르르르흐흐흐……."

벽이 무너지고, 페트로쉐일로스의 천공기는 판초풀로스 부인의 치주 신경에 곧장 닿았다.

"그렇군요! 의심할 여지가 없어요!"

치과의사는 자신만만하게 소리쳤다.

페트로쉐일로스는 큼직하고 불쾌한 코를 낮추었다.

"냄새까지 납니다. 뽑아버려야 해요."

"아! 아니!"

판초풀로스 부인이 소리치며 거부했다. 그녀는 땀이 밴 의자의 팔걸이를 붙잡고 있었다.

"천하 없어도 뽑진 않겠어요. 상태야 어떻든. 때워주세요, 제발. 내 이빨입니다. 물려받은 거예요."

필요하다면 다른 의사에게 보이지, 이빨을 빼지는 않겠다. 그녀는 입 안 가득 치과기구를 문 채 의사표시를 할 수만 있다면 하고 생각했다. 금속 발판 위에 놓인 그녀의 두 다리는 사실 너무 짤막하고 통통했다. 판초풀로스 부인은 눈을 감았다.

"썩은 이빨을 빼느니 모든 걸 참겠습니다."

그녀가 말했다.

하녀들은 모두 머리를 묶었고, 섬사람 같은 얼굴이었으며, 목도리까지 하고 있었다. 그들은 각자의 짐꾸러미를 들고 있었는데, 레클레크가 쇠창살 뒤의 홀에서 그들을 프랑스 구축함까지 데려다주기를 기다리고 있었다.

때때로 아가씨들이 물었다.

"그 사람이 올까요?"

"물론 올 거야. 돈까지 지불했는데!"

포피 페스마조글로는 확신했다.

책임감은 그녀를 야위게 했고 우울하게 했으며 엄격하게 만들었다. 지갑을 열고 자기 눈으로 본 것을 그녀가 믿을 수 없는 때가 있었다. 오로지 그녀의 양친만이 로잔느에서 전보를 치곤 했는데, 그녀가 여전히 그들의 철없고 보조개 파이는 딸임을 기억하게끔 했다.

"이걸 어쩌지. 피틸리스 씨 말은, 그놈들이 마을을 온통 불바다로 만들었대요. 그놈들은 지금 스머나를 불지르고 있답니다."

파나요타가 신음하듯 말했다.

"그걸 전부 믿어요?"

이렇게 묻는 것은 미스 페스마조글로의 의무였다.

레클레크가 미리 돈까지 받은 약속을 지키러 오지 않는 것이, 즉 그들 일행이 부두를 향해 출발해야 하는 것이 의심할 여지가 없게 되자 세 아가씨는 나란히 서서 늦은 식사를 했다.

미스 페스마조글로는 갑자기 더 길어진 두 다리로 성큼성큼 걸어나갔다.

그리고 스머나는 불타고 있었다. 밤은 그 비수를 뽑아들었고, 실크 모슬린이 타는 냄새는 질식시키고 있었다.

아아아아, 그들은 울고 있었다. 아니, 웃고 있었다. 그들의 머리를 낮추고 멀리 달리고 있었다.

미스 페스마조글로는 움직이지 않는 격리된 형체 속에 섬뜩한 어두움이 웅크리고 있었기 때문에 뛰어 달아났다. 불과 유리, 모든 것이 달아났다. 말의 축축한 내장이 길 위에 떨어져 있었다. 전차의 문간에 손이 하나 삐죽 나와 있었다.

"더러운 터키놈들!"

모든 어두움은 사내들의 군생群生하는 몸뚱아리로 부풀어올랐다. 그녀는 공을 쫓아 달리듯 정신 없이 거리를 질주했다. 그녀는 물컹하는 얼굴을 하나 밟았다. 계속 달렸다.

독립로 모퉁이에서 그녀는 터키 사람이 짧은 칼을 들고 있는 것을 보았다. 콘야(터키 남부의 도시)에서 온 무화과 장수 같았다. 그처럼 온순했다. 먼지가 많은 날 아침, 그는 아카시아나무 밑에서 자줏빛 무화과를 저울에 달았다. 다소 고약한 냄새가 나는 그에게 말을 거는 사람은 물론 아무도 없었다. 지금 이 늙은 터키인은 불에 붙은 듯했다. 불꽃은 그의 상처가 있는 얼굴에서 비틀리고 있었다. 그리고 늙은 가정부 반젤리오,

시시의 아저씨의 유모. 자갈로 포장한 길 위에 꿇어앉아 반젤리오는 터키인에게 체념의 신앙과 자비를 보여주고 있었다. 터키군인의 어처구니없는 칼 앞에, "아, 하나님!"

미스 페스마조글로가 비명을 질렀으나, 그 소리는 유리들이 깨어지는 소리에 잦아들어버렸다.

달리고 뛰는 사람들을 어떻게 할 수 있는가? 살이 뼈에서 떨어져나가게 만드는 칼을 쥐는가? 아니, 그건 아냐! 아니면, 빠짐없이 상처를 입히는 것인가. 질주하다가 속도를 늦추며 생각했고, 항만에는 피란민을 받아들이기 위해 대기중인 배들이 전기장치를 한 해골처럼 서 있었으며, 피란민들은 떠밀려나가지 않으려고 거룻배에 찰싹 붙어 있었다.

그렇게 그녀는 질주했고, 거친 숨길을 돌이키며 로잔느에 전보를 칠 수 있도록 허락을 얻어야 했다.

판초풀로스 부인은 치과병원에 누워 있었다. 부인네들이 아이스크림을 맛보며 그네들의 하녀에 관해 이러쿵저러쿵 주고 받을 그 피로한 시간이었다. 그러나 판초풀로스 부인은 흠뻑 젖었고 몸상태가 좋지 않았지만 자기가 살아 있음을 알고는 음울하게나마 원기를 되찾았다.

치과의사가 자기를 쳐다보지도 않은 것은 그녀를 잠시 노엽게 만들었으며, 그녀는 핸드백을 열고서 그 속에 보이는 물건에 대해 원한을 품었다.

그 반면, 페트로쉐일로스는 털이 숭숭 난 손으로 치과기구들을 분류

하며 서 있었다.

그가 알고 있음에도 불구하고 나는 핸드백에 칼을 숨기고 있지, 하고 판초풀로스 부인은 혼잣말을 했으며, 자기의 인생을 이 페트로쉐일로스나 찾아오면서 보내는 어리석어빠진 여편네가 틀림없다는 생각마저 했다.

판초풀로스 부인은 그런 생각이 들자 얼굴을 찌푸렸으나, 곧 미소를 지으며 말했다.

"이제, 치료비나 치르겠어요, 페트로쉐일로스 씨."

"하지만, 그럴 필요 없으십니다."

치과의사가 말했다.

"장부에 적어두겠어요. 그 전처럼. 당신은 신용이 있으시니까요."

"아, 나를 믿으신다니 기쁘네요!"

판초풀로스 부인은 말했으나, 분명히 한숨 놓는 표정이었으며, 고상하게 들뜬 웃음을 조금 웃었다.

"참, 너무너무 기뻐요! 하지만 역시 지불하겠어요. 광장을 가로질러 갈 때 내가 차에 치일 줄도 모르잖아요."

그녀는 입술을 깨물었다.

"내 두 다리는 아주 중대한 시간에 비틀거릴 수도 있어요. 물론 안 그렇겠지만, 그럴 수가 있다는 거예요. 아무도 백 퍼센트 확신할 순 없어요. 내 자신의 일에 대해서까지도."

판초풀로스 부인은 치과의사에게 돈을 계산한 뒤 문 밖으로 나갔다.

그녀는 바로 앞에, 자기를 잡기 위해 놓여 있을지도 모를 함정을 찾으며, 천천히 계단을 내려갔다.

편 지

폴킹혼 부인은 모드에게 위문편지를 써야겠다고 생각했다. 그녀는 병이라면 질색을 했지만 재미있는 노인네 모드 블레스는 멋쩍을 만큼 너무 충실했기 때문에, 그녀의 혈압에 관해서 한마디 하지 않을 수 없었다. 혹시 시빌 판즈워스 씨 병이었는지도 몰라? 그래, 시빌이라는 단어는 훨씬 더 전문적인 것같이 들렸지.

폴킹혼 부인은 여전히 아침식탁에 잠깐 앉았다가 거실에 있는 조각나무로 짠 책상에 앉아 있는 것을 즐겼으며, 두서너 편 정도 편지 쓰는 것을 즐겼다. 그 편지의 대부분은 안 써도 좋을 것이었다. 하지만 요즘에는 이 편지 쓰는 일이 그녀의 지위를 과시하는 것인 듯했다. 다행히도 그녀에게 해리엇이 나타났다. 그렇지만 해리엇과도 영원히 지속되지는 못할 것이다.

폴킹혼 부인은 호흡을 가다듬었다.

"찰스 있냐?"

그녀는 별다른 이유 없이 불러보았다.

대답이 없었다.

그녀는 두 번째로 좋은 편지지를 한 장 꺼냈다. WISHFORT, SARSA-PARILLA, N.S.W.라는 인쇄글씨가 선명했다.

이제 준비는 끝났다.

친애하는 모드(그녀는 그녀 특유의 굵은 서체로 썼다)

나는 "안정하라"는 말을 듣는 것처럼 따분한 일은 없다고 생각해요. 해마다 방문해오던 당신이 올해엔 못 오게 되어 우리가 얼마나 실망할 것인가는 당신도 짐작할 수 있을 거예요. 위시포트의 꽃은 올해엔 특히 예쁠 거고 당신도 그것을 무척 사랑할 테지요. 하지만 우리는 우리의 십자가를 져야 해요.

나는 찰스에게 그 소식을 알렸어요. 찰스는 말 없이 듣고만 있었지만 '그 중요한 때'에 자기가 사랑하는 모드 아주머니가 참석하지 못하는 걸 틀림없이 퍽 애석해 할 거예요.

나는 그를 달래서 올해는 마티네(연극, 음악회 따위의 주간 공연)에 데려갈 생각을 했어요. 올해는 그의 '오십 회' 생일이니까요. 난 그것을 믿을 수가 없어요! 물론 모든 증거가 있지만 말이에요. 실은 찰스는 때때로 불쌍한 이 에미가 젊다고 느낄 정도로, 너무 늙은이 행동을 한다오!

여기에서 폴킹혼 부인은 잠깐 거울을 들여다보지 않을 수 없었다. 그녀의 눈은 아직도 아름다웠다.

친애하는 모드.
당신도 아시다시피 난 내 근심으로 딴 사람을 원망하진 않아요. 그러나 당신의 대자代子는 그 어느 때보다도 더 나를 걱정시켜요. '손을 쓸' 수가 없어요.……

그녀는 '손을 쓴다'는 표현이 저속하지는 않을까, 잠시 따져보았다. 그녀는 그 문구를 강조한 것이 미안했다.

그러나…… (그녀는 용기를 내어 계속했다)…… 사태는 점점 복잡해지기만 해요. 그가 '은퇴'한 후 생활에 흥미를 갖도록 그에게 자그마한 일거리를 마련해주기 위해, 내가 얼마나 애썼는가는 당신도 알 거예요. 하지만 나의 노력은 항상 성공하지 못했어요. 그가 잔디를 깎도록 한 나의 계획은 실패에 그쳤는데, 그것은 이해할 수 있어요. 찰스는 기계를 잘 다루는 사람이 아니고 잔디깎기는 너무 따분하니까요. (노만이 다시 시작했어요. 그는 이제 말을 너무 안 듣고 버릇도 없어요. 그러나 그래도 있다는 건 다행이에요.) 비교적 최근에 와서 '영감'이 하나 떠올랐어요. 그건 찰스를 사르사파릴라에게 보내 편지를 가져오게 하는 것이었죠. 나는 재미있게 생긴 조그마한 사서함을 하나 빌렸어요. 게다가 우체국의 여직원인 서그덴 부인은 아주 고상한 사람이에요. 찰스도 그녀에게 호감을 갖고 있는 걸 나는 알아요. 몇 달 동안은 만사가 잘 되어갔어요. 그러다가 지난주에 갑자기, 찰스가 이젠 편지를 가지러 갈 수 없다고 선언했다오! 그래서 이제 편지는 다시 우리집 문 앞까지 배달되었어요. 그래서 난 찰스에게 새로운 일거리를 찾아줘야 해요.

멜버른처럼 먼 곳에 사는 사람에겐 이 모든 것이 하찮은 일처럼 들리겠지요. 하지만 내겐 중요한 관심사예요. 당신은 그의 대모代母이니까 알려주는 거지만, 다른 사람에겐 절대로 말하지 않아요.

모드, 당신은 그에게 영향을 미칠 수 있는 사람이에요. 나는 항상 당신에게 감사해왔어요.……

여기에서 폴킹혼 부인은 다시 멈추었다. 그 촌스럽고 단순한 모드가 때에 따라 경우에 따라 행동할 줄을 알다니 제법이었다. 그건 겸손이었을까? 아, 그러나 폴킹혼 부인은 겸손을 위해 기도를 드렸다. 그녀는 이번에는 얼굴을 잔뜩 찡그리고 거울을 보았다. 거울에 비친 얼굴도 역시 찡그렸다.

마음을 편히 먹자.

폴킹혼 부인은 미소짓기 시작했다. 그녀가 배운 대로 느긋하게, 고상하게.

친애하는 모드.

마지막으로 당신의 건강이 회복되길 빌어요. 그리고 우리 '둘'은 위시포트의 꽃 사이를 거닐면서 가장 깊은 애정을 가지고 당신을 생각할 것이라고 나는 확신해요. 그러면 해리엇이 생일 성찬을 들라고 우리를 부르겠지요.

당신의 어슐라

추신 – 만약 당신이 그에게 편지를 쓰더라도 이 일에 대해서는 전혀 말하지 말아주세요.

고약한 냄새가 나는 풀로 봉투를 붙이고, 폴킹혼 부인은 찰스를 찾으러 나섰다.

찰스는 식당에서, 큰 가죽 안락의자에 앉아 있었다. 썩 기분이 좋지 않았다. 그 의자는 디키의 것이었다. 찰스는 무엇인가 읽고 있었다. 아니, 읽고 있는 것같았다. 그의 뒷머리, 담황색의 단정한 머리칼이 보였다. 찰스는 자기의 연약한 머리통을 가능한 한 많이 덮을 수 있도록 그 머리칼을 다듬곤 했다. 때때로 폴킹혼 부인은 아들의 머리에서 아직도 맥박이 뛰고 있는지 보고 싶었다.

"찰스야, 뭘 읽고 있구나."

그녀는 빙 돌면서 부드럽게 말했다.

그는 계속해서 책을 읽고 있었다.

"무얼 읽니? 찰스."

"닭을 자유로이 놓아기르는 법."

그의 조그마한 담황색 콧수염은 벌써 약간 세어 있었다.

"그러나 우린 닭을 키우지 않잖아. 닭은 냄새가 난단 말이야."

그는 말 없이 책만 읽었다.

"몇 마리나 사줬으면 좋겠니?"

계속해서 그녀는 말했다.

"여섯 마리쯤 어떻니? 큰 놈으로 말야. 하지만 어린 닭들은 너무 골칫거리여서 넌 틀림없이 감기가 들 거야."

그녀는 빌다시피 말했다.

"아뇨."

찰스가 말했다.

그는 계속해서 책을 읽었다.

폴킹혼 부인은 그 큰 가죽 안락의자의 삐걱거리는 소리가 견딜 수 없었다. 그녀는 노만이 잔디를 깎는 소리를 좋아했다. 그 기계소리는 거의 모든 소음과 감정 그리고 요기妖氣마저 없애주었다.

"그렇다면."

그녀는 한숨을 쉬었다.

그녀는 모자를 고쳐 썼다. 그녀가 정원에 나갈 때 쓰는 낡고 큰 밀짚모자였다. 그녀의 모든 모자가 그렇듯이 챙이 크게 흐늘거리는 그 모자는 폴킹혼 부인에게 어울렸고, 또 그녀를 기분좋게 했다. 챙이 축 늘어진 이 커다란 모자는 결혼식 분위기를 자아냈다.

"우체부가 편지를 갖다두었는지 문간에 가봤니?"

그녀는 갑자기 기억이 났다.

"아뇨."

그는 답했다.

그의 뺨이 약간 씰룩거렸다. 어쩌면 그것은 그의 피부에 생기기 시작한 작은 주름이었는지도 모르겠다.

"왜 안 갔지?"

그는 그저 책을 읽을 뿐이었다.

폴킹혼 부인은 화가 나서 숨이 차올랐다.

"그럼 내가 몸소 그 편지를 갖고 와야겠다. 해리엇은 바쁘고, 노만은 너무 버릇이 없어 더 이상 부탁하기도 지쳤다."

그녀는 정원으로 걸어나갔다. 정원은 그녀가 직접 설계한 것으로 정원수목도 훌륭한 것이었다.

마름모꼴의 납창살을 한 우아한 창문이 달려 있고 거친 벽돌로 만든 튜더풍의 집은 이젠 너무 컸다. 그러나 디키가 죽었을 때, 그녀는 이 집을 지켜나가기로 작정했던 것이다. 정원 사이에 난 길을 따라가며 그녀가 자랑거리로 여기는 장미들을 어루만졌다. 어디에선가 자스민 향기가 그녀의 뺨에 와 부딪쳤다. 그녀는 입 밖에 내지는 않았지만, 자스민 향기는 어쩔 수 없이 인생의 모순을 일깨워주었다.

물론 청구서 외에 무엇이 올까, 기껏해야 영수증이겠지. 찰스에게는 좀더 화려한 안내장 두 장이 왔고, 사촌인 켄으로부터는 회사 보고서가 왔다.

찰스가 은퇴한 후, 폴킹혼 부인은 사촌 켄 그리고 베도스 부인과 함께 몰래 짜고 회사의 보고서를 그녀의 앞으로 보내도록 해두었다. "그를 계속 두드러진 존재로 유지하기 위해서"라고 그녀는 말했다. 폴킹혼 부인은 그녀가 결코 잘 어울리지 못했던 지나간 몇십 년간의 말투를 흉내내기를 좋아했다. 그녀는 그러한 말투를 사용함으로써 어떤 공모에 가담한 기분을 느꼈다.

그러나 오늘 아침 상황은 그녀에게 좋지 못한 어떤 음모가 꾸며져 있는 것처럼 보였다. 그녀는 노만이 끝내 뽑지 않았던 개밀나무에 얽어놓은 올가미에 발이 미끄러져들어가 계단에 걸려 거의 넘어질 뻔했다.

그녀는 청구서를 쥐고 계속 걸어갔다.

디키라면 청구서에 주의를 기울여주었겠지. 디키 폴킹혼은 덩치는 크지만 마음씨 고운 사람이었다. 이젠 거의 모두가 그를 잊고 있다. 그의 미망인인 그녀조차 어쩌다 은빛테를 두른 사진틀에서 그의 얼굴을 발견하고 놀라곤 했다. 그 많은 사진에는 생시의 그의 모습이 담겨 있었다.

그러나 나는 정말이지 디키를 사랑했다.

그렇게 다짐하며 폴킹혼 부인은 편지를 들고 식당으로 돌아갔다. 그녀가 원하는 건 아니었지만, 어쩔 수 없었다.

"여기 편지가 왔어, 찰스야."

그녀는 편지를 건네주었다.

그는 그것을 받았다.

"그걸 열어보지 않겠니?"

그는 팸플릿을 놓았다. 그는 잠시 동안 입에 손을 갖다 대었다. 그는 아버지와 달리 골격이 연약했다.

"뭔가 재미있는 게 있을지도 몰라."

그녀는 달랬다.

"그러죠."

그러나 그는 일어서서 벽난로 위에 있는 칠기상자에 편지들을 넣어버렸다.

폴킹혼 부인은 어쩔 수 없었다. 모드가 있었더라면…….

"난 방금 모드 아줌마에게 편지를 썼어. 모드 아줌마의 병에 관해서 말야. 그런데 그 편지를 부치러 갈 사람이 없구나. 노만은 잔디 깎겠다구 거절할 거구."

그녀가 말했다.

"그 편지를 이리 주세요. 제가 사르사파릴라에 부치러 가죠."

그는 말했다.

그의 어머니는 감사해야 할지 고통을 느껴야 할지 알 수 없었다. 그녀는 항상 인간 본성의 깊이가 그녀로서는 잴 수 없을 만큼 깊은 것을 발견하고 고통을 느끼곤 했다.

그러나 그녀는 편지를 꺼내주었다. 찰스는 바싹 마른 몸집에 가볍고 신경질적인 걸음걸이로 걸어나갔다. 아버지와는 너무 닮지 않았다. 아버지의 행동은 항상 사람들을 위압했다.

디키의 사진에 생각이 미치자 그녀는 함께 있기를 즐겨 했던 다른 남자들이 생각났다. 영국제 튀드 옷감과 발에 꼭 맞는 반짝거리는 구두코가 머리에 떠올랐다. 그녀는 남자가 그녀의 관심을 끌고 있다고 생각하게 하여 그의 허영심을 부채질하는 동안 그의 팔목을 바라보곤 했다. 그녀는 아주 노련했다. 그녀를 둘러싼 명랑하고 마음에 맞는 많은 남자들은 어슐라 폴킹혼의 미소에 입을 헤 벌리고 쳐다보곤 했다.

그녀는 집안을 가로질러 걸어갔다. 긴 옷을 질질 끌며 걸어가는 모습은 틀림없이 그녀 특유의 걸음걸이였다. 그녀는 사실 별달리 좋아하지는 않는 옷이라도 긴 옷을 입으면 생기가 났다. 어슐라 폴킹혼(그녀는 투락의 애네슬리 러셀가에서 태어났다)은 언제나 질질 끄는 옷과 축 늘어진 소매와 끝에 새깃이 달린 모피 목도리를 목에 아무렇게나 두르기를 좋아했다. 그녀의 목은 참으로 아름다웠다. 그녀가 가령 결혼식 같은 데에서 긴 새끼염소가죽 장갑을 쓰다듬든가 맨손으로 연하게 빛나는 머리칼을 쓰다듬으며 들어갈 때면 모든 사람들이 신부의 존재를 잊어버리곤 했다. 그래도 그녀의 눈은 거의 딴 남자의 접근을 허락하지 않았다. 왜냐하면 그녀는 다른 사람의 애정을 가지고 장난하고 싶지 않았기 때문이다. 그녀는 그녀의 디키를 '찬양' 했다. 비록 그녀의 입이 누군가에게 미소를 지을지라도 그녀는 결코 진심을 말하지 않았다.

그녀가 도와주었던 모든 결혼식을 생각하며 폴킹혼 부인은 식기창고로 갔다. 아침마다 되풀이되는 편지쓰기 행사가 끝난 후, 그녀는 매일같이 그 곳에서 꽃을 다듬었다. 해리엇은 걸핏하면 잃어버리는 가위를 찾아두고, 폴킹혼 부인이 가다듬도록 꽃병을 바로 세워두었다.

"참 아름다운 장미야!"

그러나 오늘 아침에는 무언가가 장미를 좀먹고 있었다.

그녀의 반지가 부딪쳐 소리를 냈다. 그녀는 해리엇에게 보여줄 때 외에는 낮 동안에 결코 반지를 빼지 않았다. 해리엇은 그 것을 알고 있었다.

그러나 오늘은 반지가 거추장스러웠다.

그녀는 창문 밖을 한번 힐끔 쳐다보고―그녀는 항상 최대의 조심을 했다― 부드럽게 식당 안으로 걸어갔다. 그 곳에는 아무도 없었다. 숨이 가빠왔다. 요기妖氣가 아직도 어른거렸다. 그녀는 디키의 가죽 안락의자가 삐걱거리는 소리를 예측했다.

폴킹혼 부인은 칠기상자를 열었다. 그 안에는 한 뭉치의 편지가 들어 있었다. 모두가 미개봉인 채였다. 그 중에는 며칠 전의 것도 있었다.

그 순간, 그녀는 이해할 수 없는 무엇인가가 두려워지기 시작했다.

찬란하고 풍요한 정원으로 나온 순간, 찰스 러셀 폴킹혼은 약간 비틀거렸다. 햇빛에 그의 엷은 고동색의 눈이 부셨다. 그래도 편지만은 꼭 쥐고 있었다.

아침은 고요해졌고 늙은 노만은 쭈그리고 앉아 잔디 깎는 기계를 매만지고 있었다.

노만이 잠깐 쉬자 찰스도 걸음을 멈추었다.

"그게 뭐죠, 노만?"

"톱니바퀴요?"

노만은 찰스를 쳐다보지 않았다.

"톱니바퀴? 이건 바로 흉기야."

찰스 폴킹혼은 이제 저 잔디 깎는 기계를 만지지 않아도 좋다고 생각하자 안심이 되었다.

"좀 고쳐주어야 일을 해먹지. 이 흉기를 말이요."

노만은 불평을 터뜨렸다.

왜냐하면 그녀가 이제 더 이상 잔디 깎는 기계에 시간을 보내지 않을 거라고 말했기 때문이었다. 무서운 물건이야. 만약 그 놈이 매력있는 것이었다면 얼마나 좋을까.

찰스 폴킹혼은 그의 어머니가 곧잘 '그레이트 이스턴의 관목숲'이라고 부르던 길을 따라 계속해서 걸어갔다. 그는 손톱 옆의 하얀 마른 피부를 잡아뜯고 있었다. 인기 있던 소년 시절, 그는 그 죽은 것같은 피부 조각에 관심을 갖기 시작했으며 종종 피가 날 때까지 문지르곤 했다. 그는 창고 옆에 서서, 혹은 관목숲에 들어가서 죽은 살을 뜯곤 했다.

"재미있지 않아요, 모드 아줌마? 피부의 *끄트머리*라는 것이……. 때 때로 너무 세게 잡아뜯지만 않으면 재미있어요."

모드 블레스에게 이 대자代子는 가장 상상력이 풍부한 꼬마였다.

"그렇고 말고."

그녀는 그의 머리를 쓰다듬었다.

무난한 가정의 가난한 성직자에게 시집을 간 그녀는 아기를 낳지 못했다.

찰스 폴킹혼은 그 길을 따라 사르사파릴라로 갔다. 그 길은 아무도 알아주진 않았지만 진정 그의 길이었다. 비록 그의 어깨는 좁고, 가는 허리에 닳아빠진 가는 세로줄 무늬의 옷을 입고 있긴 했지만 그는 이제 단호하게 걸었다. 그를 알아보는 얼굴이 있을 테지만 고개를 돌리지도 않았다. 그를 아는 사람은 역시 있었다. 여자들이 청소를 하다가 또는 이야기를 하다가 폴킹혼을 쳐다보곤 했다.

그는 드디어 도착했다. 읍내를 빙 돌아가 편지를 조용하게 솜씨있게 미끌어넣었다.

편지를 부치자 그는 곧 빠져나왔다. 우체국 여직원 서그덴 부인조차 그를 보지 못했다. 잘 정돈된 아름다운 머리칼을 가진 서그덴 부인에게 그는 애정을 품고 있었다.

찰스가 사서함에서 편지를 꺼내올 때마다 서그덴 부인은 "오늘 아침도 적진 않군요, 상당히 두툼한데요" 하고 말하곤 했다.

찰스 러셀 폴킹혼은 올 때보다 더 기분좋게 돌아가고 있었다.

그는 모드 아줌마와 서커스를 구경간 적이 있었다. 광대들은, 특히 열심히 연기한 광대는 그를 더 놀라게 하기 시작했다. "가엾은 찰스" 하고 그녀는 안심시켜주었다. "이젠 쳐다봐도 돼, 아무 것도 아냐, 말놀이인데 뭘 그러니." 말놀이라고? 무서운 광대들 말고는 말이라곤 없었는데…… "광대들의 어리석은 짓거리일 뿐인데 뭘 그러니" 하고 그녀는 그를 다시 안심시켰다. 그는 그녀의 가슴으로부터 천천히 고개를 들었다. 그는 그녀에게서 아무런 냄새도 나지 않았다는 걸 알고는 놀랐다. 오직 친절뿐이었다. 그의 살갗을 쓰다듬고 있는 그녀의 손이 너무 자연스러웠기 때문에, 그는 광대와 무서움이 사라진 후에도 줄곧 그 손을 바라보았다.

그 것은 현실이 아니야. 그건 아무 뜻이 없는 거야, 하고 그녀는 설명했다.

찰스 러셀 폴킹혼은 종종 무엇이 의미 있는가를 생각해왔다. 이제 그는 언덕을 내려가며, 코를 훌쩍였다.

"안녕하세요, 폴킹혼 씨."

노처녀 랭랜즈가 말했다.

"안녕하세요, 미스 랭랜즈. 오늘은 안색이 좋으시군요."

그녀가 그를 좋아하는 게 사실일까?

좋은 학교에 다녔기 때문에 폴킹혼은 예의범절을 몸에 지녔다. 사람들은 그가 학자로서 이름을 날렸던 일을 잊어버렸다. 그의 어머니는 홀에 앉아 세월이 가기를 기다리며 그가 그녀의 팔에 상장을 한아름 안겨주기를 기다리곤 했다.

그들은 또한 그를 캠브리지에 보내주었다. 아버지가 동의하였지. 폴킹혼은 처음엔 조심스럽게 행동했다. 2학년 때 그는 두세 명의 친구를 집에 초대했다. 그들은 다시는 오지 않았다. 그러나 찰스는 그가 발견한 모든 것에 몰두했다. 그는 우등으로 학위를 땄다. 2등이었다. 그러나 그

건 불가항력이었다. 만약 마지막 시험 때 건망증이 일어나지만 않았다면 1등을 했을지도 모른다고 그의 지도교수는 생각했다. 찰스는 조용히 파멸하기 시작했다. 그는 학문적으로 좀 따분하긴 하지만 로만스어를 전공하려는 오랜 꿈을 품고 있었다. 이상하게도, 언어학은 그가 다른 사람과 교제할 수 있게 했다.

그러나 모든 것은 허사로 돌아갔다. 그것은 다른 이유 때문이었다.

그의 어머니가 편지를 썼던 것이다.

……전보를 치지 못했다. 왜냐하면 전보를 치면 네가 더 놀랄 거라고 생각했기 때문이다. 그러나 아버지가 잠자는 중에 고통 없이 돌아가셨다는 걸 알면 조금 위로는 되겠지. 얼마나 놀랐는지 모른단다. 어찌나 놀랐던지 제 정신으로 돌아오려면 한참 걸릴 것같구나. 그러나 난 할 수 있는 한 힘을 내겠다. 항상 신경써야 할 회사도 있고……. 사촌 켄과 베도스 씨가 있어 힘이 되는구나. 아버지는 그들을 가장 신임했지. 그러나 사랑하는 찰스야, 아버지의 가장 간절한 소망은 네가…….

찰스는 돌아왔다.

어머니는 그를 맞으러 뱃머리까지 나오지 않았다. 그녀는 소란한 곳을 피해 그들이 함께 사랑했던 곳에서 재회를 하기를 택했던 것이다.

그녀는 계단을 내려와 그에게 다가왔다. 그녀의 얼굴은 눈물로 굳어

져 있었다. 그녀는 영국제 튀드섬유의 부드러운 감촉을 즐기며 잠시 동
안 그의 팔을 붙잡고 있었다.

찰스 폴킹혼은 그 때만 해도 조그마한 콧수염을 단정하게 가르고 옷
이랑 소매단추도 점잖은 날씬한 청년이었다. 그 때는 그가 아직 이야기
를 할 수 있었다. 담배연기가 보호막이 되어주기도 했다. 음악을 들어
도 아직은 가슴이 뛰지는 않았다. 한두 처녀는 춤출 때 그를 살펴보기
도 했다.

"말해보렴. 누군가가 있는 것같은데."

그의 어머니는 얼굴을 내밀고 물었다.

"누구라니요?"

"누구라니. 이 어리석은 노총각아, 예쁜 아가씨 말이지."

그녀는 웃었다.

찰스 폴킹혼은 깜짝 놀랐다.

"그렇지만 전 제가 할 일을 다 했다고 생각하는데요."

방을 나서면서 그는 손수건으로 이마를 닦았다.

그의 어머니는 술을 마셨고 기회 있을 때마다 그 질문을 되풀이했다.
그녀의 눈은 그럴 때 가장 파랬다.

"도대체, 사랑스러운 아가씨가 없다는 건 믿을 수 없어. 그건 자연스
럽지 못해."

그녀는 말했다.

그녀는 그의 입이 말을 하려고 움직이는 걸 지켜보았다.

"아무도 없어요."

그는 그렇게 말하고선 계속 우겼다.

어떤 면에서 보면 사태가 불운했다고 폴킹혼 부인은 랭랜즈 양에게 말했다. 그러나 그녀와 찰스는 함께 대단히 행복했다. 그들에게는 공통점이 많았던 것이다.

그 당시, 찰스 러셀 폴킹혼은 일단 마음먹은 것은 꼼꼼하게 관찰했다. 아침마다 기차를 타고 일터로 나갔다. 사촌 켄이 공장을 설명해주었다. 부하직원들은 자기들이 당연히 그래야 한다고 생각하면서 그에게 친절히 대했다. 그에겐 사무실이 하나 배당되었다. 그의 아버지의 것은 아니었지만(그 것은 사촌 켄이 차지했다) 좀 작긴 해도 공기도 잘 통하고 집기도 잘 갖춰져 있었다. 낮 동안에 이따금 비서들이 그의 서류함에 서류를 갖다두었다. 미스 그레그슨한테서는 애쉬 오브 로즈Ashes-of-Roses 냄새가 났다. 찰스 러셀 폴킹혼은 서류함에서 서류를 꺼내 신중하게 검토하곤 했다.

그를 괴롭히기 시작한 것은 소음이었다. 어떤 때에는 미스 그레그슨이 말을 해도 소리는 들리지 않고 입만 벙긋거릴 때도 있었다. 그 것은 기계소리 때문이었는데 그는 기계를 들여다볼 때마다 고개를 돌리지 않을 수 없었다.

그 곳에서는 해마다 만찬을 겸한 무도회가 열렸다. 그의 어머니도 거기에 참석했다. 베도스 씨가 그녀를 이끌고 월츠를 추곤 했다. 그의 손목시계는 그의 체구에 비해 너무 적었다.

"그레타 가르보를 좋아하세요, 폴킹혼 씨?"

그레그슨이 물었다.

"재미있니, 얘야."

그의 어머니가 물었다.

그녀는 결코 자기 역할을 잊지 않았다.

첫 한두 해 후에 누군가가 리본장식을 단 종이모자를 갖고 노는 생각을 해냈다. 춤을 좀더 재미있게 하기 위해서였다.

찰스 폴킹혼은 자기로서는 그 요점을 알 수 없는 웃음거리에 지나지 않다고 생각했다.

하지만 그의 어머니가 있었고, 더구나 어머니는 직공들과도 춤을 추었다.

더욱 나쁜 것은 그가 기계를 믿지 않기 시작한 것이었다. 그는 미스 그레그슨의 서류를 검토하고 앉아 있으면서 도대체 기계가 어떻게 움직이는가 생각했다. 목소리는 들리지 않았다. 그게 오히려 더 좋았다. 어떤 소리도 들리지 않을 테니까.

그래도 톰슨 존슨 건설회사는 여전히 존재했다.

"잘 돼나가, 켄?"

자갈을 기계 속에 던져넣으며 물었다.

"잘 돼나가느냐고? 물론이지. 여분까지 돌리고 있어."

그 때 자갈이 튀어 기름덩이가 찰스 폴킹혼의 사무실까지 날아들었다. 그는 미스 그레그슨의 서류를 다른 서류함에 넣었다.

그날 저녁 집으로 온 후, 폴킹혼은 1주일 동안 회사에 나가지 않았다.

"켄, 너에게만 비밀히 얘기해야겠다. 찰스는 신경쇠약으로 고통을 좀 받고 있어. 그는 좀 쉬어야 해. 내가 보살펴야지. 고마워, 켄. 너는 우리 회사의 지주야."

어머니가 회사에 전화를 걸고 말했다.

그러나 찰스는 1주일 후에 다시 출근했다. 그는 자기 자리를 지킬 생각이었다.

그들은 그가 사무실을 지키라고 내버려두었다. 그는 줄곧 거기 나가 〈헤럴드〉지를 읽었다. 그러다가 마침내 폴킹혼 부인의 표현대로 은퇴한 것이다.

위시포트에서 지낸 세월은 대부분의 무자비한 기계처럼 규칙 바르게 지나갔다. 위시포트에서는 침묵이 지배했다는 점만이 달랐다. 비록 팸플릿이나 안내장 따위 외에는 책읽기를 포기했지만 아직도 찰스 폴킹혼을 괴롭히는 구절이 있었다. 사랑에 관해 나는 온통 분노만 가지고 있다, 하는 구절(라신느의 비극 '페드라'에 나오는 대사)은 마치 손으로 막고 부는 트럼펫 소리처럼 들렸다. 그는 곧잘 관목숲으로 몰래 들어가 평온한 사색을 즐기기도 하고, 손톱 옆의 죽은 살갗을 잡아뜯기도 했다. 때때로 그의 목구멍 안의 망울이 부드러워져 경이의 말을 내놓을 뻔도 했고, 이미지들이 보이지 않는 어떤 곳에서 거의 형상화되기도 했다.

때때로 그의 어머니가 그를 부르기도 했지만 그는 기분이 날 때만 대답을 했다.

오십 회째 생일날 아침, 찰스 폴킹혼은 일찍 일어나 무언가를 해야겠다고 생각했다. 그 것은 아마 선물일 것이다. 그는 아직도 선물이라면 가벼운 흥분을 느꼈다. 그는 미리 그 선물을 알아맞히곤 했다.

어머니가 그의 이름 첫 글자를 새긴 스위스제 보일천으로 만든 셔츠 여섯 벌을 갖고 들어왔다. 집안에서 그녀는 항상 맨 먼저 일어났다. 그녀는 그에게 키스를 했다. 믿기 어려운 혈색을 가진 그녀의 뺨은 얼음물 같이 차가웠다.

"오래오래 살아라, 찰스야!"

그녀는 마치 물을 뒤집어쓰며 말하는 것처럼 명랑하게 말했다.

"멋지지 않니? 만져봐."

그녀가 재촉했다.

"그러죠."

그는 대답하며 그 것들을 바라보았다.

그녀는 곧 정원으로 나가 이슬과 거미줄 속으로 들어갔다. 그녀는 더워지기 전에 그 곳으로 가서 장미송이 꺾는 것을 좋아했다. 펄렁거리는 장밋빛 비단옷이 가시에 긁혀 찢기기도 했으나 그녀는 항상 마음먹은 대로 꽃송이를 꺾고야 말았다.

날씨는 맑았고, 더워질 것같았다. 아침에 새로 핀 잎사귀들은 별 수 없이 시들 것이다. 찰스는 마음의 준비가 되어 있었다. 꽃송이들도 바람에 갈색으로 흩날리겠지. 올해에는 그의 근심을 나누어 가질 모드 아줌마마저 못 올 것이다. 다른 자질구레한 행사는 예년과 같을 것이다. 통

닭구이, 초콜릿을 끼얹은 아이스크림 등. 해리엇은 과자에 크림을 얹었다. 해리엇의 그 주름 많은 얼굴은 언제나 영원한 충성을 나타내고 있었고 그는 그러한 눈을 감히 바로 쳐다볼 수 없었다.

찰스는 내려갔다. 어머니가 식사는 같이 하지 않은 아침식사 후, 그는 확실히 무언가가 있다는 걸 알았다. 가슴이 쿵쿵 뛰었다. 때때로 그의 심장은 어떤 사람이 크레이프 고무로 밑창을 댄 구두를 신고 리놀륨을 깐 복도를 걸어갈 때처럼 뛰었다.

그 때 그는 깨달았다. 아마 잠을 푹 자고 났기 때문인지 그는 잘못을 고칠 필요성을 느꼈다. 그것은 한 상자 가득한 뜯어보지 않은 편지들이었다. 벽난로 위에 놓아둔 그 칠기상자.

봉함된 편지들은 비밀을 휘젓고 가스를 퍼뜨리고 독을 무르익히면서, 그가 피하고 싶어하는 어떤 위험을 배태하고 있는 것이 아닐까? 그는 심장이 뛰어 견딜 수 없었다. 이제 아홉 시가 되면 우체부가 더 많은 편지를 갖고 올 것이다.

아홉 시가 되자 어김없이 우체부가 왔다. 바로 그 때 시계가 쳤던 것이다. 찰스는 우체부의 모자끝이 반짝거리는 것을 바라보았다.

영감에 쫓겨 그는 길을 따라 내려갔다. 뜯어봐야지. 승마용 윗옷의 깃이 바람에 날렸다.

오늘 아침에는 청구서같이 위장한 어떤 것이 있었다. 보다 천진하면서도 위험한 어떤 것. 아마 모드 아줌마에게서 온 편지일 것이다.

찰스는 급히 식당으로 갔다. 그러나 어느 것을 먼저 뜯을까를 생각하며 지나치게 서두르지는 않았다. 고쳐야 한다. 피해야 한다. 상자 속에 든 편지를 식탁 위에, 잼 속에 빵부스러기 사이에 쏟아놓았다. 그는 그 중 한 개를 뜯었다.

　　…… 이 기계는 더 잘 들고 시장에서 파는 어떤 것보다 오래 쓸 수 있습니다. 당신의 정원에 끈질기게 자라는 온갖 잡초를 제거해 줄 것입니다. 회전기의 날은…….

찰스 폴킹혼은 다시 위축되었다. 바람이 모두 베어가버린 이제 기계 는 필요없지, 하고 찰스는 거의 마음을 가다듬었다. 회전하던 칼날이 떨 어져나와 사람의 눈에 박혔다는 것을 어디에선가 읽은 기억이 났다.

그러나 그 사소한 재난은 편지봉투를 뜯을 때 사라져버렸다. 그의 손 은 안정을 찾아 더듬거렸다. 할 일을 하기 위해서이다. 설사 그렇지 못 하다면— 그는 스스로 존엄할 수 없었기 때문에— 그의 피부를 보호하 기 위해서라도 안정을 되찾아야 했다.

그는 드디어 편지를 또 하나 뜯었다.

　　…… 그렇지 않으면 (두 번째의 협박이 계속되었다) 더 이상 예고하지 않고 공급을 중단하겠습니다.……

그의 목은 굳어 빳빳해졌고 눈에는 핏발이 섰다. 혈관은 수축해서 더 이상 피를 나르지 않게 될 것같았다.

그 때 찰스 폴킹혼은 그의 대모를 생각해냈다. 모드 아줌마라면 틀림없이 그를 구해줄 것이라고 확신했다. 만약 그가 대모의 편지를 뜯기 전에 혀가 부풀어 숨통이 막히지 않는다면 말이다.

사랑하는 찰스야.(그녀가 직접 말하는 것같았다.)

너의 가장 행복한 생일을 축원하며 간단히 적는다. 생일날 참석하지 못해 난 얼마나 실망했는지 모른단다. 그러나 내 병이 발작한 후, 의사가 금했단다.

사랑하는 찰스야, 네가 마치 내 친아들인 것처럼 내게 커다란 행복을 안겨주었다는 걸 알아주길 바란다. 우리가 너무 멀리 떨어져 살았고, 또 내 자신의 불충으로 너의 만족한 대모가 되지 못했음을 인정한다. 나는 영혼에 관해 토론을 하면 반드시 어떤 순수성을 잃게 된다는 신념을 유일한 위안으로 삼아왔단다. 너도 이것을 깨닫고 스스로 위안하지 않겠니? 나는 우리가 항상 서로를 꼭같이 편안하게 했다고 생각하기를 좋아한다.

그런데 찰스야. 이제 너에게 내 비밀을 말해야겠다. 난 네 어머니를 당황하게 만들고 싶진 않단다. 그러나 아무래도 난 오래가지 못할 것같다. 진실은 항상 모험이지만, 때로 사람은 그 모험을 무릅써야 한단다. 나는 물었다. 그리고 대답을 들었다. 남은 시간에라도 나는 영혼이나마 항상 너와 같이 있기를 기도하겠다.

너의 생일을 축하하며 조그마한 소포를 하나 보낸다. 만약 생일 전에 도착하더라도 생일날까지 그대로 보관해주기 바란다.
너의 사랑하는 대모 모드 블레스

그 때 찰스 폴킹혼은 울음이 터져나왔다. 상처받은 자들! 두 사람, 아니면 세 사람?

그러나 모드 아줌마는 소포가 정치인, 외교관, 영화배우 또는 모든 중요한 사람의 생명을 위협하는 최악의 위험을 내포하고 있다는 걸 모르는 것일까? 적어도 아직 소포는 도착하지 않았다. 그렇지 않으면 사람들이 그것을 치워놓고 잊어버려서 사람의 손이 가지 않는 어느 찬장위의 어둠 속에서 무성하게 자라 울렁거리고 있는 것은 아닐까?

그는 방을 왔다갔다 하기 시작했다. 창문들은 열려 있었다. 갑자기 그는 창문을 통해서 노만의 잔디 깎는 기계가 내는 빽빽 소리에 겹쳐 짐승이 다가오는 소리를 들었다. 부드럽지만 교활한 동물들, 아니면 빗소리인가? 그 소리는 뽕나무잎 사이를 굴러내리는 커다란 빗방울이 내는 소리였다. 그는 창문을 닫았다.

그러나 그 자신의 심장이 뛰는 소리는 막을 수 없었다.

"왜 그러니."

그의 어머니가 들어서면서 재빨리 물었다.

"아, 너 편지를 뜯었구나. 그래야지. 어디 재미있는 거라도 발견했니?"

그렇다. 그는 발견한 것이다.

폴킹혼 부인은 일이 벌어졌다는 것을 알았다.

"찰스야, 우린 낙심해서는 안돼."

그녀는 말했다. 그녀는 떨고 있었다.

찰스 폴킹혼에게는 벽이 삐걱거리기 시작했다. 그녀가 그에게 다가갈 때 그녀의 얼굴은 회전톱이 되고 이빨은 날이 되어 빙빙 돌고, 눈은 흐려져 회전톱의 강철판이 되었다. 그는 소리치며 물러섰다.

"애야, 우리에게 이게 무슨 일이냐? 힘을 내야 해, 힘을!"

그녀는 소리쳤다.

그리고 그들은 소파에 앉았다. 그들의 무릎은 함께 떨리고 있었다. 그는 이미 그렇게 놀라지는 않았다. 그러나 울음을 그치는 방법을 잊어버려, 여전히 울고 있었다. 어릴 적에는 이렇게 울 때마다 그녀는 얼굴을 찡그리며 그가 좋아하는 마시멜로를 만들어주었고, 그는 그 하얀 덩어리에 새빨간 피만 묻지 않았다면 그것을 입에 털어넣었을 것이었다.

그는 그들이 잃어버린 모든 것 또는 결코 찾은 적이 없는 것을 두고 계속해서 울었다.

"힘을 내라, 힘을."

폴킹혼 부인이 말했다.

이 것이 자기의 아들이었던가? 이렇게 연약한 가지를 지금껏 손에 쥐고 있었던가? 그녀는 이 허약한 가지를 꺾어버릴 수도 있었다.

그러나 그녀에게는 자기 얼굴의 잔해에 낡고 삐뚤빼뚤한 이빨이 놓여지는 것이 보였다.

"잊지 말아라, 애야. 내가 항상 네 곁에 있어주겠다."

그녀는 힘없이 말했다.

그러나 그 말에도 그는 그치지 않았다.

그는 적어도 잊지는 않았지만, 여전히 울고 있었다. 그녀는 계단의 층계참에 서 있었다. 하얀 공단옷을 입고 있었다. 잊지 말아라, 찰스, 하고 그녀는 말했다. 찰스는 손으로 난간을 서서히 밀어내며 내려갔다. 넌 이제 편지를 뜯어서는 안될 나이라는 걸 잊지 말아라. 다른 사람의 일은 다른 사람의 것이야. 너는 너대로 뭐든지 찾아야 한다. 항상 그 것을 잊지 말아라.

잊지 말아라. 오, 어머니, 어머니. 오, 어머니!

"내가 도와주겠다. 네가 허락한다면, 만약 네가 날 믿는다면."

그의 어머니는 말하고 있었다.

그녀는 그의 머리를 가슴에 안았다. 브로치의 사파이어가 그의 눈을 찌르려 했다.

"예, 알았어요! 알았어요!"

그는 소리쳤다. 그러나 그 소리는 입 안에서 머물렀다.

나선을 따라 더 먼, 부드러운 심연으로 내려가면서 그는 그녀의 목소리, 그 목소리의 껍질을 주으려고 몸을 숙였다. 애는 천사예요. 그쵸? 이봐요, 디키! 궁전의 천장에서 떨어진 꼬마천사예요. 애는 내 것이에요. 내 천사예요. 아, 얼마나 달콤한 말인가. 그리고 그녀는 공단으로 그를 감싸고 그를 만졌다.

"찰스야, 찰스야!"

어슐라 폴킹혼은 가르랑거렸다.

"오, 하나님. 도와주소서!"

그녀는 말했다.

만약 찰스가 정신이 덜 빠져 있었더라도 그는 동전이 떨어지는 소리를 들었을 것이다. 그러나 그는 어둠을 찾아, 사파이어와 주름살을 지나며, 더 깊이 밀고 들어가야 한다.

"아, 끔찍해! 오, 찰스!"

그가 그녀의 냄새를 킁킁대며 맡기 시작하자 폴킹혼 부인은 그를 밀어버렸다. 어찌하여 그녀는 이 운명을 겪어야 하는가? 항상! 그 지긋지긋하고 비정상적인 자식 때문에!

쓰레기장에서

"여보!"

그가 바깥에서 불렀다. 그녀는 마당에서 계속 장작을 패고 있었다. 육체의 다른 부분은 힘이 빠지기 시작했지만 그녀의 바른 팔만은 여전히 힘차고 확고하게 휘둘리고 있었다. 왼 팔은 자연스레 내려뜨린 채 바른 팔만 휘두르고 있었다. 그녀는 똑바로 놓인 통나무를 뻐개고 있었다. 그녀는 도끼질에 아주 익숙했다.

누구나 도끼질은 익혀야 하니까. 그렇지만 남자라 해도 이 만큼은 기대하기 어려울 것이다.

"여보!"

다시 바깥에서 부르고 있는 사람은 윌 휠리였다.

그는 이제 문 앞까지 와 있었다. 한때 양키팀의 기념표식이 붙어 있었으나 이제는 떼어버린 그 헌 야구모자를 쓰고 있었다. 배가 나오기 시작했지만 그런 대로 보기 좋은 사내.

"당신의 그 활동이란 걸 하고 있나?"

겨드랑이 밑에 내의를 편히 늦추면서 그가 물었다. 편히 한다는 것이
휠리네의 가풍이다.

"여봐욧! 당신은 날 뭘로 아는 거요? 나무토막 정도로나 아는 거요?"

그녀가 항의조로 말했다.

그녀의 눈은 파르스름한 불꽃같이 보였고 피부는 갈색 복숭아껍질 같
았다. 그러나 미소 지을 때면 변화가 생긴다. 그녀의 입은 물이 나는 구
멍처럼, 누런 썩은 나무둥치의 들쭉날쭉한 윤곽으로 일그러진 채 열리
곤 하는 것이다.

"여자란 말을 걸어줘야 좋아하는 거예요."

그녀가 말했다.

월이 아내에게 이름을 부르며 말을 거는 걸 본 사람은 아무도 없었다.
그녀의 이름은 선거인 명부에는 기재되어 있지만 아무도 그 이름을 알
고 있지는 않았다. 그녀의 이름은 실은 이스바였다.

"옷에 대해서는 모르지만 내게 좋은 생각이 있어."

월이 말했다.

그의 아내는 머리를 쓸어올리며 서 있었다. 적어도 그것은 자연스러
웠다. 햇볕이 그 위에 비치고 있었으니까. 자녀들도 모두 엄마의 혈색
을 닮아서 그들이 한데 모여 황금색 피부에 거추장스러운 머리를 뒤로
쓸어넘기고 있을라치면 한 떼의 토실토실한 야생마 같다고 말할 정도
였다.

"그 잘난 생각이라는 게 뭐유?"

더 이상 그러고 서 있을 수만은 없었기 때문에 그녀가 물었다.

"시원한 음료를 두어 병 갖고 쓰레기장에 가서 한나절을 보내는 거야."

"그건 언제나 똑같은 케케묵은 생각 아녜요."

그녀가 투덜거렸다.

"아냐, 우리 쓰레기장이 아냐. 크리스마스 이래 사르사파릴라에는 안 갔지."

그녀는 투덜거리며 마당을 가로질러 집 안으로 걸어가기 시작했다. 시궁창 냄새가 페인트칠이 안된 회색 벽판자에서 풍겨나와 으깨진 보가브리(과일의 일종)와 솜배(배의 일종)의 썩은 악취가 함께 뒤섞이고 있었다. 아마도 펄리네가 고물장수를 하기 때문에 그 집까지도 고물에 먹혀들어 갈 지경에 이른 것같았다.

월 휠리는 쓰레기고물 장사를 했다. 물론 그 외에 다른 고물업자들이 있었다. 그러나 월처럼 사람이 필요로 하는 물건을 볼 줄 아는 눈을 가진 사람은 아무도 없을 것이다. 다 닳아버린 배터리, 음악소리를 내는 고물침대, 거의 더럽혀진 곳을 모를 정도인 카펫, 전선 그리고 또 전선, 곧 시간의 흐름 속으로 뛰어들 듯한 시계들, 장사와 신비의 대상물들이 휠리가家의 뒷마당을 채우고 있었다. 그 중 가장 훌륭한 것은 쌍둥이 꼬마들이 놀이때 아늑한 방으로 쓰는 녹슨 보일러였다.

"응, 어때?"

월은 외치며, 옆구리로 아내를 밀쳤다.

그녀는 하마터면 부엌바닥에 나 있는 구멍에 한 발이 빠질 뻔했다.

"뭐 말예요?"

그녀는 반은 의아해 하듯, 반은 숨죽여 웃는 듯했다. 월이 그녀의 약점을 가지고 장난치는 법을 알고 있었기 때문이었다.

"그 잘난 생각을 가지고!"

그래서 그녀는 다시 투덜거리기 시작했다. 그녀가 집 속으로 밀려들어갈 때, 그녀의 옷이 피부에 쓸렸다. 덜 완성된 침대의 회색 무더기에 햇빛이 노랗게 비쳐 방모퉁이의 윤곽을 황금색으로 변화시키고 있었다. 무언가 그녀를 살살 괴롭히고 있었다. 무거운 무언가가 그녀를 계속 내리누르고 있었다. 물론 그 것은 장례식이었다.

"그런데 월, 당신이 더 형편없는 생각을 하더라도 괜찮긴 해요. 아이들이 장난질 못 치게 하는 데는 도움이 될 거예요. 그런데 점점 못돼가는 루미 녀석, 우릴 어떻게 생각하는지 모르겠어요."

그녀는 갑자기 돌아서며 말했다.

"언젠가, 그 아일 한번 혼내줄 참이야."

월이 말했다.

"그 애는 그럴 나이이긴 하죠."

그녀는 세상만사에 통달이라도 한 듯한 표정으로 창문가에 섰다. 그녀에게 엄숙함을 느끼게 하는 것은 장례식이었다. 그녀는 소름이 돋았다.

"쓰레기장을 생각해낸 건 잘했어요. 장례행렬을 보는 것은 질색이니까요."

그녀는 길 건너 붉은 벽돌건물을 내다보며 말했다.

"행렬은 여기서 떠나지 않을 거야. 그 날 밤에 그녀를 내갔으니까, 잭슨 사설 장의사에서 출발하겠지."

그가 위로했다.

"그녀가 주초에 죽길 잘했지. 주말이라면 사설 장의사의 사설이란 의미가 없지요."

그녀는 쓰레기장으로 나들이갈 준비를 시작했다. 드레스를 약간 끌어내렸다. 구두를 신었다.

"저 여편네는 안도의 숨을 내쉬었을걸. 그렇지만 내색은 않지. 자기 언니 일이니 내색이야 못하지. 데이즈는 저 여편네에겐 골칫거리였을 거야."

그러고 나서 횔리 부인은 창문께로 되돌아가지 않을 수 없었다. 마치 본능에 따르듯이. 그러자 틀림없이 거기 그 여편네가 있었다. 마치 편지를 꺼내려는 듯, 그 여편네는 우편함을 들여다보고 있었다.(편지는 이미 그 전에 꺼내갔다.) 벽돌기둥에 시멘트로 발라져 있는 우편함 위에 허리를 구부린 호그벤 부인의 얼굴은 육친을 여읜 사람에게서 봄직한 슬픈 표정이 나타나 있었다.

"데이즈는 좋은 사람이었지."

월이 말했다.

"데이즈는 좋은 사람이었죠."

그의 아내가 맞장구쳤다.

갑자기 그녀는 의심이 일어났다. 월이 만약? 만약에 월이……?

휠리 부인은 머리를 가다듬었다. 그녀의 가정생활이 그렇게 만족스럽지 않았더라면─ 그녀는 실상 만족을 느끼고 있었다. 그녀의 회상에 잠긴 눈이 이를 인정하고 있다.─ 그녀 역시 데이즈 모로와 같은 길을 걷게 됐을는지도 모른다.

길 건너에서 호그벤 부인의 소리가 들렸다.

"멕? 마가렛?"

그녀가 불렀다.

순전히 습관 때문이었지만 목표도 없었다. 그녀의 목소리는 오늘 더 가냘팠다.

그리곤 호그벤 부인은 사라졌다.

"내가 한번은 장례식에 갔을 때, 사람들이 날 억지로 관을 들여다보게 했어요. 그 묘지기의 아내였어요. 왜 그 굉장한 장난꾸러기 있죠."

"그래 정말 들여다봤소?"

"보는 척했죠."

월 휠리는 공기가 희박한 방안에서 씨근거리고 있었다.

"얼마나 있으면 썩는 냄새가 날 것같소?"

"냄새요? 냄새는 안 나게 할 거예요!"

그의 아내는 아주 단호하게 말했다.

"냄새가 나는 건 당신이죠, 월. 당신 목욕하실 생각은 통 없는 것같아요.”

그렇지만 그녀는 그의 냄새를 좋아했다. 그 냄새가 그늘에서 강한 햇살 속으로 그녀를 따라왔다. 서로를 바라보며 그들의 두 육체가 자기를 주장했다. 그들의 얼굴은 삶의 확신으로 밝아졌다. 윌은 그녀의 왼편 젖꼭지를 꼬집었다.

“우리 가는 길에 불상점에 들러 찬 음료를 몇 병 사기로 하지.”

그로서는 부드럽게 한 말이었다.

호그밴 부인은 다시 한두 번 불렀다. 벽돌로 된 현관 안쪽에서 건물의 써늘함이 그녀를 엄습했다. 그녀는 그 서늘한 느낌은 좋아했지만 찬 느낌은 좋아하지 않았다. 이번은 바로 그 찬 느낌은 아니었지만 어쨌든 너무 급작스러웠다. 그래서 그녀는 사람이 겪어야 할 모든 고통 그리고 그 고통의 꼭대기에 있는 죽음을 생각하며, 아주 가냘프게 흐느꼈다. 죽은 것은 그녀의 언니 데이즈였지만, 때가 오면 그녀마저도 데려가버리려고 기다리고 있는 죽음을 생각하며 울고 있었다. 그녀는 불렀다.

“멕?”

그러나 아무도 구원해줄 사람은 없다. 그녀는 멈춰서서 알루미늄 식물의 뿌리 주위의 흙을 부숴뜨리기 시작했다. 그녀는 항상 뭔가 하고 있지 않으면 안됐다. 그래야만 기분이 더 좋았다.

멕은 물론 부르는 소리를 듣지 못했다. 그녀는 수령초 덤불 속의 푸르스름한 그늘로부터 밖을 내다보며 서 있었다. 그녀는 가냘프고 주근깨가 많았다. 어머니가 그녀에게 제복을 입혔으므로 그녀는 엄숙하게 보였다. 오늘은 좀 특별한 날, 데이즈 이모의 장례식이었다. 이런 사정 때문에 그녀는 어울리게 보였을 뿐만 아니라 워낙 가냘펐다. 농담을 즐기는 아일랜드 부인은 발가락을 바깥쪽으로 벌려야 한다, 항상 조심해라, 잘못하면 자라서 안짱다리가 될지도 모른다고 말했다.

멕 호그벤은 그렇게 했고 아주 두렵게 느끼고 있었다. 그녀의 피부는 명암이 다투어 얼굴을 얼룩지게 할 때 외에는 초록색이었다. 모르는 사이에 그녀의 볼에 부딪치는 수령초의 수염이 자기들 피의 얼마를 그녀에게 부어주어서 그녀를 잠깐 사이에 진홍빛으로 얼룩지게 했다. 그녀의 눈만이 저항하고 있었다. 그 눈은 표준의 회색은 아니었다. 푸른 눈의 로리 젠슨은 그녀의 눈을 우울한 고양이의 눈이라고 했다.

예닐곱 명의 2학년 아이들, 로리, 에드나, 발, 셰리, 수 스미스, 수 골드슈타인 등이 휴일이면 붙어다녔다. 멕은 가끔 왜 그럴까, 생각했다.

애들이 화요일 저녁 호그벤가家 주위에 몰려왔다.

로리가 말했다.

"우리는 목요일 바라누글리의 풀장에 간다. 거기에는 셰리가 아는 사내애들 몇이 자전거를 가지고 있단다. 걔들이 우리가 풀에서 나오면 태워주기로 약속했단다."

멕은 자기가 기쁜지 부끄러운지 알 수 없었다.

"난 갈 수 없다. 우리 이모가 돌아가셨다."

그녀는 말했다.

"으응―."

그들의 목소리가 길게 끌렸다.

그들은 그 말이 무슨 전염병이나 되는 듯이 재빨리 도망쳤다. 속삭거리면서.

멕은 자기가 잠시 중요한 사람이 됐음을 느꼈다.

그녀는 장례식날 수령초 덤불 속에 그녀의 스러져버린 중요성과 함께 홀로 있었다. 그녀는 열네 살이었다. 그녀는 데이즈 이모가 자기에게 주기로 했던 금반지를 생각했다. 내가 죽거든, 하고 그녀는 말했다. 이제 그건 사실이 된 것이다. 원망은 하지 않으며 멕은 아마 이모가 반지에 대해 생각할 시간이 없었을 거라고 생각했다. 엄마가 그 걸 차지해서 패물에 덧붙이겠지.

그때 루미 휠리가 반대편 장뇌월계수 사이에서 햇빛에 바랜 머리를 쓸어올리며 나타났다.

그녀는 하얀 머리를 가진 소년들을 미워했다. 그 때문에 그녀는 소년들을 싫어했고, 또한 자기의 프라이버시에 대한 어떤 침해도 증오했다. 무엇보다 그녀는 룸을 미워했다. 그가 늙은 개를 그녀에게 던졌던 날, 그녀는 편도선이 부어오르기까지 했다. 으윽! 그 늙은 개는 그녀에게 살짝 스쳤을 뿐 별 문제가 없었지만 그녀는 집안으로 들어가서 울었다. 그곳에서 자기의 위엄을 되살릴 시간을 벌 수 있기 때문이었다.

이제 멕 호그벤과 루미 휠리는 서로 시선이 마주쳐도 못 본 척했다.

누가 멕의 **빼빼** 마른 다리를 좋아할까?
난 차라리 빨래집게가 더 좋은걸……

룸 휠리는 자기네가 여러 해 동안 땔나무로 베어 들이는 장뇌월계수 사이에서 바이브레이션을 넣어가며 노래 불렀다. 그는 칼로 나무껍질에 자국을 냈다. 언젠가 더운 날 어스름 무렵, 그는 '나는 멕을 사랑한다'고 새겼다. 변소벽이건 기찻간이건 흔히 하는 짓이었기 때문에 물론 별 뜻은 없었다. 후에 그는 어둠에다가, 기찻간 좌석에 하듯 새겼다.

룸 휠리는 수령초 덤불 속에서 살금살금 숨는 멕 호그벤을 못 본 척했다. 그녀는 갈색 제복을 입고 있었다. 이모의 장례식이라 학교에 갈 적보다 더 빳빳하고 더 갈색이 짙은 제복이었다.

"메엑? 멕!"

호그벤 부인이 불렀다.

"루미! 도대체 넌 어디 있니?"

그의 엄마가 불렀다.

그녀는 이리저리 부르며 돌아다녔다. 장작 쌓아두는 헛간 안으로 야외 화장실 뒤로. 맘대로 불러보라지!

"룸? 루미, 제발!"

그녀는 계속 불렀다.

그는 그게 싫었다. 무슨 몹쓸 아이처럼. 그는 학교에서는 아이들에게 빌이라고 부르게 했다. 그 것은 룸처럼 창피하지도 않고 윌리엄처럼 으

스스하지도 않은 그 중간쯤의 이름이었다.

휠리 부인이 모퉁이를 돌아왔다.

"목이 터져라 부르게 하고! 너희 아빠가 좋은 계획을 짜셨어. 우리 사르사파릴라의 쓰레기장으로 놀러간다."

그녀는 말했다.

"흥!"

그가 말했다.

그러나 침을 뱉진 않았다.

"네 생각엔 어떻니?"

그녀가 물었다.

가장 손 대기 어려운 때일지라도 휠리 부인은 자녀들을 손가락으로 만지작거리기를 좋아했다. 접촉은 흔히 생각에 도움이 되었다. 그러나 그녀는 이에 못지 않게 그들의 감촉이 좋았다.

그녀는 딸들을 두지 않은 게 즐거웠다. 소년들은 자라서 사내가 된다. 그들이 당신을 바보로 알건 혹은 곤드레가 되어 당신에게 손질을 하건 하여간 사내들이 없으면 일은 안되니까.

그래서 그녀는 손을 루미 위에 얹고 그를 설득시키려고 애썼다. 그는 옷을 입고 있었다. 그러나 안 입고 있는 경우도 많았다. 루미와 같은 족속은 옷을 입기 위해서 태어난 족속이 아니었다. 그는 열네 살이었지만 그보다 더 나이들어 보였다.

"자, 뿌루퉁한 사내녀석을 놓고 소리지르지는 않겠다. 옷을 차려입어

랏."

그녀는 실제로 느끼고 있는 것보다 더 화를 내서 말했다.

그녀는 다른 곳으로 갔다.

아버지가 고물자동차를 끌어냈을 무렵, 룸은 그 위로 기어오르고 있었다. 커스톰 라인은 아니었지만 트럭의 뒷좌석은 그래도 아늑했다.

훨리네가 커스톰라인을 굴린다는 사실은 그 만큼 더욱 분별 없는 사람들을 어리둥절케 했다. 훨리네 허름한 집 앞 차고에 웅크린 커스톰라인은, 하긴 훔쳐온 차처럼 보이긴 했다. 사실도 거의 그렇다 할 것이, 세 번째 할부금은 기한을 넘긴 채 못 내고 있었다. 그러나 차는 편안히 바라누글리로 미끄러져 갔고 노던 호텔 밖에서 졸고 있곤 했다. 룸은 자기네 이 투 톤 컬러의 차를 찬미하기 위해 하루 종일이라도 서 있으라면 있을 지경이었다. 그는 차 안에 뻗치고 누워 플라스틱 차체를 손가락으로 만지작거리곤 했다.

지금 이 차는 업무용이었다. 그의 궁둥이뼈가 바닥에 배겼다. 그의 아버지의 살찐 팔이 창문으로 뻗쳐 있어 그에게 혐오를 일으키고 있었다. 그러자 곧 쌍둥이 꼬마들이 녹슨 보일러 속에서 밀려나왔다. 복슬복슬한 게리— 혹은 배리인지—가 넘어져서 무릎이 벗겨졌다.

"저런!"

훨리 부인이 날카롭게 소리를 지르며 똑같이 복슬복슬한 머리채를 추슬러올렸다.

호그벤 부인은 휠리네가 출발하는 것을 바라보았다.

"이런 지역에선 생각도 못할 일이지."

그녀는 다시 한번 남편에게 말했다.

"모든 일에는 때가 있게 마련이지, 머틀."

호그벤 의원은 언제나처럼 대답했다.

"물론 이유야 있겠죠."

그녀는 말했다.

의원들은 이유를 들추기 좋아한다고 그녀는 알고 있었다.

"그렇지만 저 집에 커스톰라인이라니!"

쓴 침이 그녀의 입 안에 고였다.

그렇게 말한 건 데이즈였지. 이 세상의 좋은 물건들을 즐겨야겠어. 그런데 그 비좁은 작은 오두막에서 등에 무명옷 하나를 걸친 채 죽다니. 반면 머틀은 다갈색의 벽돌집이 있고 —벽에는 얼룩 하나 없다— 세탁기가 있고 TV, 크림색 홀든 스페셜 차가 있다. 이 협상에 뛰어난 시의원 레스 호그벤은 말할 것도 없고.

지금 머틀은 이러저러한 물건 가운데에 서서 데이즈를 애도하고 있지 않았더라면 휠리네가 값을 치르지 않은 포드 자동차를 못마땅해 하고 있었을 것이다. 호그벤 부인이 한탄하고 있는 것은 언니의 죽음이라기보다 그녀의 생활이었다. 그러나 모두 아다시피 그 건 아무도 어쩔 수 없는 것이다.

"누가 오리라고 생각하세요?"

호그벤 부인이 물었다.

"당신은 날 뭘로 아오? 흔한 허풍쟁이로 알고 있소?"

그녀의 남편이 대답했다.

호그벤 부인은 듣고 있지 않았다.

생각끝에 그녀는 〈헤럴드〉지에 부고를 냈다.

모로 데이즈 부인, 사르사파릴라 쇼그라운드가 자택에서 별세.

그 이상 넣을 것이 없었다. 공무원인 레스에게 그녀와의 관계를 밝히는 것은 좋지 않을 것같았다. 그리고 부인이란 말, 글쎄, 데이즈가 커닝엄과 놀아나기 시작했을 때부터 모두 버릇이 돼버렸다. 세월이 지나다보면 그럭저럭 자연스러워지나 보지. 흥분하지 말아요, 머트, 하고 데이즈는 늘 말했지. 그의 부인이 죽으면 잭은 결혼할 거야. 그러나 먼저 죽은 건 잭 커닝엄이었다. 데이즈는 중얼거렸다. 세상일이란 이 모양이라니까.

"오지가 오리라고 생각 안하오?"

호그벤 의원이 아내가 좋아하는 것보다 더 느린 말투로 물었다.

"생각해본 적이 없어요."

그녀는 말했다.

그 것은 그녀가 생각해봤다는 뜻이었다. 사실 한밤중에 잠이 깨어 그녀의 마음의 눈이 오지의 콧물이 흐르는 코에 초점이 맞추어졌을 때, 온 몸이 빳빳하고 차갑게 되었다.

호그벤 부인은 누군가가 열어놓은 채로 둔 서랍을 닫으러 달려갔다.

그녀는 가냘프지만 깐깐한 여인이었다.

"멕? 네 구두를 닦았니?"

그녀는 딸을 불렀다.

레스 호그벤은 입을 꼭 다문 채 웃었다. 그는 데이즈의 마지막 어리석은 짓을 생각하면 언제나 웃음이 나왔다. 전시회장의 늙고 더러운 건달 오지와 눈이 맞다니. 그러나 누가 상관이람?

그녀의 가족이 아니라면 누구도 상관치 않으리라.

호그벤 부인은 데이즈의 무덤 옆에 다른 사람은 아무도 없이 오직 브리클 씨만 보고 있더라도 특별한 카톨릭 신자인 오지가 와서 서 있을 것을 두려워 했다.

호그벤 의원의 마음 속을 오지 쿠간의 생각이 가로지를 때마다 그는 그의 처형에게 칼을 들이대고 싶은 심정이 되었다.

아마 이제 그녀가 죽었으니 그는 기뻐하고 있는지도 몰랐다. 조그마한 여인, 그의 아내보다도 더 작은 여인인 데이즈 모로는 천성이 호인이었다. 그녀가 집에 들를 때마다 그녀는 온 장소에 가득 찼다. 기회만 있으면 줄기차게 지껄여댔다. 레스 호그벤은 그녀가 웃는 소리를 참고 들을 수 없을 정도에까지 이르렀다. 한번은 홀에서 그녀와 몸이 맞부딪쳤지. 그는 그 것을 거의 잊어버리고 있었다. 그 때 데이즈가 얼마나 웃었던가. 내 매부를 꼬일 만큼 남자가 궁하진 않아요. 그가 몸을 맞댔던가? 뭐 그렇게 말할 정도까지도 아니었지. 고의가 아니었으니까. 그래서 그 사건은 호그벤 의원의 기억에서 갈색 리놀륨 홀처럼 희미하게 바래져갈 수가 있었던 게 아닌가.

"레슬리, 전화예요."

그의 아내의 소리였다.

"난 너무 정신이 어지러워 전활 못 받겠어요."

그녀는 말했다.

그리곤 울기 시작했다.

목발을 편히 하면서 호그벤 의원은 홀로 들어갔다.

호리 라스트였다.

"네에, 네에."

호그벤 씨는 그의 아내가 송진으로 계속 윤을 내놓은 전화기에다 대고 말했다.

"네에, 열한 시요. 호리, 바라누글리, 잭슨의 사설 장의사……. 네, 감사해요. 호리."

"호리 라스트가 오겠다는군."

호그벤 의원은 아내에게 보고했다.

다른 사람은 안 오더라도 데이즈를 위해 두 사람의 의원이 온다, 하고 생각하니 머틀 호그벤은 위안이 되었다.

어쩔 수가 있는가? 호리 라스트는 전화기를 놓았다. 그와 레스는 한 패거리였다. 더욱 진보적인 표를 얻기 위해 연합돼 있었다. 호그벤과 라스트는 이 지방을 발전시켜왔다. 레스는 호리의 집을 지었다. 라스트가는 호그벤가에 그들의 집을 팔았다. 어떤 사람들이 라스트와 호그벤이 그린벨트를 축소시켰다는 소문을 퍼뜨리고 있다면, 그 용어 자체를 알 만한 그 사람들은 그 신축성을 암시하고 있는 것이었다.

"그들에게 뭐라고 말했어요?"

라스트 부인이 물었다.

"내가 가보겠다고 했지."

주머니 속의 잔돈을 절그럭거리며 그녀의 남편이 말했다.

그는 다리를 벌리고 서는 습성이 있는 작달막한 사람이었다.

조지나 라스트는 대답을 보류하고 있었다. 공식적으로는 이득이 되겠지, 그녀의 모습은 굽는 과정에서 한데 붙은 몇 개의 핫케이크로 만들어진 형상 같았다.

"데이즈 모로는 그렇게 나쁜 사람은 아니었어."

호리 라스트가 말했다.

조지나는 대답하지 않았다.

그래서 그는 주머니 속의 돈을 더욱 세게 휘저었다. 마치 그 돈이 녹아버리기라도 바라는 듯이. 그는 절대로 아내에게 화를 내지는 않았다. 그에게 재산을 가져왔고 부동산에 대한 열의를 불러일으킨 아내, 그러나 가끔 그는 한편으로 데이즈 모로와 관계를 가져봤으면 하고 느꼈다.

늙은 레스 호그벤이 자기 아내의 언니를 좀 건드렸다 한들 괜찮겠지. 그녀가 집을 사는 데 거들어줬다고들 했지. 데이즈의 집에는 어두운 후면 항상 불이 켜 있었기에 우체부들은 우편물을 우편함에 넣지 않고 베란다까지 갖다줬다지. 여름에 계량기 조사를 다니는 사람들이 오면 그녀는 그들을 청해들여 맥주를 한잔씩 대접했다지. 데이즈는 경험을 쌓는 법을 알고 있었어.

조지나 라스트는 목청을 가다듬었다.

"장례식은 여자들이 갈 데가 못되죠."

그녀는 선언했다. 그러고는 사촌을 위해 뜨고 있는 가디건을 집어들었다.

"구두를 안 닦았구나!"

호그벤 부인이 나무랐다.

"닦았어요. 또 먼지가 앉은 거예요. 도대체 구두 같은 걸 왜 닦느라고 애쓰는지 모르겠어요. 언제나 또 더러워지는 걸."

그녀는 교복을 입고 엄숙한 표정으로 서 있었다. 그녀의 볼은 그녀가 어쩔 수 없이 느끼고 있는 절망 때문에 핼쑥해 있었다.

"사람은 원칙을 지켜야 하는 거야."

호그벤 부인이 말했다. 그리고 다시 덧붙였다.

"아빠가 차를 돌리고 계신다. 얘, 모자는 어디 있니? 우린 2분내에 출발해야 돼."

"아이 엄마, 그 모자 말야?"

그 낡은 학교모자는 1년 전에 벌써 쭈그러졌는데 그래도 연방 써야 하다니.

"너 교회갈 땐 그 모자를 쓰지?"

"그렇지만 오늘은 교회가 아니잖아."

"교회나 마찬가지야. 게다가 그 모자는 이모가 사준 거지."

호그벤 부인은 기세를 올리며 말했다.

멕은 가서 모자를 썼다. 그들은 호그벤 부인이 자기 딸에게 비가 내리기만 하면 플라스틱으로 덮도록 훈련시킨 석고 요정들을 지나 수령초 덤불을 통과해서 나갔다. 멕 호그벤은 그 시골뜨기 같은 낡아빠진 요정들이 보기도 싫었다. 원뿔 모양의 플라스틱으로 그들을 덮어씌워버린 후에도 여전히 싫었다.

차 안에서는 슬펐고 더욱 꿈결 같았다. 창문을 통해 바깥을 내다보자 머리에 얹힌 빳빳한 파나마 모자에 대한 창피감도 잊혀져갔다. 검은 술의 선 밑에서 항상 고집스러운 그녀의 회색 눈은 다시 탐색을 시작했다. 그녀는 아직 충분히 보지 못했던 것이다. 그들은 그녀의 이모가 죽었다는 집 옆 도로를 지났다. 카네이션 꽃밭과 대비되어 기울어진 채 서 있는 조그마한 핑크색 집은 확실히 생기를 좀 잃어버린 듯했다. 혹은 밝은 햇볕이 그 빛깔을 빨아들인 때문인지. 데이즈 이모가 꽃밭 고랑새를 이슬에 젖은 가운을 무겁게 끌면서 오르내리며 탐스러운 꽃들을 한줌씩 한줌씩 종려나무 껍질로 묶던 아침 무렵들은 얼마나 아름다웠는가. 이모의 목소리는 아침처럼 맑았다. 이렇게 단단히 묶어놓았는데 다루기 힘들다고 떠드는 사람은 아무도 없겠지? 얘, 멕. 저 꽃들이 무얼 생각나게 하니? 그러나 이런 종류의 질문에 대답은 생각나지 않는 법. 얼어붙은 불꽃, 데이즈 이모가 말했지. 멕은 그것을 상상하는 것이 좋았고 데이즈 이모가 좋았다. 그렇게 심하게 얼어붙진 않은 불꽃이에요, 하고 그녀가 용기를 내서 의견을 말했다. 젖은 꽃에 해가 비쳐 시들게 해버렸다.

그 때 정향냄새가 곰팡내 나던 차 안에서 피어올라 멕 호그벤을 덮쳤다. 그래서 흔들리는 꽃송이와 푸른 먼지가 이는 찬 꽃줄기의 환상으로부터 벗어났다. 그 때 그녀는 데이즈 이모와 카네이션에 관한 시를 써야겠다고 생각했다. 왜 전에는 그것을 생각하지 못했을까. 그녀는 의아해했다.

그 지점에서 차가 깊은 구덩이 위를 지나게 됐으므로 차 안의 사람들은 몹시 흔들렸다. 이 번만은 호그벤 부인이 도로위원회를 들먹이기를 잊고 있었다. 그녀는 오지가 저 쪽 어디에 숨어 있지 않을까, 자문하고 있었다. 혹시 그럴지도, 그럴는지도. 그녀는 그녀의 두 번째 손수건을 더듬어 잡았다. 그녀는 분별 있게 손수건을 두 개 준비해 갖고 있었다. 레이스가 달린 좋은 것은 무덤 옆에서 쓰기로 돼 있었다.

"잡초가 굉장히 무성해지겠군요. 이제 제멋대로 자랄 테니까."

그녀는 큰 소리로 외쳤다. 그러곤 그녀의 손수건 중 덜 중요한 것을 펼쳤다.

머틀 모로는 감성적인 사람이었다. 그녀는 성경을 이해하고 있었다.

그녀의 편물작품 크로셰 내프킨은 지방전시회에서 상을 탄 적이 있었다. 그녀같이 피아노로 그렇게 슬픈 곡을 쳐내는 사람도 없었다. 그렇지만 꽃을 좋아한 건 데이즈였다. 그 건 이끼장미예요. 데이즈는 어렸을무렵, 혀 속에서 말을 굴리듯이 말했지.

한참 울고 나서 호그벤 부인은 말했다.

"여자들은 이미 때가 늦었다 싶을 때까지 자기들이 행복하다는 것을모르는가봐."

이 말에 차 안의 다른 사람들은 대답하지 않았다. 대답을 들으려 한말이 아님을 그들은 알고 있었다.

호그벤 의원은 바라누글리 방향으로 차를 몰았다. 그는 외출 전에 모자를 벗어 잘 놓아두고는 거울에 비친 자신의 얼굴을 보고 미소를 거뒀다. 재선 포스터에서 과거의 사진에서 벗어나는 모험을 감행하지는 못했으나, 예전의 살집 좋은 모습을 드러냄으로써 효과를 보곤 했다. 그러나 지금 이 어려운 지경에서 그는 의무감을 행사하고 있었다. 그는 계속차를 몰았다. 금이 풍성히 진열된 보석상 옆을 지나고 핑크색 당분이 발효되고 있는 양조장을 지나서 계속 몰았다.

쓰레기장에서 휠리네 가족은 맥주를 도착 즉시 먹을 것인가 혹은 목이 마르게 되면 마실까, 하고 논쟁을 벌이고 있었다.

"그럼 그대로 두구려! 뜨뜻해질 때까지 기다릴 거면 찬 맥주를 뭐하러샀나."

엄마쪽이 등을 돌렸다.

"그러고 보니 맥주는 여기 오기 위한 구실이었군."

그녀는 말했다.

"아, 참, 그만 하라구! 맥주는 있으나 마나 쓰레기장에 오는 게 목적이었다구? 그래, 어느 날이나 말이지."

월이 말하고 있다.

그녀가 골을 내기 시작했음을 그는 알고 있었다. 그녀의 좀 큰 가슴이 옷 속에서 불끈거리고 있음을 그는 보았다. 바보 같은 여편네 같으니라구! 그는 웃었다. 그리고 병마개를 땄다.

베리가 맥주를 마시겠다고 했다.

그는 어머니의 입술이 들이마시기를 멈췄을 때, 노한 듯이 쩍 하는 소리를 들을 수 있었다.

"나도 서서 아이들이나 돌보고 있진 않겠어요. 빌어먹을 술꾼이 되겠어."

젖은 입술이 말했다.

그녀의 눈은 새파랗게 불타고 있었다. 월 휠리가 그녀와 계속 성적 관계를 갖고 싶어하는 것은 아마 그가 아내를 찬미하고 있기 때문일 것이다.

그러나 루미는 나름대로 생각을 하고 있었다. 그의 엄마가 마구 꾸짖고 막말을 내뱉었을 때, 그는 누렇게 썩은 이뿌리의 보기 싫은 모양이 선명하게 느껴졌다. 자기가 욕을 할 때는 물론 다르다. 가끔 그 것은 어쩔 수 없는 일이니까.

그는 해진 매트리스 조각과 햇볕에 오그라진 장화들 사이를 빠져나가 이 자리를 피했다. 여기저기 함정이 많았다. 열린 깡통의 녹슨 뚜껑이 죄 없는 발목을 노리며 놓여 있었고 깨진 병목이 얼굴에 상처를 낼 기회를 노리고 있을 수도 있었다. 그래서 그는 신중하게 더럽혀진 석면 부스러기 사이로 발을 끌며 셀룰로이드 인형의 몸통을 바삭바삭 밟으며 걸어나갔다. 군데군데 쓰레기가 더미로 쌓인 곳도 있었다. 쇠뭉치가 삐죽이 골짜기 안으로 내뻗쳐 있었다. 그러나 여기저기 은밀하고 축축한 구석에서는 혼란이 움트고 있었다. 씨앗이 분해돼가는 회색 명주솜 뭉치가 벌어진 의자 틈에 떨어져 있었다. 전선뭉치가 고정돼 있는 용수철의 코일은 더욱 우세한 탄력에 굴복하고 있었다. 이 모든 수라장의 한 끝 어딘가에서 어느 인간 연합군이 물러가기 전에 불을 질렀던 듯, 이제 풀밭은 거의 질식할 지경이었다. 연기의 악취가 더욱 고약한 썩은 냄새와 뒤섞이고 있었다.

룸 휠리는 전에는 생각해본 적도 없는 우아한 걸음걸이로 걸었다. 그는 이 쓰레기 사업에는 싫증이 나 있었다. 깨끗하게 사는 법을 알았으면 했다. 다키 블랙처럼. 다키의 트레일러 안방은 모든 게 제 자리에 정리돼 있었다. 갑자기 그의 목구멍은 다키와 함께 있었으면 하는 열망을 토해냈다. 자동차 핸들을 돌리는 다키의 손은 온 세상을 마음대로 통제하는 것같았다.

한두 가닥의 철조망이 사르사파릴라의 쓰레기장과 사르사파릴라의

묘지를 분리시키고 있었다. 각 묘역 역시 구분되어 있었다. 그러나 그
곳은 묻힌 사람들의 이름으로 혹은 명복을 비는 기도문이 구하는 천사
나 사물에 따라 구분해서 불러야 할 것이었다. 틀림없이 성공회 묘역인
곳에서 앨프 허버트는 모로 부인의 무덤을 끝내가고 있었다. 그는 진흙
층에 다달았고 더 파는 것이 매우 힘들었다. 흙덩이들이 분통한 듯이 잘
떨어지질 않았다.

모로 부인에 대해 하는 사람들의 얘기가 사실이라면 그녀는 인생을
즐기며 살았던 거야. 룸 휠리는 숲길을 웃으며 걸어내려오는 그녀와 만
난다면 어떨까 하고 생각했다. 그의 피부가 욱실욱실했다. 아이들한테
는 체면상 여자를 사귀어본 일이 있는 척해보였지만 루미는 여자를 사
귀어본 적이 한 번도 없었다. 저 살쾡이 같은 멕 호그벤 따위의 계집애
라면 아마도 물어뜯기가 일쑤일 거라고 그는 생각했다. 루미는 약간
무서운 생각이 들어서 다시 다키 블랙의 생각으로 돌아갔다. 그는 그런
일에 관해서는 통 얘길 하질 않았다.

곧 그는 다른 곳으로 움직였다. 앨프 허버트는 삽을 짚고 서서 아마
무슨 얘기가 하고 싶은 모양인지도 몰랐다. 루미는 얘기를 할 생각이 없
었다. 그는 작은 반점 같이 된 숲의 엉성한 그늘 속으로 되돌아갔다. 그
는 뱅크샤 나무 아래 드러누워 뚜껑거울을 열고 자신을 들여다봤다. 그
러나 곧 그 것도 싫증이 났다.

바라누글리에서 사르사파릴라로 가는 장의행렬은 행렬이라 부르기도

어려울 정도였다. 즉, 잭슨 장의사의 영구차 중에서도 작은 것 한 대의 뒤를 브리클 목사, 호그벤 식구가 탄 차, 호리의 차가 따르고 있을 뿐이었다. 이 경우, 그들은 간소하게 일을 치르고 있었다. 떠벌려댈 이유는 없으니까. 사르사파릴라에서 질이 가담했다. 그 오래된 시보레차에 의연히 앉은 채 사르사파릴라에서 행렬에 참가한 것은 실속을 따진 행동일 것이라고 호그벤 의원은 한숨지었다. 늙은 질은 데이즈가 여러 해 동안 자기 고객이었기 때문에 여기에 나온 것이었다. 장사를 잘 못하는 식료품상, 데이즈는 그를 좋아하기 때문에 단골로 삼았다고 말했다. 음, 그런 식으로 우선순위를 두다간 어떻게 되겠는가?

묘지 앞의 마지막 경사에는 쓰레기장에서 나온, 속이 삐져나온 매트리스 조각들이 길에 굴러다니기 시작했다. 그것은 마치 어떤 사람의 마음 깊은 구석, 즉 점잖은 사람이면 무시해버리는 부분에서 나온 일종의 악마 같았다.

"아이 참! 묘지에까지……."

호그벤 부인이 항의했다.

"시의회는 뭘 하는지……."

그녀는 자기 남편도 아랑곳없이 덧붙였다.

"알았어, 머틀. 마음에 새겨놓으리다."

그는 낮은 목소리로 말했다.

호그벤 의원은 그런 일에는 대범했다.

"그리고 휠리네 같은 이웃과 같이 산다는 것도."

호그벤 부인은 신음하듯 뇌었다.

더운 계절이면 그녀가 보는 볼상 사나운 꼴이라니. 그것도 아이들 앞에서.

영구차는 묘지문을 들어서고 있었다. 그들은 드문드문한 덤불 풀밭으로 나가기 전의 파스파럼 덤불 위를 흔들거리며 넘고 있었다. 주위에는 많은 나뭇잎들이 회색빛으로 흩어져 있었다. 떠나는 크리스찬을 위해 울어주는 까치 한마리 없었다. 그러자 앨프 허버트가 나와서 손에 누런 진흙을 묻힌 채 영구차를 감리교 묘역과 장로교 묘역 사이로 해서 성공회 묘역으로 안내했다.

덜커덕, 정지하는 진동이 호그벤 부인의 슬픔을 다시 흔들어 일으켰다. 브리클 씨는 감동했다. 그는 잠시 동안 가까운 사람과 사랑하는 사람에 대해 이야기했다. 그녀를 부축해내는 그의 손길은 친절하고 목사다웠다.

그러나 멕은 펄쩍 뛰어내렸다. 지팡이가 땅에 부딪치는 소리가 요란해서 깜짝 놀랐다. 아마 엄마가 불경하다고 꼽는 것 중의 하나이겠지. 그 때 그녀의 바나나색 파나마 모자가 풀섶으로 떨어졌다.

무덤에 닿아서는 다소 어리둥절했다. 남자들 몇이서 관을 들어내렸다. 그러나 라스트 의원은 키가 너무 작았다.

바로 그 때 호그벤 부인은 보았다. 레이스가 달린 손수건 너머로 그녀는 보았다. 그것은 무덤 저 편에 서 있는 오지 쿠간이었다. 질이 그에게 먹을 것을 주었을까? 오지는 아무렇게나 단추를 채운 채, 누런 봉분 뒤에서 콧물을 흘리며 서 있었다.

그의 콧물은 여전히 멈추지 않고 있었다. 데이즈는 항상 말하곤 했지. 오지 두려워 하지 말아요. 내가 여기 있을 땐 무서워 하지 말아요, 알았죠? 그러나 이제 그녀는 없었다. 그래서 지금 그는 두려워 하고 있었다. 그는 데이즈 말고는 신교도들을 무서워 했다. 그녀는 늘 말했다. 자, 난 아무 것도 아녜요. 당신이 따지고 들 만한 존재가 못돼요. 우리에게 사랑하라고 주어진 것을 사랑해야죠.

머틀 호그벤은 화가 났다. 지금 라스트 의원이 생각하고 있을 게 틀림없는 바로 그 사실 때문이었다. 하느님에게 불경이 되지 않고 그 걸 말할 수 있다면. 그녀는 자신의 감정을 말로 표현하고 싶었다. 그 때 개미들이 그녀의 다리를 기어올랐다. 그녀가 개미집 위에 서 있었기 때문이었다. 그러자 그녀의 몸은 부정한 행위 앞에서 움츠려졌다.

그녀는 그 일이 시작되던 날을 한탄했다. 데이즈 언니, 어떻게 된 게 아뉴? 언니의 모습을 보고 그녀는 졸이던 간장을 그대로 내버려둔 채 뛰어나갔지. 그를 어디로 데려갈 거유? 그는 환자야, 데이즈가 말했다. 그렇지만 그럴 수는 없다구요, 머틀 호그벤은 외쳤다. 언니 데이즈는 그 바보를 손수레에 태워 밀고 가고 있었기 때문이었다. 쇼그라운드가의 온 사람들이 대문 밖으로 나와 보고 있었다. 수레를 밀며 비탈길을 내려갔다 다시 언덕으로 오르는 데이즈가 더 조그맣게 보였다. 그녀의 머리는 반은 풀어져 있었다. 그럴 수 없는 일예요! 그럴 수 없어요! 머틀은 뇌었다. 그러나 데이즈는 그 일을 할 수 있었고, 했던 것이다.

좋은 옷을 차려 입은 몇 사람이 무덤가에 모두 모였을 때 브리클 씨는 책을 펴서 읽었다. 그가 읽는 목소리는 곧 그 책이 필요없음을 암시하고 있었다.

"나는 부활이요, 생명이니라."

그는 읽었다.

그러자 오지가 울었다. 그는 그 말을 믿지 않았기 때문이었다.

그는 그가 알았던 사람의 흔적이 남은 관을 내려다보았다. 그는 구운 사과 위에 토피를 놓고 천천히 먹던 일을 생각했다. 그러자 다시 마굿간의 어둠이 그를 삼켜버렸다. 거기 그는 말똥 사이에 누워 있었다. 그런데 그녀가 손수레를 밀고 그 옆으로 왔다. 무슨 일이요. 그는 당돌하게 물었다. 하느님이 주시는 거름을 좀 가지러왔어요. 그녀가 말했다. 이 비료를 나는 죽 가져다 썼습니다. 그런데 당신은 누구예요? 어디가 아프신가요? 그녀는 말했다. 난 여기 사오, 그가 말했다. 그러곤 울기 시작했다. 그는 콧물이 흐르는 코에서 코딱지를 후벼냈다. 잠시 후 데이즈가 말했다. 우리집으로 같이 가요. 이름은 뭐죠. 오지. 그녀가 말하는 태도로 보아 그 말이 진실임을 그는 알았다. 손수레에 탄 채 언덕을 오르는 동안 내내 바람이 그의 눈을 아프게 했고 그의 성긴 머리카락을 흐트렸다. 요 몇 년 사이, 그의 머리에는 한두 마리 이가 생겼다. 데이즈가 그를 맡아준다면 이를 없앨 수 있을 거라고 생각하며 그렇게 되기를 바랐다. 그녀는 손수레를 밀며 힘을 쓸 때 가끔 몸을 앞으로 기울였다. 그러면 그는 그녀의 온기를 느꼈다. 그녀의 딱딱한 유방이 그의 등을 눌렀다.

"하느님 아버지시여, 우리에게 우리의 종말을 알게 하소서. 우리의 날 수를 알게 하소서. 우리로 하여금 우리가 얼마나 살아야 하는가를 보증할 수 있도록."

브리클 씨가 읽었다.

'보증한다' 는 말에 호그벤 의원은 늙은 오지를 바라보기로 결심했다.

그는 어려서 배운 전지전능한 권력자의 힘에 대하여 아주 조용히 몇 가지 기원을 중얼거리며 서 있었다.

이런 모든 절차가 진행되고 있을 때, 멕 호그벤은 빠져나가 묘지와 쓰레기장을 구분짓고 있는 철조망 밑에까지 가 있었다. 그 모든 기도의 말을 데이즈 이모는 승인하지 않을 것이라고 그녀는 알고 있었다. 그녀는 쓰레기장에 와보기는 처음이었다. 심장이 격렬하게 뛰었다. 그녀는 수줍어하며 숲 속을 걸었다. 그녀는 낡은 멜빵줄을 보았다. 더럽혀진 그 장식부분에 발이 걸려 뒤뚱하였다.

바로 그 때, 그녀는 루미 휠리를 보았다. 그는 뱅크샤 나무 밑에 서서 죽은 나뭇가지 끝을 비틀고 있었다.

문득 그들은 그들 누구도 계속 피할 수 없는 무엇이 있음을 알았다.

"난 장례식에 왔어."

그녀가 말했다.

그녀의 목소리는 거의 안도감에 차 있었다.

"넌 여기 자주 오니?"

그녀가 물었다.

"아냐, 여기는 안 와. 다른 쓰레기장엔 가지만."

그는 거칠게 대답했다.

그녀의 침입은 이미 그의 생활의 예정됐던 의식儀式을 파괴하고 있었다. 그래서 그의 손에 경련이 일었다.

"뭐 볼 만한 게 있니?"

그녀가 물었다.

"폐물, 똑같은 낡은 폐물뿐이야."

그가 말했다.

"너 죽은 사람을 본 적이 있니?"

그녀가 그의 손의 경련을 알아차렸기 때문에 한 말이었다.

"아니. 넌 봤니?"

그가 말했다.

그녀는 보지 못했다. 지금 그녀가 그것을 보아야만 할 것같지도 않았다. 적어도 그들의 숨결이 다시 고르게 되기 시작했을 때 그렇게 생각되었다.

"넌 혼자 있을 때 뭘 하니?"

그가 물었다.

그 때 그녀는 자신을 억제하고 싶었지만 그럴 수가 없었다. 그녀는 말했다.

"난 시를 쓴다. 데이즈 이모에 관해서 하나 쓰려고 하고 있어. 아침이

슬 속에서 카네이션을 꺾는 이모를 그대로 써보겠어."

"그래서 얻는 게 뭐 있니?"

"아무 것도 없겠지."

그녀는 말했다.

그러나 그건 문제가 아니다.

"다른 시는 어떤 걸 쓰니?"

마침내 죽은 뱅크샤 나뭇가지 끝을 비틀어 떼어내면서 그가 물었다.

"난 찬장에 있는 물건에 관해서도 썼고, 내가 꾼 꿈에 대해서도 썼지. 그리고 비의 냄새에 관해서도. 그건 너무 짧았어."

그녀가 말했다.

그 때 그는 그녀를 바라보기 시작했다. 그는 소녀의 눈을 들여다본 적이 없었다. 뜨겁고 타버릴 듯한 여인의 눈과는 달리 그것은 회색빛이었고 서늘했다.

"넌 장차 뭐가 되려고 하니?"

그녀가 물었다.

"모르겠어."

"넌 화이트 칼라 타입이 아냐."

"뭐?"

"넌 숫자, 책, 은행, 사무실에는 맞지 않는다는 뜻이야."

그녀가 말했다.

그는 그런 것들이 너무 싫어서 맞장구치기도 싫었다.

"난 내 트럭을 가질 작정이야. 블랙 씨처럼, 다키 아저씨는 트레일러
도 있다."

"뭐라고?"

"응, 반 트레일러야."

그가 말했다.

"으응"

그녀는 더욱 우물쭈물 말했다.

"다키 아저씨가 날 메리버러에 데려간 적이 있었다. 꽤 괜찮은 여행이
었지. 어떤 땐 밤에도 우린 막 달렸다. 어떤 땐 길 위에서 잤고, 혹은 아
무 데나 자릴 만들고 잤지. 참 대단했어. 밤에 시골마을을 쌩쌩 달려 지
나는 거."

그녀는 그 광경을 보고 있었다. 노란 빛의 벽돌로 지은 대문께에 서
있는 사람들이 보였다. 밤의 질주가 그 사람들을 꼼짝 않게 영원히 정지
시켜놓고 있었다. 그녀는 주위에서 온통 풍성한 암흑을 느낄 수 있었다.
그 속을 반트레일러는 노호하며 달려나갔다. 그 오색빛의 윤곽, 그들이
앉은 트레일러 안의 방에는 모든 게 안정되고 질서정연했다. 옆으로 슬
쩍 눈길을 돌리면 전기불빛이 환하게 비쳐 그의 복슬복슬한 머리털이
밝게 빛나는 것을 그녀는 볼 수 있었다. 그들은 칫솔, 빗 그리고 두세 가
지 물건을 가져왔다. 개미산의 냄새가 나는 어느 길가에서 차가 멎었을
때, 그녀가 시를 쓰게 되면 쓸 받침도 있었다. 그러나 그의 손은 그토록
능란하게 핸들을 다루고 있으니 멎는 일은 좀체로 없을 것같았다. 그러

면 그대로 좋았다.

"그 블랙 씨라는 분, 널 자주 데리고 다니니?"

그녀는 입술이 아까보다 엷어지면서 말했다.

"다른 지방 여행엔 단 한 번이었고, 가까운 여행을 가끔 가다 한번씩……."

루미는 뱅크샤 나뭇가지를 던져버리며 말했다.

그들이 차를 몰아나갈 때, 그들은 함께 흔들렸다. 다키의 갈비뼈에 자기 몸이 맞부딪칠 때 그는 누구와도 이렇게 가까워본 적은 없었다고 느꼈다. 그는 감사와 쾌락의 그 조그마한 발작을 경험하기 위해 기다렸다. 그는 다키가 입고 있는 줄무늬가 그어진 느슨한 스웨터를 자기도 입고 싶었고, 언젠가는 입으리라 마음먹었다.

"내 트레일러를 갖게 되면 난 다키 아저씨와 함께 그걸 타겠어. 다키 아저씬 내 가장 좋은 친구야."

그는 말했다. 불신의 전율을 느끼며 그녀는 그 검은 손과 손가락 뒷등에 난 작은 검은 털을 바라보았다.

"그래, 언젠가는 너도 그걸 갖게 되겠지."

그녀는 몸을 움츠리면서 말했다.

부근에 있는 무덤에는 누런 꽃들이 더욱 누런 물이 담긴 화병에 꽂혀 있었다. 더 송이가 무거운 것은 서풍에 부러져 잘려나갔다. 그래서 아직은 차가운 화강암 묘석에 어지러이 뿌려진 채 그나마 남아 있었다.

더위 때문에 라스트 의원은 하품이 났다. 그는 묘석에 새겨진 이름들을 읽기 시작했다. 적어도 그의 시력으로 볼 수 있는 것들을. 그 중 어떤 것은 곧 잊어버렸다. 그는 웃음이 나올 뻔했다. 만약 죽은 자들이 무덤 속에서 일어나 앉을 수 있다면 거기에도 논쟁이 생겨나겠지.

"생명의 한가운데 있으면서 우리는 죽어 있는 것입니다."

목사가 말했다. 호리 라스트는 묘비에 씌어진 글귀를 읽었다.

　　잭 커닝엄
　　플로렌스 메리의 사랑하는 남편

　매끄러운 참나무같이 정정하던 커닝엄이 데이즈 모로의 집으로 오르는 길을 올라가다가 쓰러져버리리라고 누가 생각했겠는가. 호리는 그들이 차를 마시러 들어가기 전에 베란다에 잠시 함께 앉아 있는 것을 바라보곤 했다. 모두에게 알려진 사실이었으므로 그들은 별로 꺼리지도 않았다. 커닝엄은 치아가 좋았다. 언제나 잘 다린 흰 셔츠를 입고 있었고. 두 여자 중 누가 세탁을 할까 하고들 수군거렸지. 플로렌스 메리는 병자지, 하고들 말했지. 데이즈 모로는 남자들과 어울려 웃고 떠들기를 좋아했다. 그러나 잭 커닝엄 앞에서는 조용했다. 호리 라스트로서는 짐작할 수 있을 뿐인 정교情交를 약속하는 듯이 그들의 은밀한 사생활은 거의 아무 것도 알려져 있지 않았다.

　그런데 그 후에 오지하고라니. 그 여자는 천성이 어쩔 수 없는 성도착자였을까.

"그가 전능한 신을 기쁘게 한 만큼의 자비로 그 영혼을 신의 품 속에……."

브리클 씨가 읽었다.

누가 먼저 흙을 뿌려야 할 것인지 분명치 않았으므로 식료품상 질 씨가 먼저 그 역할을 했다. 그들은 한줌의 흙이 관 위에 떨어지는 소리를 들었다.

그 때 꾀죄죄한 오지의 눈에서 주루룩 눈물이 흘러내렸다. 어둠 속에서 데이즈의 목소리가 들렸다. 무슨 일예요? 오지, 울지 말아요. 쥐가 났어요, 그가 대답했다. 몸이 뒤틀리려 했다. 쥐라고? 그녀는 졸린 듯이 말했다. 혹은 그렇게 생각했기 때문일까? 쥐가 아니라면 다른 무엇이라도 마찬가지이다. 그럴지도 모르지. 그는 데이즈의 말을 믿었다.

뇌막염을 앓은 후로 그는 이렇게 머리가 맑아진 적은 없었다. 데이즈가 말했다. 내 침대로 들어와요, 오지. 금방 내가 따뜻하게 덥혀줄 테니. 그는 어둠 속에서 자신의 훌쩍이는 소리를 듣고 있었다. 아, 데이즈. 난 그럴 수가 없어, 그는 말했다. 당신이 행운을 주지 않는다면 난 일어설 수가 없어, 하고 그는 말했다. 그러자 그녀는 잠잠했다. 그는 누운 채로 어둠의 숨결을 세고 있었다. 그러면 안돼요, 그녀는 말했다.— 그녀는 그가 예기했던 대로 비웃진 않았다.— 더욱이 그녀는 말했다. 이번 한 번뿐이라면. 그런 식이었다. 그러자 곧 그는 어둠을 헤치고 일어나 부딪치면서 비틀거리며 그녀에게로 다가갔다. 그는 그렇게 부드러운 것은 접해본 적이 없었다. 데이즈는 두려워 하지 않았기 때문이었다. 그녀는 손으로 그의 머리를 쓰다듬었다. 물이 졸졸 흐르듯 계속해서 자꾸자꾸, 다리의 경련을 주물러서 풀어주었다. 마침내 그들의 숨결이 고르게 잠에 떨어질 때까지. 잠결에 젊은 오지 쿠간은 산 아래로 큰 강을 향해 내닫고 있었다. 푸른 창공에 재갈소리가 울리고 안장으로부터는 땀냄새가 풍겨올랐다. 그는 강하고 끊임없는 강물의 동작에 흔들리면서 흘렀다. 시원한 누런 물에 그의 입을 담그며. 익사가 그 만한 가치나 있는 일인 듯이.

밤중에 한번 그는 잠이 깨었다. 그들 사이에 틈이 생기지나 않았나, 두려워 하며. 그러나 데이즈는 아직 그녀의 가슴에 그를 부둥켜안은 채로였다. 그가 그런 사람이 아니었더라면 아마…… 오지의 목구멍이 경련을 일으키며 메어왔다. 그랬더라면 데이즈는 달라졌을 것이었다. 그래서 그는 따뜻한 어둠에 코를 부벼대고 다시 그녀의 품 속으로 받아들여졌다.

"정말로 바란다면 넌 그 바라는 것을 할 수 있는 거야."

맥 호그벤은 주장했다.

그녀는 그런 말을 책에서 읽은 적이 있었다. 확신을 갖고 있진 않았다. 그러나 때로 이론이란 도움이 되는 법이다.

"네가 바란다면."

그녀는 딱딱한 땅에 난로 구덩이를 발로 차며 말했다.

"무슨 일이나 할 수 있는 건 아냐."

"너는 할 수 있어! 할 수 있구 말구!"

그녀는 말했다.

전에는 사내애를 바로 쳐다보지도 못했던 그녀가 전과는 달리 그를 뚫어져라 쳐다보고 있었다.

"허튼 소리들이야."

그가 말했다.

"그래, 난관은 많지."

그녀도 인정했다.

그 말에 그는 얼굴을 찡그렸다. 다시 의심이 났다. 얘가 머리 좋은 척하고 있구나. 시에 관한 얘기를 늘어놓더라니.

그러나 이해를 하기 위해서 그녀는 현명하고 싶지 않은지도 몰랐다. 그녀는 이제 그 것을 뽐내고 있지 않았다.

"네가 결혼한다면 어떻게 될까? 트럭을 타고 시골을 쏘다니기만 할 테니, 너의 아내가 그걸 좋아할까? 많은 애들과 집에 처박혀 있어야 할 테니."

"어떤 사람들은 아내를 데리고 다녀. 다키 아저씨도 부인과 아이들을 데리고 다닌다. 항상 데리고 다니는 건 아닌 것같지만. 그러나 가끔, 짧은 여행에는."

"블랙 씨가 결혼했다는 건 얘길 안했어."

"모든 걸 다 네게 얘기할 수는 없잖아? 금방, 모두를 한꺼번에 알릴 순 없어."

반 트레일러의 운전석 옆칸에 앉아 있는 여인들은 대체로 가냘프고 가무잡잡했다. 그들은 눈길을 보내는 일도 없이 크리넥스로 손을 닦아내고는 조그마한 거울을 흘끔흘끔 들여다보며 자기 남편들이 나타나길 기다리고 있었다. 곧 그들은 나타날 것이었다. 그리고 그는 그의 물건을 가지러 주유소를 가로질러 걸어갔다. 빈둥거리며 얼굴을 약간 찌푸린 채 그의 턱에 난 노란 털을 만지면서 그는 되는 대로 시선을 보냈다. 아마 옆으로 슬쩍 흘겨보았던가. 그녀는 그가 아는 가장 가냘프고 가장 까맣고 가장 싸늘한 여인이었다. 그녀는 반 트레일러의 창문밖을 내다보며 앉아 있었다.

그러는 동안 그들은 사르사파릴라의 쓰레기장의 녹슨 깡통 사이를 약간 걸었다. 그는 두세 개의 막대기를 부러트려서는 그 부러트린 것들을 던져버렸다. 그녀는 좁다란 나뭇잎을 찢어서 그 냄새를 맡았다. 그녀는 루미의 머리냄새를 맡고 싶었는지도 몰랐다.

"넌 참 멋있게 생겼구나."

그녀는 말하지 않을 수 없었다.

"어떤 사람들은 그렇게 태어나는 거야."

그는 시인했다. 그는 돌로 바위를 때리기 시작했다. 그는 강하구나, 하고 그녀는 인식했다. 짧은 동안에 그렇게 많은 발견을 한 탓으로 그녀는 무릎이 떨렸다.

그들이 찬란한 빛을 뚫고 털털거리며 기우뚱거리며 달릴 때 차 안의 캐빈은 피부색이 좋고 탐스러운 아이들로 북적거렸다. 그녀는 다른 여인들이 하는 것을 본 대로 가장 나이 어린 아이의 목을 뒤에서 손바닥으로 받쳐주었다. 이렇게 분주하면 그녀는 가끔 룸에 대해서 잊어버렸다. 그는 차를 가끔 세웠고, 그러면 그녀는 내려가서 미지근한 물에 기저귀를 헹궈 말리기 위해 덤불에 널었다.

"이런 시詩이며, 이런 일 하며, 너같이 머리 좋은 사람은 첨 봤는걸."

그가 말했다.

"그렇지만 머리 좋다는 것도 별 게 아니야."

그녀는 자기의 특색과 능력을 그가 인정하지 않을지도 모른다고 두려워 하며 말했다.

이제부터 그녀는 지나치리만큼 신중하게 행동하겠다고 마음먹었다. 몇 년까지는 안되더라도 그녀가 그보다 나이가 들었음을 그녀는 인식했다. 그러나 이것은 그가 알아채게 해서는 안될 비밀이었다. 그의 강함, 그의 아름다움에도 불구하고 그녀는 더욱 강하고 또 더 강한 채로 있어야만 하는 것이었다.

"그게 뭐야."

그는 물으며 그녀를 건드렸다. 그러나 움찔하듯 그의 손을 도로 물리쳤다.

"상처야. 우유깡통을 따다 팔목을 베었어."

그녀가 말했다.

이 번만은 자기 피부의 반점 같은 흰 흉터가 고맙게 느껴졌다. 그것이 둘 사이의 거리를 좁혀줄 것을 바랐다.

그는 휠리 가문의 특유한 짓푸른 눈으로 그녀를 바라보았다. 그녀가 좋았다. 예쁘진 않지만 현명하고 또 여자이니까.

"우유빵, 그걸 난 배가 터지도록 먹을 수 있어."

그가 말했다.

"아, 그럴 거야."

그녀가 동의했다.

그녀는 전에 그 일을 전혀 생각해본 적도 없으면서 진정으로 그렇게 믿고 있었다.

정장한 옷들의 등덜미에 파리들이 달라붙어 불규칙한 흑옥黑玉 장식을 이루고 있었다. 아무도 그 것을 털어버리지 않았다. 앨프 허버트는 삽에 점점 더 달라붙는 흙을 보며 투덜거렸고 기도소리는 좀더 짙게 내려앉았다. 그들은 예수가 부활할지도 모른다고 들어왔지만 만약 그가 저 숲 속에서 나타나 아무도 채비를 해놓지 않은 달군 바위의 희생의식을 주도한다면 그것도 좀 어울리지 않는 일일 것같았다. 어쨌든 조객들은 기다렸다. 조객들이란 어떤 일이 있든 꾹 참고 서 있어야 한다고 알고 있기 때문이다. 그 동안 더위는 그들 정신의 남은 꼬투리마저 멍하게 했고 그들의 손가락을 부풀려 수입품 소시지로 만들려는 것같았다.

머틀 호그벤이 맨 먼저 항의했다. 그녀는 축 늘어지면서 다른 손수건을 잘못 꺼냈다. '누가 우리의 사악한 육체를 변화시킬 것인가.' 그 말들은 그의 양식이 참을 수 있는 이상이었다.

"자, 조금만 참아."

그녀의 남편이 손가락으로 팔 뒤꿈치를 찌르며 속삭였다.

그녀는 그의 동정심에 굴복했다. 그들이 함께 사는 일상생활에서 그녀가 그의 음침한 소망에 굴복해왔듯이. 가정의 평화와 한두 개의 하잘 것 없는 보상, 그 정도 이상을 바라지 않았다.

가냘픈 여인, 호그벤 부인은 그녀에게 과해졌던 모든 부당한 일들이 분해서 울고 있었다. 데이즈는 이런 사정을 더욱 악화시켰을 뿐이었다. 그렇지. 어떤 순간에는 이해는 해주면서. 정말로 이해가 통하는 사람들은 소녀들, 특히 자매들이다. 어른이 되면 또 달라진다. 세상살이가 그들을 내팽개쳐 서로를 떼어놓기 전의 자매. 머틀 모로는 다시 과수원을 거닐고 있었다. 데이즈 모로는 동생을 팔로 꽉 끌어안았다. 으깨진 사과 썩는 냄새와 함께 속삭임이 공간을 메웠다. 데이즈, 난 하고 싶은 일이 하나 있어. 구세군 나팔에 레몬을 던져넣고 싶어. 머틀이 말했다. 데이즈는 킬킬 웃었다. 넌 바보야, 머트. 그러나 결코 사악하진 않아, 하고 그녀는 말했다. 그래서 머틀 호그벤은 울고 있었다. 언젠가 한번, 단 한 번뿐이지만, 그녀는 누군가를 절벽 밑으로 밀어 떨어뜨리고 그 때 사람들의 표정이 변하는 것을 보고 싶다고 생각한 적이 있었다. 그러나 머틀은 이 것을 고백하지는 않았다.

그녀가 고백할 수 없는 일들, 그녀가 어떻게도 할 수 없는 일을 생각하며 호그벤 부인은 울었다.

좀 부드러운 말, 그녀가 외우고 있는 '하늘에 계신 우리 아버지, 일용

할 양식을……' 을 시작하니까 그녀는 위안을 느꼈다. 위안을, 위안을…….

그런데 멕은 어디 있지?

호그벤 부인은 다른 사람들에게서 좀 물러났다. 꼿꼿한 자세로 걸어서, 누군가가 보았더라면 그녀가 기진맥진해서 좀 쉬려는 줄 알았을 것이다.

그녀는 쉬는 게 아니라 딸을 부르고 있었다.

"마가렛 멕, 어디 있니? 내 소리가 안들리니, 메엑!"

그녀는 역정이 나서 목소리를 가냘프게 길게 끌었다. 그러나 목사의 기도소리를 방해할 수는 없었다. 그래서 그녀는 멈췄다. 그녀는 철조망 가닥에 날개가 걸린 한 마리 꿩 같았다.

그들이 조금 더 이리저리 걸어갔을 때 어디에선가 사람 목소리가 들렸다.

"누굴까?"

멕이 물었다.

"우리 엄마와 아빠야. 무슨 일로인가 잔뜩 화나 있을 거야."

루미가 말했다.

어머니 휠리는 따지 않은 맥주 두 병을 방금 발견해냈다. 쓰레기더미 아래에서. 웬걸까?

누군가 얼빠진 사람이 흘린 거겠지.

"그 속에 독을 탄 건지도 몰라."

그녀의 남편이 경고했다.

"독이라구요? 참 기막혀. 내가 발견해낸 거라 그러지."

그녀는 소릴 질렀다.

"누가 발견했든간에 그렇게 덥혀진 맥주를 누가 마시겠어."

그가 말했다.

"내가 마시겠어욧!"

그녀가 말했다.

"우리가 가져온 맥주를 어서 마시자고 우기더니만."

그도 역시 언성이 좀 높아지고 있었다. 그녀는 가끔 억지를 썼다.

"그걸 뒀다가 마시자고 한 건 누구였죠? 뜨뜻해지도록 말예요."

그녀가 꽥 소리를 질렀다.

두 사람 다 땀이 줄줄 흘러내리고 있었다.

갑자기 루미는 이 소녀를 이 소리가 들리지 않는 곳으로 인도해가고 싶다고 느꼈다. 그는 술 취한 사람들에게는 진저리가 났다. 그의 소녀와 함께 식물원에 있는 것같은 잘 다듬은 잔디밭을 걸었으면 좋겠다고 생각했다. 마음놓고 떼놓는 발 밑에서 푸른 잔디가 부드럽게 밟히겠지. 동상들이 매끄러운 풀밭에 난 길을 가리키고 있을 테고. 그들은 마침내 풀밭 위에 크고 반짝이는 나뭇잎을 깔고 앉아 물 위에 뜬 배들을 바라볼 것이다. 그리고 그들은 깨끗한 박엽지薄葉紙 꾸러미에서 도시락을 꺼내 펼칠 것이다.

"우리 부모는 저렇게 말씨가 거칠어."

루미가 설명했다.

"괜찮아."

멕 호그벤이 대답했다.

그 이상이든 그 이하이든 그녀는 아무 것이라도 상관할 겨를이 없었을 것이다.

그녀는 그의 뒤를 따라 걷느라고 눈이 핑핑 돌 지경이었다. 녹슨 난로 옆을 지나고 다 떨어진 펠텍스(호주에서 가장 많이 팔리는 카펫)가 깔린 지역을 지났다. 뒤떨어지지 않으려고 뛰거나 잦은 걸음으로 걸었다. 꽃들은 그녀가 자빠지지 않으려는 서슬에 꽉 쥐어져 부스러뜨리지 않았더라도 그녀의 손에서 시들어버렸을 것이다. 그들이 지나온 미로迷路의 어디에선가 멕 호그벤은 모자를 잃어버렸다.

그들이 노여움의 현장으로부터 좀 멀리 떨어졌을 때, 그리고 다시 열기를 띤 정적이 내려앉았을 때, 그는 그녀의 가는 손가락을 잡았다. 그렇게 하는 것이 자연스럽게 보였다. 마침내 그들은 새로운 경험을 했던 것이다. 그들은 잠시 어떤 특수한 운동법칙에나 따르듯이 손을 흔들었다.

마침내 룸 휠리는 상을 찌푸리고 소녀의 손을 떨쳐 놓았다.

만약 그녀가 그의 행동을 받아들였다면 그 것은 그가 한 행동을 믿어서가 아니라 다만 그가 느끼고 있다고 믿고 있기 때문이었다. 그 것이 틀어지는 발단이 될는지도 모른다. 그녀는 그가 최후의 순간까지 저항하려 할 것이라고 확신하고 있었다. 그들이 서 있는 옆 가시나무에서 지저귀고 있는 한 마리 새처럼 공중으로 날아가버릴 것처럼 보였다. 그때 그의 손가락이 움직였다. 그녀는 그의 어린 육체의 탄탄함에 놀랐다. 그녀의 단단한 피부의 전율과 하얀 하늘의 막이 그를 압도했다. 그리고 공포와 기대가 그들의 입을 녹였다. 그들은 감사하는 마음으로 서로를 조금씩 빨아들였다. 주둥이를 마주 추켜든 채, 마치 새들이 물을 마시듯.

오지는 삽으로 흙을 덮는 앨프 허버트를 이제 볼 수가 없었다.

"장례식에서 우는 사내는 처음인걸."

호그벤 의원이 매우 낮게 불평했다. 자신도 곧 울음이 터질 것같은 형편이면서도.

만약 오지를 사내로 친다면, 라스트 의원은 잠음 속에서 이렇게 암시했다.

그러나 오지는 보이지도 않았다. 다만 데이즈만이, 아직도 푹신하게 침대에 누워 있는 데이즈만이. 그녀는 틀림없이 단추를 하나 풀어놓은 것으로 보였다. 그녀의 가슴이 툭 튀어나와 있었다. 그들이 무겁게 쏟아지는 노란 아침햇빛과 어떻게 싸웠는가를 그는 결코 잊지 않으리라. 이른 아침빛에 육체는 노랗게 나른하게 변해갔다. 데이즈, 난 어떻게 될까? 오즈, 우리들 누구나와 같이 결정되겠지요. 그녀가 말했다. "오지, 난 당신에게 일러줄 말을 알고 있어야 하겠지. 좀 쉴 시간을 줘요. 숨을 돌리게." 그녀는 말했다. 그래서 그는 고통스러운 무릎을 꿇고 앉았다.

그는 그의 입을 데이즈의 목에 대었다. 그녀의 피부는 아주 쓴 맛이었다. 젊은 오지 쿠간이 산에서부터 따라내려온 반짝이는 큰 강은 천천히 찐득찐득한 노란 진흙밭으로 말라가고 있었다. 그 자신 마지막으로 용을 써보려는 추악한 노인이었다.

브리클 씨가 말했다.

"우리의 이 누이를 이 죄 많은 세상의 암흑으로부터 구원하시는 주님께 진심으로 감사하나이다."

"아니야, 아니야."

오지가 항의했다. 너무 목이 메어 아무도 알아듣지는 못했으나 그 의도만은 격렬한 것이었다.

그가 알고 있는 한, 아무도 구원받기를 바라지 않는다. 우선 그도 그렇고 데이즈도 그랬다. 겨울밤 화롯가에 함께 앉아 감자를 구워먹으며 누가 죽음을 바라겠는가.

호그벤 부인이 철조망에 걸린 프랑스비단 옷자락을 떼어내는 데는 얼마가 걸렸다. 걱정이 되는 것은 멕뿐만 아니라 자신의 신경이었다. 이렇게 그녀의 신경질은 더욱 악화되었다. 바로 그 때 그녀의 딸이 저 편 쓰레기장에서 부끄러움도 없이 휠리네 사내아이와 키스를 하고 있는 게 눈에 들어왔다. 멕이 또다른 데이즈가 되면 어쩌나? 혈통은 부정할 수 없는 거니까.

호그벤 부인은 분명하게 부르지는 않았다. 그러나 그녀의 확장된 성대로부터 하여간 소리가 흘러나왔다. 그녀의 입 역시 말을 만들 여유도 없을 만치 혀로 꽉 찬 느낌이었다.

그러자 멕이 바라보았다. 그녀는 미소를 지었다.

그녀는 말했다.

"어머니, 여기 있어요."

그녀는 철망을 통과해서 왔다. 그녀 역시 조금 찢겼다.

호그벤 부인은 말했다. 그녀의 이가 딱딱 부딪쳤다.

"가장 그럴 듯한 때를 택했구나. 너의 이모가 지금 막 무덤 속에 들어갔는데. 그렇지만 널 이렇게 만든 사람이 있다면 그건 아마 네 이모겠지."

비난이 아주 빨리 쏟아지고 있었다. 멕은 대답을 할 수 없었다. 환희가 그녀를 열어놓았으므로 그녀는 자기를 방어할 방도를 잊어버렸다.

호그벤 부인은 목청을 낮추었다. 그들이 목사가 있는 곳에 접근했기 때문이었다.

"네가 조금만 더 어렸어도 널 회초리로 때렸을 거야."

아무도 그녀의 내부를 보지 못하도록 멕은 자기의 표정을 닫아버리려고 했다.

"사람들은 뭐라고 할까. 이 일을 어쩐담."

호그벤 부인은 신음소리를 냈다.

"뭐 말예요, 어머니."

멕이 말했다.

"네가 바로 그 말에 대답해야 될 사람인데, 누구에게 물어."

멕은 어깨 너머로 바라다보았고 거기 그녀가 잠시 동안이나마 그런 것이 존재한다는 사실을 잊고 있었던 증오가 불타고 있음을 보았다. 그러자 그녀의 표정은 주먹을 쥐듯 단단히 닫혀버렸다. 그녀는 필요한 어떤 수단을 써서라도 자기를 방어할 태세를 갖췄다.

조객들이 제각기 자신의 비탄, 분노, 모멸, 권태, 무관심 그리고 억울함 등에 사로잡혀 있지 않았다 하더라도 죽은 여인이 그 때 그들 사이에서 있다는 사실을 알아차렸을까. 그것은 매우 의심스럽다. 죽은 자의 부활, 그 것은 성경에서 일어난 일이라는 둥 혹은 없었던 일이라는 둥 의견이 분분한 쟁점이다. 찬란한 빛의 팡파르는 꽃의 의상을 한 방종한 여인을 위해서는 울리지 않았으니까. 그녀를 알았던 사람들조차 이제 생명의 무상함 속에서나 간헐적으로 그녀를 기억할 뿐이었다. 어떻게 그들이 그녀의 증언을 들을 수 있으며, 더욱이 믿을 수 있을 것인가? 그러나 데이즈 모로는 끊임없이 말하고 있었다.

"여러분, 들으시오. 나를 자기로부터 떠나보내고 싶어하는 사람들 외에는 나는 아무와도 헤어지고 있는 게 아닙니다. 그런 사람들에 있어서조차 내가 과연 떠나고 있다고 확언할 수 있을지, 그들은 자기 자신의 일부와 작별하고 있는 게 아닐까요. 내 말을 들으시오. 철저하게 희망을 잃어버린 여러분, 무엇인가가 당신을 비켜가기 때문에, 혹은 이제는 찾

아낼 게 아무 것도 없을 거라고 두려워 하고 있기 때문에 밤중에 잠 못
이루며 안절부절하고 있는 여러분. 내게로 오십시오. 심술궂은 여인들
도, 공무원들도, 걱정거리가 많은 아이들도, 절망한 추한 노인들
도······."

  몸집이 작은 그녀에게 이런 말들은 너무 거창한 것으로 보였다. 그녀
는 격분하여 머리를 뒤로 쓸어올리곤 했다. 그리곤 다시 행동 속에서 피
란처를 찾는다. 그녀의 두 발은 땅 속에 박혀 있었으므로 그녀는 이제
그 압력을 불평할 것은 아니었다. 하지만 그녀의 항상 좀 거친 목소리가
흙 속에서 꾸어온 듯한 음절로 계속 당부하고 있었다.

  "진실로 우리가 우리 마음 속에 증오의 요소들이 깃들 장소를 마련하
지 않는다면 우리는 고통을 경험할 필요는 없습니다. 내 사랑하는 이들이
여, 당신들은 사랑의 죽음이 아니라면 죽음은 죽음이 아니라는 것을 모르
십니까? 사랑의 위대한 폭발이 있으리라는 것은 믿어 마땅한 일입니다.
그 폭발은 결코 파괴하는 것이 아닙니다. 그것은 우리들을 소용돌이치게
하고, 어지럽힐 테지만 수백만의 다른 세계를 창조해낼 것입니다."

  그녀의 이승의 몸체에 따라 대충 만들어놓은 새 봉분으로부터 그녀는
그들에게 고집스레 호소했다.
  "당신들이 허락하신다면 나는 당신들을 위안할 것입니다. 알겠습니

까?"

그러나 그들은 인간이었으므로 아무도 이해하지 못했다.

"영원히, 영원히, 언제까지나."

약한 미풍을 맞아 나뭇잎들이 떨며 치켜올렸다.

그렇게 데이즈 모로의 소망은 그녀의 뼈대가 작은 손목과 부드러운 사타구니 그리고 예쁜 발목께에 놓여 있었다. 그녀는 마침내 형식적으로는 이 세상에서 허무하게 사라져간 것이었다. 그리고 그것이 그녀를 정숙한 여인으로 되돌리는 것이라고 사람들은 바랐다.

그러나 아주 죽은 것은 아니었다.

멕 호그벤조차 그녀의 이모가 하는 말을 제대로 알아차리지 못하고 있었다. 그녀는 태양이 너무 눈부셔 매장의 마지막 순간을 목격할 수조차 없었다. 그러나 그녀는 차분한 환희의 전율 속에서 약한 미풍이 그녀의 촉촉한 모근 사이를 지날 때 뺨에 붙어 있는 솜털과 같은 느낌을 경험했다. 그녀는 차 안으로 들어가 다음에 올 무엇인가를 기다렸다.

이렇게 그들은 데이즈를 매장했다.

철조망의 다른 쪽 어딘가에서는 병 깨지는 소리와 다투는 소리가 들렸다.

호그벤 의원은 목사에게로 가서 예의 그럴 듯한 인사치레를 했다. 등을 반쯤 돌린 채 그는 지갑에서 수표를 한두 장 꺼냈다. 그리곤 곧 해방감을 느꼈다. 만약 호리 라스트가 거기 있었더라면 이 쯤에서 레스 호그벤은 그에게로 되돌아가 동료의 어깨 위에 손을 얹었을 것이다. 그렇게 해서 어떤 개인의 정통을 벗어난 행실에 대해 자기가 용서 받았는가 어떤가를 느껴보려 했을 것이다. 어쨌든 호리는 이미 차를 몰아 떠나버리고 없었다.

호리는 쓰레기장과 묘지가 만나는 지점의 경사를 가로질러 빠른 속도로 차를 몰았다. 일 초 가량 오지 쿠간의 등이 먼지의 소용돌이 속에서 깜박였다.

저 얼간이에게 위로의 말이라도 해줄걸, 하고 라스트 의원은 생각했다. 그리곤 차를 계속 몰면서 사람의 좋은 의도라도 그 것이 이행되지 않으면 반 푼의 가치도 없는 게 아닌가 생각했다. 이제 차를 멈추기에도 너무 늦었고 백미러에 비친 오지는 쓰레기장 쪽으로 방향을 바꾸고 있었다. 거기라면 하여간 그 놈에게 적당한 곳이지.

도로를 따라가며 돌, 먼지, 나뭇잎들이 평소대로 감정에 좌우되지 않는 망막 속으로 가라앉고 있었다. 잔돈을 조그마하고 때 묻은 헝겊주머니에 넣고 다니는 굼뜬 사람인 식료품상 질은 그의 값비싼 시보레에 앉아 도수 높은 안경을 통해 앞을 내다보았다. 그는 3시 반 정각에는 집에 닿을 것이고, 그러면 그의 아내가 차 한잔을 따라줄 것이라고 생각하며 안도했다. 그가 생각하는 것은 무엇이나 시간을 엄수하고 행실 바르고 치부책에 기입한 듯한 것이었다.

그는 신중하게 차를 몰아 쓰레기장이 철조망 밑으로 해서 길 한가운데에까지 뱉어낸 매트리스 자락을 피해갔다. 이 쓰레기장 근처에선 이상한 일도 다 많았지, 하고 식료품상은 회상했다. 고함치던 계집애들, 그들의 꽉 조인 긴 팬티는 갈갈이 찢겨 있었다. 그의 한 팔은 사타구니에 찔려 있었지만 육체는 아무런 표시도 보이지 않았다. 그러나 쓰레기장에서 평화를 찾는 사람들도 있지, 즉 버려진 노인네들, 그들의 창백하고 죽은 듯 멍한 눈은 그들이 살아온 과거일을 조금도 나타내는 일이 없다. 또 껍질이 붙은 나무판자와 녹슨 쇠로 얽은 판자집 대문께를 서성대는 푸르딩딩한 피부의 여인들, 한 번은 늙은 빈털터리 하나가 쓰레기장으로 기어들어가 죽었다. 그는 틀림없이 쓰레기와 함께 자기도 썩어버리려는 의도였을 것이다. 냄새 나는 넝마뭉치처럼 보이는 그를 검사하라고 경찰에 신고되었을 때, 그는 이미 썩고 있었다.

질은 조심스레 액셀러레이터를 밟았다.

그들은 모두 차를 몰고 가고 있었다.

룸 휠리는 차 뒷좌석에서 빈 운전석을 향해 몸을 구부린 채 혼자 앉아 있었다. 그는 유심히 봐두었던 다키의 행동도 잊어버린 채 두 손을 무릎 사이에 찌르고 있었다. 그는 지금 완전히 독립하고 있었다. 바람 때문에 그의 안색은 변해 있었다. 그는 그것이 좋았다. 기분이 좋았다. 그는 이제는 그들이 집으로 끌고 가고 있는 고물에 대해서도 짜증이 나지 않았다. 녹이 그의 발치에 우수수 떨어지고 있었고 펠텍스 자락의 곰팡내에 코가 막힐 지경이었지만, 그의 뒤에 타고 있는 가족들에 대해서도 짜증이 안 났다. 그들은 지금 싸우고 있는 건지 토론을 벌이고 있는 건지 분

간키 어려웠다.

휠리 가족들은 실상은 노래를 부르고 있는 중이었다. 자기들이 새로 작사 작곡하다시피 한 노래를. 그들의 노래는 항상 이 모양이었다. 두 꼬마소년도 한몫 끼어들었다.

내게 집으로 가는 길을 가르쳐주오.
난 그렇게 지치진 않았다오.
한 시간쯤 전에 한잔 마셨죠.
그래서 내 머리는 복잡하다오.

갑자기 엄마 휠리가 어린 게리인지 베리인지를 쥐어박기 시작했다.
"니가 뭘 안다구 그래, 뭘 안다구."
"당신 왜 그래! 그렇게 발끈하지 않고는 말을 못하나."
그녀의 남편이 소릴 질렀다.
그녀는 대답하지 않았다. 그러나 또 불평을 늘어놓으려 하고 있음이 뻔했다. 아이가 울기 시작했다. 그러나 그 울음은 형식적인 것이었다.
"저 루미 참 골칫거리예요."
휠리 부인이 불평을 시작했다.
"왜 루밀 들춰?"
"그렇게 애써 길러놓으면 돌아오는 게 뭐예요?"
월은 부루퉁했다. 추상적인 것들은 항상 그를 어리둥절케 했다.

휠리 부인은 창 밖으로 침을 뱉었다. 침은 그녀에게로 되돌아왔다.

"쳇!"

그녀는 투덜거렸다.

그러곤 잠잠해졌다. 솔직히 말해서 그 것은 엄밀히 룸에 관한 말을 하려는 게 아니었는지도 몰랐다. 그 건 아무 것도 아니었고 혹은 모든 것이었다. 독한 술처럼. 그러나 절대 그것을 이 이상 건드릴 생각은 없었다. 그런데 들춰내고 말았던 것이었다. 그리고 저 지긋지긋한 루미. 제왕절개와 그 고통. 다신 사내와 자지 않겠다고 마음먹었지.

"그 건 남자는 이해하지 못하는 일예요."

"뭐?"

월이 물었다.

"제왕절개 말예요."

"응?"

남자와는 이야길 해봤자 통하질 않는다. 침대로 직행하는 게 상책이겠지. 그렇게 해서 그녀는 쌍둥이를 꼼짝 못하게 잡게 되었던 것이다. 그 후 그녀는 여전히 다시는 않겠다고 말했지.

"제발 좀 그만 울어!"

휠리 부인은 꼬마의 바람에 날리는 머리를 매만지며 달랬다.

모든 게 슬펐다.

"가끔 산 채로 매장되는 수도 있을 거예요."

그녀는 말했다.

　그의 크림색 홀든 차를 몰며 모퉁이를 돌면서 호그벤 의원은 아주 경쾌한 느낌이 들었다. 그러나 그는 법의 울타리를 넘어 마구 달리지 않도록 결정적인 순간에 자신을 억제했다.

　길고 아름다운 질주의 행렬을 이루며, 모퉁이에서는 반원의 소용돌이를 만들며 그들은 죽 달려가고 있었다.

　경험을 구하며 기도하는 생의 어떤 경우에 멕 호그벤은 실패하는 때도 있으리라. 그러나 이를 악물고 다시 시도하리라. 지금 그녀는 죽은 이모를 사랑하는 마음으로 회상하고 싶었다. 그러나 그 영상은 자꾸 뿌옇게 흐려졌다. 그녀가 경박한 때문이겠지. 그러나 그녀가 실패할 때마다 풍경이 아름답게 흔들렸다. 그들은 전화선 밑을 지나고 있었다. 그녀는 어떤 메시지도 평화의 언어로 해석해낼 수 있었다. 바람은 에이는 듯 차지 않을 때는 언제나 타는 듯 뜨겁다. 하지만 고정된 물건들은 그까짓 바람쯤에는 꿈쩍도 않는다. 길 옆에는 목조가옥들이 바람에 아랑곳없이 박혀 있었고 갈색둑 밑으로는 버드나무의 둥치들이 늘어서 있었다. 그녀의 지나칠 정도로 거리낌 없는 회색눈은 더욱 깊어진 듯 보였다. 마치 그녀가 아직 보아야만 하고 느껴야만 할 모든 것을 수용하려는 듯이.

　아빠와 엄마가 앞자리에 타고 있었는 데도 바람은 뒷좌석까지 기분좋게 불며 지나갔다.

　"난 아직 잊지 않았어, 마가렛."

　엄마가 어깨너머로 말했다.

다행히 아빠는 별로 관심을 보이지 않았다.

"데이즈가 그 집에 살며 빚을 지진 않았을까? 워낙 협협한 성격이었으니까."

호그벤 부인이 말했다.

호그벤 의원은 목소리를 가다듬었다.

"천천히 알아봅시다."

그는 말했다.

호그벤 부인은 자기가 잘 이해 못하는 일들에 관해서는 남편을 존중했다. 예를 들면, 신비스러운 '시간', '사업' 그리고 가장 고약한 파산 때 재산가치를 정하는 것 같은 문제들에 있어서는.

"혹시 잭 커닝엄이 데이즈의 뒷일을 생각해둔 게 있을지도 모르죠. 그는 훌륭한 사람이었으니까요. 그렇지만 데이즈가 워낙 그런 성격이라서."

그녀는 말했다.

그들은 계속 달리고 있었다.

그때 호그벤 부인은 새끼모양의 그 작은 금반지를 생각했다.

"당신은 그 장의사들이 정직하다고 생각하세요?"

"정직?"

그녀의 남편이 반복했다.

그것은 애매모호한 말이다.

"네, 저 데이즈의 금반지."

그녀가 말했다.

그렇다고 고발할 수는 없는 일일 것이다. 그녀는 용기를 내서 언젠가는 그 폐가에 내려가볼 작정이었다. 그 생각에 그녀의 가슴은 긴장되었다. 그녀는 들어가서 서랍의 뒷구석들을 더듬어볼 참이다. 그러면 아마거기에서 박엽지 뭉수리를 발견할 것이다. 그러나 죽은 사람의 폐가는그녀에게 두려움을 주었다. 그녀는 그 것을 인정하지 않을 수 없었다.그 후덥지근함. 갈색 네덜란드 천을 통해서 스며드는 빛. 사실은 그렇지않은 데도 도둑질을 하고 있는 듯한 기분이리라.

그 무렵, 휠리네도 언덕을 오르고 있었다. 트럭과 세단이 거의 서로맞부빌 정도로 된 채 그들은 계속 달렸다.

"편두통이 또 나요. 앓아보지 않은 사람은 이 고통을 짐작도 못해요."

호그벤 부인이 얼굴을 돌리며 소리쳤다.

그녀의 남편은 전에도 이 말을 들은 적이 있었다.

"그게 아직도 없어지지 않고 고질로 남아 있구료. 참 이상하군. 다른사람들은 일정한 나이가 지나면 없어진다고 하던데."

그가 말했다.

그들은 휠리네를 추월해 지나치지는 못했다. 그는 이 상황을 벗어나려고 마음을 쓰고 있었다. 월 휠리는 몸을 앞으로 굽히고 있었지만 그래도 그의 셔츠 앞깃의 벌어진 틈으로 삐져나온 가슴의 짙은 털이 보였다.그의 아내가 그의 어깨를 두드리고 있었다. 그들은 그들이 만든 그 노래를 부르고 있었다. 그녀는 게거품을 품으며 열을 올렸다.

그렇게 그들은 계속 달렸다.

"레슬리, 토할 것만 같아요."

호그벤 부인은 헐떡거리며 작은 손수건쪽을 더듬어 꺼냈다.

휠리네 쌍둥이들은 그들의 포실포실한 앞머리를 드러내며 웃고 있
었다.

트럭의 뒷좌석에서는 부루퉁한 루미가 몸을 반대방향으로 돌렸다. 멕
호그벤 역시 휙 외면하고 있었다. 서로 알아봤다는 빈약한 표시를 바람
은 곧 그들의 얼굴에서 불어내었다. 멕과 루미는 무릎을 곧추세운 편안
한 자세로 앉아 있었다. 그들은 턱을 할 수 있는 데까지 내려뜨렸다. 그
들은 눈을 내리깔았다. 마치 현재로선 볼 만큼 보았으므로 이젠 그들이
알고 있는 것을 간직해야 되겠다는 듯이.

점점 빨리 달려나감에 따라 확신의 따뜻한 핵이 점점 더 차분히 가라
앉고 있었다. 바람은 울타리 위의 전화선을 흔들고 회색 풀의 납작히 밟
힌 머리는 자꾸자꾸 다시 고개를 들어올리고 있었다.

미스 슬래터리와 그녀의 별난 애인

그는 여전히 문을 잡고 서 있었다. 문고리의 쇠사슬은 역시 걸려 있었다.

"저는 베터세일즈 회사 사원입니다." 새로운 페이지를 펼치며, "시장조사지요." 그녀는 계속 설명했다. "도와주십사 하구요. 그게 댁을 돕는 길도 되니까요."

그녀는 입술을 축이고 나서, 위협적이기보다는 윤리적인 타협의 자세로 모든 사람이 신뢰할 수 있게끔 밀고 나가는 기술을 발휘했다. 그녀에게는 자기 장부의 페이지가 말끔히 비어 있는 그대로 번쩍이는 듯했다.

그러나 너무 어렵게 생각하지는 마십시오, 하고 그녀는 자기가 낮잠을 못 자게 만든 어느 대륙에서 온 늙은이에게 즐겨 말하곤 했다.

"무슨 일로 오셨소?"

그가 물었다.

"몇 가지 여쭈어보려구요."

그녀가 말했다.

그녀는 마음만 먹으면, 참는 것쯤이야 문제가 되지 않았다.

"물어볼 것이 있다구요?"

그는 문을 닫으려 했을까?

"아니, 꼭 당신에게가 아닙니다. 부인께지요."

그녀는 거리를 내려다보았다. 멋있는 길이다. 길끝에서는 대낮의 태양이 그녀를 녹초로 만들겠다는 듯 들끓고 있었다.

"마누라요?"

드디어 그는 문의 쇠사슬을 풀었다.

"없습니다! 없어요! 없어요!"

그는 적어도 그녀를 빤히 훑어보고 싶지는 않았다.

"없다니요? 아무 여자도 없단 말입니까?"

그녀가 물었다.

"한 명도 없지요. 전 어떤 여자도 집안에 데리고 있지는 않아요."

"솔직하시군요. 여자를 좋아하지 않으시나봐요."

그녀가 말했다.

그녀는 다소 맥이 빠진 듯했다.

"아니, 참 좋아합니다. 얼마나 좋아한다구요. 오히려 좋아해서지요!"

"그러면 본격적으로 상담을 시작해볼까요?"

그녀는 아무 것도 씌어 있지 않은 장부책을 쳐다보며 말했다.

"사모님이 안 계시는데, 귀한 진주 상표가 마음에 드실지 모르겠군요? 세탁용 풀 말입니다. 아니, 아침식사 대용 퀵크림은 어떨까요?"

그녀가 말했다.

"덩어리가 지지 않는 오트밀 죽의 일종이지요."

"오트밀 죽이라니요?"

"스코틀랜드 사람이 만들어낸 것입니다. 그저 '죽' 이지요, 티보 씨."

"자보입니다."

"초인종 위에는 '티보' 로 되어 있던데요."

"전 헝가리 사람입니다. 헝가리에서는 이름을 뒤에서부터 앞으로 씁니다. 자보 티보지요. 아시겠습니까?"

그는 몸짓까지 해가며 열심히, 그 모든 것을 설명하는 것이 꼭 필요하기나 한 것처럼 있는 힘을 다해 설명했다.

"예, 이제 알겠군요."

그녀가 말했다.

그의 이는 짤막하나 희었다. 그는 그리 늙은 편도 아니었다. 오히려 나이에 신축성을 갖는 시기에 도달해 있었다. 그의 구두는 1주일 분의 수당을 몽땅 털어주고 산 것이었다. 그는 온 몸이 오히려 갈색 스웨이드 가죽 같았고, 키는 그녀의 어깨를 넘지 못했다. 그리고 엉덩이, 그는 엉덩이다운 엉덩이를 가지고 있었다.

그러나 방안은 아늑했으며, 그의 뒤로는 흑백의 조화가 이루어져 있었다.

"비닐 타일인가요?"

그녀는 발끝으로 가리키며 물었다.

"리놀륨 같기도 한데요?"

마침내, 그녀는 거래에 돌입했다.

"무어요? 어허! 아니지요! 이건 모두 대리석입니다."

"은행에 있는 것같은⋯⋯."

"맞아요."

"그렇군요! 이걸 모두 어디서 구하셨나요?"

"가지고 온 것이지요. 그래요. 내가 모두 가지고 왔지요. 이 곳에는 아무 것도 없어요. 아무 것도!"

"오오, 티보 씨. 아니, 자보 씨. 우리 오스트레일리아 사람들은 모두 세련되지가 못했어요. 1961년엔 그랬어요."

"세련이라! 세련되었다는 것이 무언지 알고 싶군요."

그녀는 지식으로 인해 어떤 이득이 생기리라는 것을 결코 믿지 않았다. 따라서 '티보 자보 티보'의 대리석 방안을 거닐고 있는 자기가 너무 우스꽝스러웠다. 그러나 너무 냉랭했다. 문이 딸깍 하는 소리를 듣고 그녀는 여자를 톱으로 조각조각 썰어 열차 수하물 임시보관소에 넣어두고 가거나, 뒤뜰에 파묻거나, 항구의 쓰레기더미에 내던져버린 이야기들을 기억해냈다.

물론 있었다. 자보 티보가 볼 만한 것을 가져왔기 때문이었다. 매일 이 맘때면 파도는 더욱 날카로워져서, 아연이나 알루미늄같이 잘라졌다.

"좋은 것들을 가지고 계시군요."

그녀가 말했다.

"내가 갖고 있는 건 모두 최고급품이지요." 자보 티보가 설명하며, "댁의 성함은 어떻게 되시나요?"

"아, 슬래터리, 미스 슬래터리예요."

그녀가 대답했다.

"참 어울리는 이름이군요. 다른 애칭은 없는가요?"

미스 슬래터리는 시무룩해졌다.

"말하고 싶잖아요."

그녀가 말했다.

"세례명은 디미티라고 했지요. 하지만 제 친구들은 저를 피트라고 불러요."

그녀는 덧붙여 말했다.

"어느 것이 더 나쁠까? 피트라? 그건 무슨 뜻이지요?"

"디미티란 이름을 가지고 평생을 사는 것보다는 훨씬 나을 거예요."

"난 댁을 무어라고 부르지 않겠소."

자보가 말했다.

미스 슬래터리는 몹시 긴장한 채 누군가의 방을 걷고 있었다. 그러나 그 편이 더 나았다. 방바닥에 깐 융단이 아늑하고 희어서 그녀는 세탁소에서 투피스를 안 찾아온 것이 생각났다.

"이름은 아무 필요가 없지요."

자보 티보가 말했다.

"모자를 벗으시지요. 그 것도 역시 필요가 없으니까요."

미스 슬래터리는 그의 말에 따랐다.

"저에겐 모자가 어울리지 않아요. 회사에서 업무상 쓰게 하는 거예요."

그녀는 고개를 흔들어 머리칼을 내려트렸다. 그 머리는 그녀가 바라는 대로 잘 되지 않았다. 짙은 갈색에, 윤이 나며, 얼룩거렸다. 그녀는 갈라진 머리를 살살 매만져서 자기가 좋아하는 모양으로 손질을 했다.

그는 오스트레일리아 여자를 보고 있었다. 색다른 오스트레일리아 여자이다.

맙소사. 그는 그녀가 생각했던 이상으로 나이가 많았다. 그러나 꼭 껴안고 싶을 정도였다. 그녀는 천성이 착했다. 낄낄 웃음이 나오려고 했다. 스웨이드 가죽을 뒤집어쓴 늙은 곰을 쳐다보며 자보 티보가 말했다.

"앉아요."

"전 지금까지 공과 사를 흐려본 적이 없어요."

그녀는 손을 의자 밑으로 집어넣으면서 말했다. 나가고 싶을 때, 으레 하는 버릇이었다.

그러나 자보 티보는 무언가 목에서 코로 기어드는 두 줄기 철사와도 같은, 자그마하고 달콤한 것을 가지고 왔다.

"좋지요?"

"별로 모르겠어요."

그녀는 기침을 했다.

"효과는 있군요! 자보 씨."

"오스트레일리아에선 나를 티비라고 부르지요."

그가 말했다. 그는 이제 무릎을 꿇고 있었다.

"정말 재미있는 분이시군요!"

"그렇지요. 위트라고나 할까요!"

그는 웃었다.

남자가 무릎을 꿇으면 그녀는 보통때 이상으로 활짝 웃었다.

그러나 자보 티보는 더욱 굳어졌다.

"오스트레일리아에는 위트가 없지요. 없어요. 어디에도 없어요."

그녀를 향해 집게손가락을 흔들었다. 그녀는 황홀해지기 시작했다. 손가락 치곤 너무 살이 쪘다. 바나나 빛깔이었다. 짧고 검은 털이 빗질을 했다.

"알겠습니까?"

"네, 잘 알겠어요. 전 아무 것도 아니지요."

그녀도 역시 그것이 좋았다.

"그럼 이건 무어요?"

자보 티보는 자기 손가락을 바라보며 물었다.

"전 일부분만 짜임새가 있는 연극에는 놀라버려요."

"댁은 아는 것이 많은 여자 같군요."

"사춘기 땐 다 퍼지(설탕·버터·우유·초콜릿으로 만든 캔디)를 좋아해요.

맛있잖아요?"

그녀가 다리를 다시 꼬며 말했다.

"그게 뭐예요?"

"당신은 정말 욕심도 많게 꼬치꼬치 알고 싶어 하는군요. 당신이 잠자코 받아들이는 것이 있나 모르겠어요?"

그녀는 머리채를 늘어뜨렸다. 이 늙은이가 의자 옆에서 무릎을 꿇은 채 떠나려 하지 않기 때문이었다. 하지만 그렇게 나이 먹은 것같지는 않았다. 이빨 사이의 조그마한 틈은 그가 무방비한 사람같아 보이게 했다.

그 때 자보 티보는 그녀의 팔을 잡았다. 마치 그 팔이 그녀의 것이 아니기나 한 것같이. 모든 것이 아주 기이하기는 했으나, 그럴 만하기도 했다. 그는 그녀의 팔이 이를 테면 옥수수 줄기이기나 하듯, 그녀의 팔을 잡았다. 마치 그가 지금까지 옥수수 줄기를 씹어먹고 있었던 듯이. 그녀는 낄낄대고 싶어 했고, 실제로 그랬다. 엄마나 웬디가 보았다면! 그들은 한바탕 멋지게 웃음을 터트렸을 것이다.

"당신은 정말 재미있는 사람이군요, 티비."

자보 티보는 그녀의 팔을 위아래로 계속 더듬었다.

그의 손이 어깨에까지 올라갔을 때,

"그만해요! 저를 '어떻게' 보시는 거예요?"

그녀가 말했다.

그 소리를 듣고 그는 행실을 고쳤다.

사내의 머리가 무릎에 놓일 때면 웬지 모르게 엉뚱한 짓이 일어날 것같은 느낌이 곧잘 들곤 한다. 그것은 아주 초연한 듯도 하고, 있음직하지도 않으며, 우스꽝스러운 듯도 했다.

그 때 그는 눈길을 사로잡을 꾕장한 것이 나타났다는 것을 안다는 듯이, 두 눈을 떴다. 아아, 눈길보다 더 깊이 파고 드는 것은 없다. 그녀는 죽을 지경이었다.

"아, 이런! 난 이런 여자가 아닌데!"

그녀가 말했다.

그녀는 자기 스스로가 그러리라고 생각하는 그런 여자가 아니었다. 그래서 이제는 알았다. 그녀는 곡마단의 여왕이었다. 그녀는 거대한, 꿈틀거리는 거미였다. 그녀는 고무인형이었다.

"당신네 오스트레일리아 여자들은 정열이 없어요. 당신네들은 모두 깔깔대기나 하고 수다만 떨지, 정열이란 도무지 없어."

티비 자보는 불평을 털어놓았다.

"몸 속의 뼈 마디마디가 마구 부러졌어요. 전 저항을 못해요."

미스 슬래터리가 대꾸했다. 그녀의 몸은 위아래로 요동치고 있었다.

"유리천장이란 말 들어보셨어요?"

"얼마든지, 함께 보는 거지."

"티비, 이 것이 저, 밍크는 아니겠지요?"

그녀가 물었다.

"밍크구 말구. 밍크 침대는 몸에 참 좋아."

"그래요!"

그녀가 말했다.

그녀는 몸이 나른해졌다. 그녀는 녹초가 되었다. 팔을 겨우 들어올리자 긴 비단 같은 몸서리가 그녀를 엄습해왔다. 그리고 그는 남풍이 바다에서부터 창문으로 불어오는 것을 느꼈다. 그녀는 찬 기운에 소름이 돋았다.

"우리, 감기 걸리겠어요."

그녀가 주의를 주었다. 그리고 콜록 기침을 했다.

"좋지."

"무엇이 좋은지 전 모르겠어요."

그녀가 말했다. 일어서면서. 그러자 천장의 콤포지션이 파괴되었다.

"이와 같은 것들이야 죄 좋지만, 당신은 내가 당신을 사랑한다고 말하도록 만들 작정인가요?"

그를 꾸짖고 있었다. 뚱뚱하고 털 많은 이 사내.

"사랑이라? 무슨 말을 하려는 건지 잘 모르겠는데?"

"오오, 티비!"

그녀가 말했다.

그는 지금까지 꺼져 있던 눈길을 다시 그녀에게 고정시켰다. 그러나 서로의 휴식 속에서도 그 눈길은 그녀를 죽고 싶도록 만들었다. 아니면, 바치고 싶도록. 아니면, 모든 것을 바치고 또한 살 수는 없을까?

"잠이나 자지."

그가 명령했다.

"오오, 티비!"

그녀는 맥없이 쓰러져 흐느끼다가 풋잠이 들었다. 그러면서, 그녀는 데드마스크 같은 그를 비스듬히 바라보았다. 그리고 천장도 보았다. 전쟁이 끝난 후 신문지상에 자주 오르내리던 끔찍스러운 사진(그녀는 그 때 외면하려고 했다) 같았다.

믿어지지는 않았으나 언제나 그랬다.

미스 슬래터리가 업무용 모자를 쓰고 거리로 나왔을 때, 저녁은 잘 익은 배와 같은 노란 빛깔로 훌륭한 집을 흠뻑 적시고 있었다. 그녀는 거리를 지나면서, 허리를 굽히고 거북한 듯 몸을 푸는 움직임을 했다. 그녀는 목덜미가 지독하게 뻣뻣했다.

그 후 그녀는 베터세일즈 회사를 그만두고 프로비덴셜로 옮겼다. 그녀의 서비스가 회사에 더 이상 필요없다는 말을 그녀는 들었다. 이렇게 그녀를 믿지 못하게 만든 것이 무엇이냐고 그들은 물었다. 그녀는 마음이 어수선해졌다고 그들에게 말했다.

어쩌다 운좋게 그녀는 프로비덴셜 회사에 한 자리를 구했다. 그 곳에서도 그녀는 필리스 웜블이라는 사람과 사귀었다.

"헝가리 사람이라." 필리스가 말했다. "난 아직 헝가리 사람을 만난 적이 한번도 없습니다. 때때로 나는 전에 알았던 여자처럼 종교란 종교는 모두 겪어보려고 하는 대신에, 국적별로 다 겪어보아야겠다고 생각하지요. 그러나 비교도秘教徒들 때문에 포기하고 말았죠."

"왜요?"

"그녀는 그저 겁을 집어먹었지요. 그들은 어느 토요일 오후에 발모랄 근처에서 생사람을 매장했답니다."

그 때 늙은 하스넌스가 자기 사무실에서 나왔다.

"미스 슬래터리. 듀허스트 씨의 보험증권을 어디에다 두었죠?"

그가 물었다. 그는 다정스러운 사람 같았다.

"예."

미스 슬래터리가 대답했다.

"제가 지금 찾고 있는 중인데요."

"찾고 말고 할 것이 없을 듯한데."

"저어."

하스넌스는 미소를 지어 보였다. 그는 여태 웃음이나 짓는 그런 사내일 뿐이었다.

목요일 저녁마다 미스 슬래터리는 자보 티보에게 갔다. 그녀는 토요일에도 그 곳에 갔다. 대개는 일요일까지 그 곳에 머무르고 유럽식의 아침식사를 했다.

미스 슬래터리가 티비에게 한턱을 베풀기로 토요일날 약속했다.

티비가 물었다.

"그 것이 뭐야?"

"그 거라니요?"

"그 고약한 냄새 말이요! 내 부엌에서 새어나오는 푸르스름한 연기가 무어요? 당신, 지금 무얼 만들고 있소?"

"굽는 요리예요."

미스 슬래터리가 대답했다.

"양고기 다리에 호박과 야채를 넣은 거지요."

"양이라구?"

자보 티보가 외쳤다.

"양이라! 그 것이 그렇게 고약한 냄새를 피웠구먼. 부다페스트에서는 양을 집 근처에 얼씬도 못하게 하는데."

그가 오븐을 열고 양을 꺼내, 항구쪽으로 내던졌다.

그러자 미스 슬래터리는 소리를 지르며 주저앉아, 손수건을 똘똘 말아쥐었다.

자보 티보가 손수 간단한 요리를 만들었다. 파프리카우스트라는 것인데, 냉동한 닭 가슴패기에 파프리카를 넣고, 기름에도 넣어 튀기고, 크림치즈에도 넣고 해서 그녀는 파프리카 요리가 아닌가 의아해 했다.

"먹어봐."

그가 말을 건넸다.

"목이 메어 못 먹겠어요."

"울지도 않구서 왜 그래?"

그는 남은 파프리카를 밀어놓으며 물었다.

"저는 이런 걸 생각하고 있었어요."

그녀가 대답했다.

"오라, 생각하고 있었다구!"

그 후 그는 그녀와 사랑의 행위를 치렀다. 그녀가 그 것을 원했기 때문이었다. 그녀는 유리 같은 하늘 아래에서 밍크 침대보를 깔고, 일종의 슬픈 방종으로 사랑을 껴안았다.

언젠가 분명히, 그녀는 벌떡 일어나 앉아 말을 했다.

"모든 것이 너무 육욕적이에요!"

"당신은 어려운 말을 쓰는구료."

그의 이 사이에 파프리카 통닭요리가 끼여 있었다.

전화가 왔는데, 미스 슬래터리는 그 때문에 말다툼을 했다.

"또! 또! 또오!"

자보 티보는 소리를 지르며 누군지 전화 받는 상대방을 닦아세웠다.

"아이, 듣기 싫어!"

그녀가 말했다.

그녀는 차츰 신경질이 나기 시작했다.

"빌어먹을, 바보 같은 놈!"

자보 티보가 투덜거렸다.

"당신은 어떻게 해서 돈을 벌고 있나요, 티비?"

미스 슬래터리가 밍크 침대보를 뜯으며 물었다.

"나는 헝가리 사람이야."

그가 말했다.

"전화를 걸면 이리로 가져오지."

자보 티보는 그가 시내에 소유하고 있는 몇몇 부동산을 관리하고 있다고 털어놓았다.

그는 그녀가 언제든지 드나들 수 있도록 그녀에게 열쇠를 주었다.

"당신은 열쇠를 모두 나눠 가지고 있지요?"

그녀가 물었다.

"여러 여자들이 월요일, 화요일, 수요일, 금요일 각각 다른 아파트 방에 올 수 있도록 말예요."

그는 껄껄 웃었다.

"드디어 위트가 나오는군. 오스트레일리아인의 위트가!"

그는 나가면서 얘기했다.

그는 금방 돌아왔다.

"아직도 여기에 있었군?"

"저는 소극적인 타이프의 여자예요."

그녀가 대답했다.

정말 그녀는 너무 소극적이어서 그 유리 같은 천장 밑에서 알몸인 채 그대로 있었다. 저녁의 온화함이 방안을 감돌았지만 그녀는 벌거벗은 것 때문이 아니라 자기 자신 때문에 몸을 떨고 있었다. 그녀가 창밖에 고개를 내놓았을 때, 모조 다이아몬드 같은 시드니의 어둠이 번쩍이고 있는 것이 보였다. 그녀가 본 번쩍임은 이내 사라져버렸다.

"당신네 오스트레일리아 여자들은 낄낄대지 않으면 그저 우는 거야."

자보 티보가 말했다.

"그래요."

그녀가 말했다.

"알고 있어요."

그녀가 말했다.

"정말 어렵죠. 오스트레일리아 사람으로 사는 것 말예요."

그가 터키 사람들이 반가울 때 하는 것처럼 그녀의 입 안쪽에 키스를 했으나 그녀는 마음을 가라앉힐 수가 없었다.

그들은 티비의 재규어를 타고 돌아다녔다. 자보 티보는 물론 재규어를 갖고 있었다.

"우리 맨리로 가요."

그녀가 말했다.

"태평양이 보고 싶어요."

티비가 자동차를 몰았다. 어떤 때는 토해내듯 폭발음을 냈고, 어떤 때는 날래고 멋지게 달렸고, 또 어떤 때는 잦아드는 듯이 조용히 달렸다. 그가 운전하는 것은 바로 티비 자보 자신을 그대로 드러내는 것이었다. 그는 궐련 빛깔의 모자를 쓰고 있었다.

"물론."

미스 슬래터리는 머리카락을 흩날리며 말을 했다.

"전 당신이 맨리를 발라톤보다 못한 줄 알고 있으리라 믿어요."

"발라톤?"

티비는 횡단보도에서 신호보다 먼저 나갔다.

"발라톤을 어떻게 알고 있지?"

"학교에 다닐 때 지도에서 보았어요."

그녀가 말했다.

"무엇이든 꼼꼼히 보세요. 그러면 거기에 있을 테니. 헝가리 중간에 있는 벌어진 틈 말예요."

그녀는 줄곧 그의 손을 지켜보고 있었다. 그는 운전을 하고 있기 때문에 그 부드럽고 다감한 손바닥이 하얗게 되었다.

그들이 다다른 곳은 어느 아늑하고 바닷소리와 나무를 스치는 바람소리가 들리는 곳이었다. 그들은 참새우 한 봉지를 샀다. 참새우 빛깔을 한 사람들이 그들의 곁을 저벅저벅 소리를 내며 지나갔다. 티비 자보가 물었다.

"나에게서 무언가 알아내려고 발라톤에 대해 이것저것 묻고 있는 거지."

"이것저것이라니요? 평범한 말일 뿐인데요."

그들이 아스팔트 길에 다다르자 참새우 껍질들이 찌릭찌릭 소리를 냈다.

"전 어떤 서랍도 열어보려고 하지 않았어요. 설사 제가 열쇠를 갖고 있다 해도 말이에요. 단 한 가지 비밀이 있을 뿐이에요."

그녀가 말했다. "저는 그 답을 알고 싶어요."

"그런데 왜 꼭 발라톤을?"

"하도 푸르니까요. 제가 알고 있는 어떤 것보다 푸르지요. 그래요. 무엇보다두요."

그녀가 말했다.

모래를 뒤집어쓴 사람들이 지나다녔다. 발바닥이 모래에 익숙해졌다.

자보 티보가 아스팔트에 침을 뱉었다. 증발해버렸다.

"침 뱉는 것은 안 좋아요."

그녀가 말했다.

손끝으로 참새우의 짭짤하고 달콤한 맛을 보았다. 바닷가에서 흩어지는 파도들은 그녀가 이미 더욱 깊고 더욱 유리 같은 동굴 속에 삼켜지지 않았더라면, 조금이라도 더 깊은 이랑을 파놓고 그녀를 삼키려 했을 것이다.

"그 비밀이 무언데?"

티비가 물었다.

"오오!"

그녀는 웃지 않을 수 없었다.

"그것은 '우리'예요. 그게 무엇을 의미할까요?"

그녀가 말했다.

"무엇을 의미하냐구? 나는 너를 재미있게 해주었구, 전기료며 가스비를 대주었잖아. 그리고 세일할 때 원피스도 사고, 또 일도 깔끔히 잘했지."

갑자기 참새우 껍질들이 미스 슬래터리의 손에 달라붙었다.

"그런 뜻이 아니에요."

그녀가 말을 막았다.

"당신이 누굴 사랑할 때는 좀 다른 무엇이 있지 않겠어요? 딱히 뭐라 말하기는 어렵지만 가스 오븐에 머리를 들이대기도 하는데, 가스비를 누가 내든 무슨 상관이지."

그녀는 더 할 말이 없자, 립스틱을 꺼내서 입에다 부벼댔다.

여자들은 이제 값비싼 차에 눈을 돌리고 있었다. 그들의 유리 같은 눈동자들이 놀란 빛을 띠었다.

"사랑이라!"

자보 티보가 웃었다.

"사랑은 마음이 함께해야 돼!"

그는 화가 나기 시작했다. 그는 손을 내팽개치듯 늘어뜨렸다.

"사람들이 사랑에 대해 아는 것이 뭐야?"

그가 소리쳤다.

그들은 더 이상 아는 것이 없다는 표정으로 서로 쳐다보고 있었다.

미스 슬래터리는 참새우 봉지를 휙 던져, 쓰레기통 속에 집어넣었다.

"목이 마른데."

티비가 투덜거렸다.

정말 소금이 입가에 끼었다. 그가 한모금도 남기지 않고 다 마실 수 있을까?

"태평양도 단조롭군요."

미스 슬래터리가 거의 외치듯 말했다.

"집으로 가요, 티비."

그녀가 말했다.

"저를 사랑해줘요."

그가 브레이크 페달을 떼고 속력을 내었다. 참새우 빛깔을 한 길가의 사람들은 아랑곳없이 어슬렁 어슬렁 오갔다.

"제 말 들어보세요."

미스 슬래터리가 말했다.

"애플이라는 필리스 웜블의 여자친구가 토요일밤 울루물루에서 파티를 연대요. 필리스가 그러는데 보헤미아 식이라는군요."

자보 티보가 그의 아랫입술을 삐죽 내밀었다.

"오스트레일리아…… 보헤미아…… 프로방스라. 보헤미아…… 프로방스보다 나쁠 건 없군."

"한번 가봐요."

미스 슬래터리가 점잖게 말했다.

"큰 일도 어쩌다 실수로 되는 것이 많으니까요."

그녀는 덧붙여 말했다.

"애플이란 여자는 어떤 여자야?"

"그녀는 산소 용접공이에요."

"여자가? 무얼 용접하는데?"

"몰라요. 여러가지 하겠지요. 애플은 예술가예요."

애플은 체구가 크고 부풀려 세운 머리에 장난기 어린 안경을 끼고 있었다. 파티하는 날 밤, 그녀는 자기의 물건들을 모두 치웠다. 그러나 단 한가지 그녀가 최고 걸작이라고 하는 것만큼은 남겨놓았다.

"이것은 '고뇌의 사변斜邊' 이에요."

그녀가 설명했다.

"참으로 박력있는 것이지요."

웃었다.

"클라렛(붉은 포도주)을 드시겠어요?"

애플이 물었다.

"아니면 스카치나 진을 드시든지요. 가져오는 사람이 누군지 봐서 드시지요."

애플의 파티가 시작되었다. 구식 집인데 큰 방이 하나 있고 사방으로 통하게 되어 있었다. 벽은 모두 아름다운 직물벽지로 장식되어 있었다.

"이곳에 온 사람들은 대부분 무언가 한가지씩 가락이 있는 사람들이지요."

필리스 윔블이 조용히 말했다.

"누구를 데리고 오셨나요, 필?"

미스 슬래터리가 물었다.

"그는 목축업잡니다."

필리스가 말했다.

"제가 알고 있는 한 간호원이 싫증을 낸 사람입니다."

"그는 체격이 좋군요."

미스 슬래터리가 말했다.

"어떻게 생각하십니까?"

몇몇 사람들은 기타의 음을 조절하고 있었다.

"스페인 기타리스트들입니다."

필리스가 설명했다.

"그리고 저들은 호주에 온 지 얼마 안되는 영국 건달들이지요. 분위기를 돋우기 위한 자들이지요. 무언가 한 가지씩 가락이 있는 애플의 친구들이랍니다."

"이것 좀 보십시오."

목축업자가 넌지시 말했다.

필리스가 그를 조용히 시켰다.

"당신은 좋아하지 않지요, 팁?"

미스 슬래터리가 말했다.

자보 티보가 입술을 밑으로 쑥 내밀었다.

"술이나 마셔야지. 애플의 싸구려 술이나."

그녀는 그의 이빨 석회질이 좀 벗겨진 것을 보았다. 그녀는 자기가 사랑했던 사람이 조그마한 키에 살이 찌고 까무스름한 것을 보았다. 그러나 지금도 사랑하고 있다. 버릇이다. 손톱을 깨물기를 좋아하는 것처럼.

나가야 한다고 그녀가 자문했다. 그러나 나가지 못했다. 자기도 모르게 손톱이나 깨물고 있다 보면 일은 벌써 끝나버린다.

춤이 시작되었고, 곧 키스를 했다. 기타 퉁기는 소리가 산산이 흩어졌다. 농담이 오가는 사이에서도 클라렛을 마시는 소리가 들렸다. 영국 건달들도 춤을 췄다. 목축업자는 스페인 춤을 췄다. 그의 허리의 유연함은 대단한 것이었다. 애플은 엉덩이를 움직였다.

거무스름한 땅딸보인 자보 티보가 상어처럼 톱니이빨을 가진 줄을 아직은 아무도 몰랐다. 펠리샤라는 여자가 와서 티비의 무릎에 앉았다. 그는 다리를 벌리고 앉아 있었다. 그녀가 그 사이에 끼어들었다. 펠리샤가 머물러 있었다 해도 미스 슬래터리는 상관하지 않았을 것이다.

"사람들이 그러는데……."

필리스 윔블이 소근댔다.

"그들은 모두 이상한 사람들이라더군."

"아직 모르세요?"

미스 슬래터리가 말했다.

"사람들은 다 이상한 데가 있지 않아요?"

필리스 윔블이 한마디 쏘아붙였다.

"모두들 그렇지. 하지만 티비는……."

미스 슬래터리가 깔깔 웃었다.

"티비야말로 제가 알기로는 제일 이상한 사람이지요."

"뭣 때문에 그렇지?"

티비가 물었다.

"아무 것도 아녜요, 티비."

미스 슬래터리가 대답했다.

"제가 가지고 있는 모든 걸 바쳐 당신을 사랑하고 있으니까요. 그러나 제 마음만은 안돼요."

모든 것은 다 변하는 것이라고 애플의 친구 하나가 말했다.

목축업자는 춤을 췄다. 그는 스페인 춤을 췄다. 처음에는 모자를 안 쓰고 춤을 추다가 레스보스 모자를 쓰고 춤을 췄다. 처음엔 셔츠를 입고 추다가 지금은 벗어버렸다.

"사람들이 그러는데……."

필리스 웜블이 소근거렸다.

"화장실에 두 사람이 함께 있었다는군. 한 사람은 영국 건달인데, 다른 또 한 사람은 누군지 모른다지요."

"아마 그는 사회주의 리얼리스트인 모양이지요."

미스 슬래터리가 말했다.

그녀는 속이 좋지 않아졌다.

벽돌색 얼굴의 목축업자는 말채찍을 꺼내들었다. 말채찍은 공장에서 갓나온 것이어서 좀 뻣뻣하고 가죽냄새가 났다.

"저어."

미스 슬래터리가 소리쳤다.

"말채찍은 만드는 것이 아니라, 원래 그렇게 있었던 거예요."

목축업자가 새로운 채찍을 쭉 펴자 채찍에서 빛이 번쩍 났다. 채찍은 그녀의 추억 한 모퉁이를 내리치고, 소떼들이 부벼대고 있는 새파란 양탄자를 주욱 폈으며, 지나간 일을 긴장시켰다. 그녀는 그 기억을 지워버릴 수가 없었다. 강렬한 태양이 그녀 머리 위에 내리쪼였다. 낡고 땀내나는 가죽냄새는 클라렛보다 더욱 그녀를 취하게 했다.

"아유, 정말 덥군요!"

미스 슬래터리가 외쳤다. 그녀는 웃옷을 벗어버렸다. 놀랍게도 매끈하고 희었다. 다른 부분은 햇볕에 그을렸다. 그녀는 아버지의 손매듭에 있던 아물린 상처가 생각났다. 그러자 벌떡 일어났다.

"이봐요, 조지!"

그녀가 외쳤다.

"당신은 제가 들을 수 있는 가장 날카로운 소리를 잘 내지요."

미스 슬래터리는 말채찍을 들고 일어섰다. 그녀의 젖가슴은 조는 듯, 아니 무엇을 생각하는 듯했다. 그녀는 한껏 취하고 싶었다. 자보 티보가 이를 눈치채고, 앞서의 여행에서 탐색해놓은 혈관이 창백하게 될 때까지 몸을 앞으로 숙였다.

그러자 갑자기 미스 슬래터리가 채찍을 휘두르며 온 방안을 비명과 증오와 감탄으로 가득 채웠다. 말총 쇠파리가 공기를 쏘았다. 미스 슬래터리는 채찍을 휘둘러 벽에 붙은 추상화를 떼어버렸다. 그녀는 채찍으로 병의 코르크 마개를 뽑았다.

"브라보, 페투스카! 당신, 곡마단에서 일했었나?"

자보 티보가 외쳤다.

그는 몸을 앞으로 숙이고 앉았다.
"그래요, 헝가리 사람!"
그녀가 말했다.
그리고 말총을 티비의 넓적다리에 감았다.
그는 몸을 앞으로 숙이고 앉았다. 티비는 노래를 시작했다.

세상에 오직 하나
나의 귀여운 여인!
그녀는 바로
나의 귀여운 비둘기!

그는 몸을 앞으로 숙이고 앉아 눈을 반쯤 감고 손뼉을 치며 노래를 불렀다.

사랑 만세,
사랑은, 우리를 망치니······

미스 슬래터리가 노래했다. 그녀는 목축업자의 담배를 채찍을 휘둘러 쑥 뽑아냈다.

　　　나를 진실로 사랑하시는
　　　자비로우신 하느님이여.

자보 티보가 노래했다.

　　　나에게 세상에서 제일 아름다운
　　　애인을 갖게 해주셨으니!

모두들 아무 노래나 주섬주섬 불러댔다. 기타 소리가 흩어져 나왔다. 아무도 자보 티보의 멋진 바이올린의 부드러운 가락에 뭐라 할 사람은 없었다.

미스 슬래터리가 채찍을 휘둘렀다. 젖가슴이 흔들리고 요동을 했다. 머리카락이 흩날렸다. 미스 슬래터리는 또 다시 채찍을 휘둘렀고, 태양은 서산으로 넘어갔다.

세상은 천둥소리에 끝날 것같지 않았다. 그 소리로 판단하건대 누군가가 '고뇌의 사변'을 뒤집어놓은 듯했다. 비명지르기 좋아하는 사람들이 비명을 지르기 시작했다. 어둠 속에서 손만 움직였다.

"가까이 와, 페투스카."

자보 티보였다.

"내가 감싸줄 테니."

그는 그녀를 껴안았다.

한 거인이 촛불을 들고 나타났다. 그녀는 둥근 오트밀 같았다.

"이 방은 창조적 예술을 위한 것입니다."

그 거인이 말했다.

"그리고 학문적 의견교환을 위한 것이기도 합니다. 나는 어리숙한 사람을 싫어합니다. 더욱이……."

그녀는 미스 슬래터리의 상반신을 쳐다보았다.

"건물을 부수는 건 질색입니다. 이 집이 불량한 집이라고 생각하지는 않습니다. 모두들 여기를 떠나주시기 바랍니다."

모두들 그녀의 말에 따랐다. 그 거인의 뒤에는 그녀의 남편이 버티고 서 있었기 때문이었다. 그녀의 남편은 진지한 자세였다. 모두들 밀며, 떠들고 계단에서는 노래를 하고 소리를 질렀다. 길거리에서 서로 껴안고 키스를 했다. 누군가는 바지를 잃어버렸다. 끝내 비가 오고 말았다.

자보 티보는 누가 태워달라고 할까 두려워, 재빨리 차를 몰고 떠나버렸다.

"윗도리를 입어, 페투스카. 그러다 감기 들겠어."

그가 타일렀다.

이치에 맞는 말이다. 그녀는 윗도리를 교묘하게 꾸려서 겨드랑이에 끼고 있었다.

"이런!"

미스 슬래터리가 말했다.

"목축업자의 채찍을 가져왔잖아요!"

"그래?"

자보 티보가 말했다.

그들은 나선형 길을 따라 티비의 별장으로 차를 몰고 갔다.

"몹시 피곤해요."

미스 슬래터리가 말했다.

또 다시 중얼거렸다.

"녹초가 될 것같아요."

그녀는 티비가 머무르는 방의 백색 양탄자를 내려다보고 있었다. 부드럽고 하얀 것이 무거워 보였다. 그녀는 팔꿈치로 턱을 괴었다. 다리는 벌린 채였다. 녹초가 된 것이 분명했다.

"페투스카!"

그가 넌지시 말했다.

"다시 한번 그 채찍을 휘둘러보겠소?"

그녀가 좀 회복이 되었기 때문에 그는 말을 걸었다.

"피곤해서 못하겠어요."

그녀가 말했다.

"한번만 더 해봐요."

미스 슬래터리가 화를 냈다.

"당신이나 이 빌어먹을 채찍이나 똑같군요! 이젠 모두 꼴도 보기 싫어요!"

그녀가 내리치는 채찍은 아프지가 않다.

"아얏, 으, 아! 페투스카!"

미스 슬래터리는 채찍을 휘둘렀다.

"당신이 지르는 소리를 사람들이 들으면 뭐라고 할까요?"

그녀는 찰싹찰싹 소리를 내며 채찍을 휘둘렀다.

"아얏! 그 사람들이 상관할 바가 아냐. 으, 아야, 으, 아!"

자보 티보는 비명을 질렀다.

"조금만 더!"

그녀가 곧 기진맥진해지자, 그는 그녀를 부드럽게 감싸서 자리에 뉘었다.

"누가 당신께 신발을 신으라고 하던가요?"

"왜요?"

필리스 윔블이 물었다.

미스 슬래터리는 자기가 파일철을 잘못 가지고 온 것을 알았다.

"저어."

그녀는 한숨을 돌리며 말했다.

"기분전환을 해야겠어요. 정말 피곤한 걸요."

"곧 녹초가 될 것같구먼."

필리스 윔블이 말했다.

"저 것이 위험신호거든."

"린스를 다른 것으로 바꾸어봐요."

"상쾌한 양딸기 향으로."

목요일 저녁은 미스 슬래터리가 자보 티보를 찾아가는 날이었으나, 이제는 더 이상 그렇게 하고 싶지가 않았다. 토요일에는 계속 찾아갔으나, 밤에만 갔다. 아무래도 밤에는 낮보다 덜 심술을 부리기 때문이다.

"페투스카, 목요일 저녁엔 어디 있었어!"

자보 티보가 물었다.

"집에서 텔레비전을 보고 있었어요."

"여기에도 텔레비전을 갖다놓아야겠군!"

"저어."

그녀가 말했다.

"텔레비전은 정신을 집중시켜야 되는 것같아요."

"페투스카, 당신도 변해가는구려!"

티비가 말했다.

"모든 것이 다 변하게 마련인 걸요. 그것이 자연법칙 아녜요!"

미스 슬래터리가 말했다.

그녀는 깔깔 웃다가, 이내 그쳤다.

"이것이 다 학교에서 배운 거예요. 발라톤도 그렇지만요."

정말, 이해관계를 가진 모든 사람에게는 두려운 일이었다. 자보 티보가 프로비덴셜에 전화를 걸기 시작했기 때문이었다. 친구에게 급하게 전할 말이 있다고 말했다. 그녀가 화요일, 수요일, 금요일에 대해 어떻게 생각할까?

　그녀가 아무리 매정하게 전화를 받는다 해도, 늙은 하스넌스가 들어와 전화받는 현장을 포착할 정도였다. 미스 슬래터리는 하스넌스와 자기가 거의 돌이킬 수 없는 데까지 도달한 것을 알았다.

　"안돼요."

　그녀가 대답했다.

　"목요일은 안돼요. 어쨌든 토요일 말고는 어느 날도 안된다고 했잖아요."

　그녀는 수화기를 탕 내려놓았다.

　미스 슬래터리는 안개 낀 저녁을 힘없이 걷곤 했다. 안개 속에 분홍빛 히비스커스가 시들어 있었다. 나팔관도 이젠 없었다. 그녀의 머리칼은 촉촉히 젖은 채 늘어져 있었다. 그녀는 눈부신 노란 빛을 지나, 그녀의 애인이 살고 있는 곳을 향해 갔다.

　"근육을 단련시켜야겠다."

　그녀는 혼자서 중얼거리며, 누가 자기 말을 듣지나 않나 주위를 두리번거렸다.

　자보 티보가 지하실 바닥에서 소리를 지르던 저녁과 똑같은 날이었다.

　"내가 왜 이렇게 고통을 받아야 할까?"

　밍크 침대보 위에 몸을 쭉 펴고 누워서 매니큐어를 칠한 발톱을 한가히 토닥거리고 있었다. 바깥 풍경을 보지도 않고 그녀는 시드니산 모조 다이아몬드 같은 시드니시가지가 결코 그렇게 차갑게 빛나지는 않는다는 것을 알았다.

"왜 나를 못 살게 굴지?"

"모두가 다 당신이 원해서 하는 거죠."

그녀가 말했다.

한가히 토닥거린다.

"페스토카, 무엇이든지 다 줄 테야!"

"아무 것도 싫어요."

그녀가 말했다.

"가겠어요."

"간다고? 우린 이렇게 잘 어울리는 데도!"

미스 슬래터리는 벌떡 일어났다.

"이젠 진저리가 나요."

그녀가 말했다.

"당신의 그 비대한 헝가리인의 살점 위에 붙어 사는 게 싫증이 나버렸단 말예요."

말총채찍이 미끄러져 그녀 발가락 사이에서 번쩍거렸다.

"나를 버리고 무엇을 할 작정이야?"

"날씬한 오스트레일리아 사람을 찾아보겠어요."

티비는 다시 무릎을 꿇었다.

"전 결혼을 할 거예요."

미스 슬래터리가 말했다.

"그러고는 세탁기를 사야죠."

"으, 아, 아! 페투스카!"

미스 슬래터리가 다시 티비의 눈을 쳐다보았을 때, 그녀는 애원하는 복슬개가 해질 무렵 빈 집의 유리창문에 비치는 것을 다시 보았다. 그녀는 아직 개를 좋아해본 적이 없었다.

"당신은 악마로구려!"

자보 티보가 외쳤다.

"우리 오스트레일리아 사람들은 모두가 인정머리 없는 사람들은 아니에요."

잠시, 그녀 자신에 대해 섭섭히 생각했다.

자보 티보는 이제 그녀의 손등을 핥는 격이 되어버렸다.

"재산분배를 해주겠어. 상당히 될걸."

"아녜요, 가겠어요!"

미스 슬래터리가 말했다.

그녀는 자기 마음대로 했다. 일어나 목축업자의 말채찍을 창 밖으로 내던지고 나서 옷을 입고 입맛을 한두 번 다신 후에 머리를 주섬주섬 매만지고 나가버렸다.

티티나에게 친절하기

먼저 어머니가 돌아가셨다. 그러고 나서 아버지도…….

아버지는 곧잘 우리 발 밑에 깔린 융단을 하릴없이 끄집어 당기곤 했는데, 그의 말에 의하면 그 융단은 값진 수집품이었다나…….

아무튼 그 후, 우리는 얼마 동안 외로울 수밖에 없었다. 물론 정말로 외로운 편은 아니었다. 프로일라인 호프만이 우리 집에 묵고 있었을 뿐만 아니라 마드모아젤 레블랑 그리고 가정부인 키리아 스마라그다, 요리사 유리디스, 게다가 레스보스 태생의 두 처녀가 있었기 때문이었다. 그래서 집안은 여인네들의 속삭임으로 가득 찼으나, 우리 모두는 우울했다.

그러던 어느날 마드모아젤 레블랑이 프로일라인 호프만과 함께 외출해서 스머나에 전보를 쳤기 때문에 머잖아 나의 숙모들이 이집트에 도착할 것이라고 우리에게 알려주었다. 그녀 말대로 그들은 곧 왔다. 숙모 우라니아는 인상에 비해 덜 근엄하였다. 숙모 탈리아는 예술적인 사람인데, 프로일라인 호프만의 말에 의하면 가곡을 그녀만큼 푸짐한 감정으로 오랫동안 부를 수 있는 사람은 아무도 없다고 했다.

곧 집안은 다시 활기를 띠기 시작했다. 계단을 오르내리는 사람들이 항상 있게 되었다. 슈츠에 있는 낡은 집에는 사람들의 왕래와 음악이 끊이지 않았다. 그 해 나의 큰누나 프로소는 이탈리아인 운동선수와 짝사랑에 빠져 그 일만 생각했고, 형인 알레코는 영화배우가 되기로 결심을 굳힌 것같았다. 레스보스 태생의 두 하녀는 접시를 씻어 쌓은 후, 2층 창 밖에 매달려 손을 뻗어 야자수의 무르익은 열매를 따려고 애썼다. 때때로 나무 밑의 축축한 정원마당에 푹하고 야자열매 떨어지는 소리가 들려왔다. 정원은 우리가 자주 회상하는 해변가 만큼이나 시원하다든지 축축한 물기는 없었다. 가정부들이 우리를 모래빛깔의 벽을 지나 안으로 인도할 즈음에는 으레 대문을 열고 닫는 삐걱하는 소리가 났으며, 그 소리는 곧 어두운 암록색의 나뭇잎 덤불 속으로 빠져들었다.

큰누나 프로소는 살기가 역겨운 듯, "지긋지긋하다" "곰팡내 나는 알렉산드리아"라는 표현을 자주 썼다. 그녀에게 하이힐을 신겨서 유럽에 데려간다거나 격정적인 사랑에 빠지게 한다면 그녀는 폭발하고 말 그러한 사람이다. 하지만 나에게는 우리의 삶이 결코 견딜 수 없는 그러한 것이라고는 생각되지 않았다. 나는 그들과 달랐다. 숙모들은 나를 사려 깊은 사람이라 했다. '디오니소스는 침착한 소년이다.' 가끔 나는 이 사실을 지나치리만큼 의식했으나 그러한 습성을 바꿀 수는 없었다. 나는 늘 집안의 평상스러운 일상日常으로부터 무한한 즐거움을 끌어내는 위인

이었다. 이를 테면, 둘째누나 아그니가 타원형 테이블에서 에세이를 쓰
는 일, 두 누이동생이 자기들 기질대로 화를 낸다거나 가정부들이 다락
방에서 노닥거리는 꿈얘기, 저녁이면 우리의 숙모 탈리아가 도금된 거
울들로 실내장식이 된 살롱에서 피아노를 치는 일 등으로부터. 프로일
라인 호프만의 얘기에 의하면 숙모는 독일에 산 적이 없기 때문에 슈만
에 대한 해설은 독일의 클라라 부인의 해설과는 비교가 안된다고 말했
다. 그러나 숙모는 꽤 흡족한 듯했다. 그녀는 피아노를 칠 때 두 손목이
어느 때보다 더 엇갈리게 해서 건반을 두들겼다. 그리고 다닝에그(나무나
플라스틱으로 만든 계란 모양의 짜깁기용 걸상) 위에 조용히 앉아 웃고 있는 마
드모아젤 레블랑을 기쁘게 하기 위해 뒤파르크가 작곡한 성가를 불렀
다. 나는 그 시절, 저녁이면 우리 모두가 최고의 행복에 겨워 있었다고
믿는다. 비록 어떤 사람이 숙모의 피아노 위에 켜진 촛불을 끄려고 문을
연다 할지라도 불꽃은 이내 원래의 모습으로 되살아났다. 정적은 한껏
더 고요하게 만들었다. 그 시절에는 낙타가 사진沙塵을 헤쳐 지나가는 소
리를 듣기란 그리 어려운 일이 아니었다. 저녁공기에는 낙타 내음이 번
져 있었다.

　아, 그래. 우리는 최고도의 행복에 잠겼지. 큰누나 프로소가 툭하면
"지긋지긋하다"고 내뱉었다 할지라도 그것은 해변가에서 그녀가 짝사
랑하는 이탈리아인 운동선수의 모습을 보았기 때문이었고, 그래서 인생
이란 그녀에게는 괴로운 것이라고 생각되었을지도 모르기 때문이었다.

　스타브리디네 가족이 우리 집과 거의 마주 바라보이는 집에 이사와

산 것은 바로 그 해였다. 나는 숙모 우라니아에게 알렸다.

"숙모님은 스타브리디네 가족이 스머나 출신인 줄 아세요? 유리디스가 그 사실을 그 집 요리사로부터 들었답니다."

숙모는 비교적 어두운 표정으로 대꾸했다.

"그래, 나도 알고 있지. 하지만 나는 부엌에서 많은 시간을 보내다 보니 어린 소년들의 말에 관심을 가지지 못한단다."

숙모가 이처럼 말했을 때 나는 속이 상했다. 나라는 존재는 우리들 가운데 어느 누구 못지 않게 숙모의 관심권에 들어 있기 때문이었다. 나는 숙모가 앞서와 같은 얘기를 할 때면 늘 듣지 않는 체하였다.

하지만 나는 마침내 이렇게 묻지 않을 수 없었다.

"지난날에도 이들 스타브리디네 가족에 대해서 알고 계셨나요?"

그러면 숙모 우라니아는 다음과 같이 말했다.

"내가 그들을 몰랐다고는 말할 수야 없지. 알았고 말고……."

숙모는 꽤 근엄한 표정을 지었다고 생각된다. 그런 표정으로 바뀔 때마다 숙모는 늘 나의 겉옷을 만지작거리며 머리카락을 어느새 쓰다듬곤 했다.

"숙모님, 그들 가족을 알아도 해롭진 않겠지요? 유리디스가 말하는데 그 집안엔 어린이가 하나 있대요. 작은 계집애, 티티나라고……."

그러나 숙모 우라니아의 표정은 점점 엄해졌다. 침묵을 지키다가 헛기침을 한 후, 숙모는 마침내 입을 열었다.

"나는 그들 가족에 대해서 우리가 얼마 만큼이나 얘기를 나눠야 하는

지 판단을 내린 바 없다.”

그녀는 목청을 가다듬었다.

“스타브리디네는 전혀 호감이 가는 사람들이 아니다.”

“어째서요?”

내가 물었다.

“응, 글쎄. 그건 표현하기가 어렵구나.”

그녀가 말했다.

숙모는 계속 나의 짧게 깎은 머리털을 쓰다듬으며 말을 이었다.

“키리아 스타브리디는 약제사의 딸이었다. 그들은 내 아버지의 상점 위쪽에서 살았지. 나로 말할 것같으면 키리아 스타브리디와 감정이 상할 이유가 없지. 내가 알기로는 그 여자는 다른 표준에 따른다면 아마 아주 탁월한 사람이야. 하지만 우리는 분명히 일정한 한계를 그어야 해. 적어도 오늘날에는 말이다.”

말을 마친 후 숙모는 더 이상 알 바 없다는 듯 외면해버렸다. 숙모는 이처럼 퍽 능란한 사람이었다. 그녀는 매일 아침 커피를 마시기 전 15분 가량 괴테의 작품을 읽었다. 또 사순절의 단식도 빠짐없이 지켰다. 그녀는 여기 우리집에 도착하자 마자 우리 소년 모두들에게 머리를 짧게 깎도록 명령을 내렸다. 우리는 근로소년의 평상노동복을 입어야 했다. 숙모말에 의하면 우리가 별난 계층의 사람처럼 으스댄다는 건 나쁜 일이라는 것이 그 이유였다. 숙모 역시 스스로 남자처럼 머리 모양을 하고, 지니고 있는 비상금을 남몰래 누구에게 줘버리는 인물이었다.

"하기야 티티나의 양친이 바람직한 사람이 아니라 해서 너희들이 티티나에게 친절해서 안될 이유야 없지."

숙모의 눈에는 어느덧 이슬이 맺혀 있었다. 그 만큼 퍽 부드러운 면도 지니고 있었다.

"너, 디오니시는 참으로 친절한 애야. 너는 특히 불쌍한 티티나에게 친절하게 대해줘야 해."

하지만 한동안 더 이상 아무 일도 일어나지 않았다.

우리의 생활은 계속되었다. 하기야 양친 모두가 세상을 떠난 후마저도 뭐 그리 중대한 변화가 있었다고 말할 수는 없었다. 항상 사소하고 미미한 일들과 내왕이 끊이지 않았을 따름이었다. 대학교수인 숙모 칼리오페는 파리 태생이었다. 그녀는 우리들에게 에세이를 쓰게 하거나 심호흡법을 가르쳐주었다. 큰형 알레코는 최면술에 관한 학위논문을 썼다. 프로소는 이제 운동선수를 잊어버리고 새로이 어느 루마니아인에게 눈독을 들이기 시작했다. 둘째누나 아그니는 대수를 잘 풀어 상을 받았다. 꼬마동생 미르토와 파울은 각각 저금통에 돈 모으기를 시작하였다. 중요하지 않으나 그런 대로 불가피한 일들이 꽤나 많이 발생했지만 스타브리디 집안에 관해서는 다시 얘기할 기회란 도대체가 없었다. 아마도 몇 번 그 생각이 떠올랐지만 결코 얘기로 연결시키지는 못했다. 숙모 우라니아가 원치 않기 때문이었다. 그럭저럭 세월은 서로 얼마간 단절되지 않은 채 이어져갔다. 태양은 길가의 담벼락에 오르내리고, 바닷물은 우리의 피부를 말려 소금앙금을 남기곤 했다. 슈츠에 있는 옛집의 촉촉한 습기가 감도는 저녁, 피커스 나무의 잎들이 땀을 흘리는 일이 되풀이되었다.

뜻밖에도 어느 화요일 오후에 키리아 스타브리디, 그녀가 살롱의 큰 창문 곁의 우라니아 숙모가 애호하는 의자에 앉아 있었다. 키리아 스타브리디는 엄청나게 많은 금화를 내보이며 말했다.

"어느 게 마음에 들어?"

"가운데 것."

나는 대답했다.

"난 디오니시오스예요."

평소때 경우라면 지나쳐버렸을 것이지만 그 때엔 그 많은 금화에 매혹돼 있었다.

키리아 스타브리디는 나의 대답에 "아" 하고 웃으면서 "가운데 것을 택한 사람은 여러가지 책임이 따르는 법이다" 하고 말했다.

그 말을 들으니 그녀야말로 다소 신비로운 사람이구나, 하는 느낌이 들었다. 그 밖에도 그녀는 검은 옷을 입었기 때문에 몇 피트 떨어진 경우에라도 엷은 안개 속에 선 것처럼 뚜렷한 인상을 주었다.

나는 키리아 스타브리디의 그 말에 더 이상 답하지 않았다. 뭣을 말해야 좋을지 몰랐기도 하지만, 그 무엇보다 그녀 옆에 누군가가 있다는 사실을 발견했기 때문이었다.

"얘는 나의 작은딸 티티나야."

키리아 스타브리디는 딸을 소개하면서 "너는 얘한테 친절하게 대할 수 있냐?" 하고 물었다. 나는 아직 잘 알지 못하는 그 애를 물끄러미 쳐다보면서 "아, 네 네" 하고 대답했다.

티티나 스타브리디는 자기 어머니의 팔꿈치 곁에 서 있었다. 가장자리를 온통 주름으로 장식한 옷에 감싸인 모습. 옷은 온통 흰 빛이었다. 몸 어디에도 그녀는 핑크빛 공단 나비리본은 달지 않았다. 그녀는 장방형의 얼굴에 웃음을 띠었다. 웃음으로 인해 몇 개의 이빨이 사라진 것처럼 보였다. 그녀의 피부는 바나나 빛깔인 데다 비교적 창백하고, 큰 주근깨가 보였으며, 머리카락이 드리워진 가장자리를 뻥 두른 살결은 한층 창백해 보였다. 왜 그런지는 모르지만 이러한 모습들로 미루어보건대 티티나 스타브리디는 오랫동안 계속해서 잠자리에 오줌을 싸온 아이일 것이라는 생각이 들었다.

바로 그 때 숙모 우라니아가 방으로 들어왔는데, 하녀 아프로디테가 숙모를 불러들여 보낸 것이었다. 숙모는 목소리를 남자처럼 꾸며 말했다.

"키리아 스타브리디 부인. 알렉산드리아에서 당신을 보리라 어찌 예측했겠습니까!"

숙모는 멀찍이에서 손을 내밀었다.

몇 걸음 발을 떼놓은 키리아 스타브리디는 어느 때보다 더욱 많은 땀을 흘리기 시작했다. 그녀는 유별나게도 뒷엉덩이가 펑퍼져 있었다. 숙모의 손가락을 잡으려 할 때 몸을 몹시 앞으로 구부렸다.

"아! 마드모아젤 우라니아. 이렇게 기쁠 수가 없군요!"

키리아 스타브리디는 뜰 곁에서 그같이 말을 떼었다.

"이렇게 또 만나다니! 그런데, 마드모아젤 탈리아는 어디 있어요? 정말 품위 있는 사람이고 말고요!"

나는 숙모 우라니아가 키리아 스타브리디의 말에 어떻게 응답을 해야 좋을지 말문이 막힌 것을 알 수 있었다. 숙모는 겨우 입을 열었다.

"탈리아는 지금 아래층에 내려올 수가 없어요. 두통을 앓고 있으니까요."

키리아 스타브리디는 이 대답에 만족스럽게 동감하지는 않는 것같았다. 그녀의 호흡을 보더라도, 짧고 고통스러운 속도를 감추지 못하는 그런 것이었다. 얼마 후, 그들은 항상 짜증나게 만드는 사람들에 관해 애기를 주고 받았다.

잠시 침묵이 흐르는 사이, 숙모는 나에게 말을 걸었다.

"디오니시, 티티나를 정원으로 데려가보지 그래. 여기는 말야, 애들에겐 아무런 재미도 없는 곳이야."

그러나 나는 움직이지 않았다. 나의 태도를 본 숙모는 더 이상 나를 괴롭히지 않았다.

티티나 스타브리디에 관하여 말한다면, 그 애는 석상과 같다고 표현하면 알맞을 것이다. 그것도 더러운 석상 말이다. 그 애의 다리는 가냘프기 짝이 없고 생기조차 없는 듯했다. 나비리본은 물론 주름장식을 단 바지는 어색하기 짝이 없었다. 그 애가 점점 가까이 다가옴으로써 나는 큼지막하고 주근깨 있는 그 애 코의 한 쪽에 작은 마마자국 같은 것을 발견할 수 있었다. 눈은 고약하게도 바보스러운 푸른 빛깔이었다.

키리아 스타브리디스는 "나의 남편은, 나의 남편 역시……" 하고 더듬거리며 "건강이 썩 좋지 않았습니다" 하며 말을 겨우 이었다.

숙모 우라니아는 "기억하고 있죠" 하고 말을 받을 뿐이었다.

어떻든 나 아니면 숙모, 그 어느 쪽이 방문객을 슬프게 한 것은 틀림없었다.

아무튼 나와 숙모 말고도 나머지 집안사람들이 우루루 달려왔다. 큰누나 프로소와 맏형 알레코까지 스머나 태생의 이 키리아 스타브리디와 못난 딸을 보기 위해 쫓아들어온 것이다. 숙모는 구경하러 온 가족들을 한 사람 한 사람 스타브리디에게 소개했다.

키리아 스타브리디스는 알 듯 모를 듯한 암시를 비쳤다.

"그런데, 우리는 친숙하게 되기를 희망합니다."

그녀의 암시는 어른보다 어린이들에게 향한 것이었다. 그렇게 생각하게 된 것은 우리 숙모들을 향한 그녀의 희망사항이란 별로 대단하지 않다는 것쯤은 내게마저도 훤했기 때문이었다. 키리나 스타브리디스는 "디오니시오스는 앞으로 티티나의 꼬마친구가 될 것입니다. 그는 사실 나에게 그러기로 약속한 적이 있지요. 게다가 그 애들은 틀림없이 동갑일 겁니다" 하며, 넉살을 부렸다.

이 말은 누나 아그니로 하여금 웃음을 터뜨리게 했다. 형 알레코는 등 뒤에서 나를 꼬집었다. 하지만 어떠한 일에 관해서이고 이중적인 성격을 보이지 않는 남동생 파울은 티티나에게 곧바로 다가가서 공단으로 만든 나비리본 하나를 떼버렸다. 나는 일순 티티나 스타브리디가 소리쳐 울 것이라 생각하였다. 하지만 티티나는 울지 않았다. 의외로 계속 웃고 있었다. 할 얘기를 거의 다 해버린 티티나의 어머니가 마침내 티티나를 밖으로 데리고 나갔을 때도 여전히 웃고 있었다.

그래서 우리들 모두는 깔깔 웃고 외쳐댔다. 누나 프로소가 외쳤다.

"그래, 그게 바로 키리아 스타브리디였군! 너는 그 여자의 앞이빨 사이에 벌어진 틈을 보았니?"

아그니도 야유를 끄집어 댔다.

"게다가 끔찍하게 생긴 티티나에게 리본이 뭐람! 너도 온통 그러한 공단으로 새 신부를 꾸밀 거야!"

"우리가 저렇게 천한 사람들을 알고 지내야 하나요?"

형 알레코가 의문을 던졌다.

그러자 숙모 우라니아는 "알레코, 너야말로 천한 사람이야" 하고 대답했다. 숙모는 그의 얼굴을 찰싹 때리며 명령하였다.

"알레코, 네 방으로 돌아가."

무슨 일이고 깊이 주시하는 조용한 성격의 미르토가 비명을 지르지 않았다면, 이미 힘이 꽤 세어진 형 알레코가 맞았다는 이 사실은 우리에게 꽤 큰 충격을 주었을지도 모를 일이다.

미르토가 소리쳤다.

"저기 봐! 저기 봐! 티티나 스타브리디가 마룻바닥에 일을 저질러놓았어!"

사실 고급의자 곁에 티티나가 저질러놓은 물웅덩이가 있었다. 티티나는 마치 훈련되지 않은 개처럼 아무 데나 쉬해버린 것이다.

즉각 모두들 물구덩이를 구경하러 그 쪽으로 몰렸다.

"야, 정말 대단한 계집애야."

숙모는 한숨을 쉬었다.

숙모는 벨을 눌러 아프로디테를 불렀고, 아프로디테는 아랍 하녀를 소리쳐 불렀기 때문에 그 아랍 여인이 양동이를 갖고 들어왔다.

그러한 일이 있은 후, 나는 우리 집안의 모든 사람들이 스타브리디 집안 사람들을 벌써 깡그리 잊어버린 것이 아닌가 의구심이 들었다.

레스보스 태생의 두 하녀는 분명히 키리오 스타브리디네 바깥주인이 길끝 언저리에서 노래하거나 비틀거리며 헤매는 것을 본 적이 있었다. 그는 밀짚모자를 발로 쑤셔 뚫어버리기도 했다.

무더운 어느날 저녁, 나는 막 시작한 곤충채집을 위해서 촛불을 켜들고 정원을 뒤지고 있었다. 그 때 숙모 우라니아는 나를 불러서는 다음과 같이 얘기했다.

"내일 우린 티티나에 대해 뭔가 일을 해야 돼. 너, 디오니시는 그 애를 데리고 와야 한다."

이 때까진 티티나의 주변에는 아무런 일이 없었다.

가족 중의 몇몇은 티티나 건에 관해 불평을 털어놓기도 했다. 자줏빛의 수를 놓은 훌륭한 옷을 입고 슈만의 곡을 피아노로 치는 숙모 탈리아는 어깨를 움츠렸다.

"아니!" 하고 나는 소리쳤다.

"하필이면 내가 티티나를 데려와야 하다니?"

그러나 내가 아니면 그 일이 이뤄질 수 없다는 것을 나도 알았고, 숙모도 그 것을 확신하고 있었다. 그런 대로 가장 침착하고 친절한 편이 바로 나였으니까. 키리아 스타브리디마저도 "책임은 가끔 중간층의 사람에게 맡겨진다"고 말한 바 있었다.

이튿날 오후, 나는 티티나를 데리고 왔다. 우리는 말을 건네지는 않았다. 그러나 키리아 스타브리디는 나에게 키스를 해주며 나의 뺨에 젖은 반점 하나를 남겼다.

여느 날의 오후와 마찬가지로 그 날 오후, 우리는 해변가로 갈 예정이었다.

누나 프로소는 거의 신음에 가까운 소리로 말했다.

"오! 그 케케묵은 해변가! 정말 지긋지긋 진저리나는 곳에 간다구?"

그러고 나서 그녀는 티티나를 세게 꼬집었다.

그 때 아그니가 "저건 뭐야?" 하고 물었다. 티티나가 푸른 구슬 한 개를 달고 있었기 때문이다.

"이 것은 '그 눈'을 피하기 위한 것이에요."

티티나가 대꾸했다.

"그 눈이라니!"

모두를 놀라 소리쳤다. 미르토도 아우성이었다.

"아랍인들처럼!"

그러고 난 후, 우리는 노래를 부르기 시작했다.

"티티나, 티티나, 아라피나……."

하지만 부드럽게 낮은 목소리로 불렀다. 마드모아젤이 들을까봐 그랬다.

아무튼 티티나는 그 날뿐 아니라 다른 날 오후에도 해변가로 같이 나가게 됐다. 한번은 우리가 그녀의 바지를 벗기고 바다에 떠다니는 빈 병을 갖고서 엉덩이를 두들겨준 일이 있었다.

그럴 때마다 티티나는 단지 웃을 뿐이었는데, 그 것은 웃음이라기보다는 확실히 눈물 어린 어떤 것이었다. 우리는 그녀를 물 속으로 처박았다. 그러면 그녀는 숨을 할딱이며 뭍으로 기어올라와 바보스러운 암청색의 눈을 깜박거리며 바다를 바라보는 것이었다. 물에 젖은 그녀의 주근깨가 있는 피부는 고기비늘처럼 반짝였다.

"아이, 징그러워" 하고 내뱉은 뒤 프로소는 잡지를 읽는 편이 낫다는 듯 어디론가 가버렸다. 그런 데도 누구든 티티나를 오래도록 괴롭히거나 놀릴 수는 없었다. 실상 별나게 재미있는 일은 아니었으니까.

하지만 티티나는 붙임성이 있었다. 나에게 찰싹 달라붙었다. 마치 누군가가 티티나에게 그렇게 하도록 일러준 것처럼 보이기도 했다. 한번은 슈츠에 있는 우리집 정원에서 내가 곤충채집한 것을 그녀에게 빌려주고 나서 나는 절망적인 느낌이 들어버렸다. 나는 티티나의 푸른 구슬을 떼어 그녀의 왼쪽 콧구멍에 밀어붙였다.

"티티나. 너의 콧구멍은 너무도 커. 너의 머리 속을 들여다보고 싶구나. 만일 속에 뭔가 들어 있다면……."

그렇게 외쳐도 티티나 스타브리디는 오로지 웃기만 했으며, 코를 횅 풀어 그 구슬을 뺐을 따름이었다.

비감해진 나는 되지도 않는 소리를 계속 질러댔다. 숙모 탈리아가 옥외로 나올 때까지.

"불쌍한, 불쌍한 꼬마들!"

그녀는 우리를 불렀다.

"얘, 디오니시!"

찌는 듯 무더운 오후이면 숙모는 조용한 방에 틀어박혀 날 것 그대로인 당근을 어그적 어그적 갉아먹거나 타고르의 시를 베끼곤 하였다.

"아이, 두통이야."

항의라도 하듯 숙모는 내뱉었다.

"나의 안식이 깨어졌단 말야! 오! 제기랄! 몸서리나는 결막염이 또!"

결막염 때문에 숙모 탈리아는 암록색 아이섀도를 하고 있었는데, 그것은 그녀가 유별나게 비극적이라는 인상을 주었다. 숙모 탈리아는 어쨌든 비극 속에 나오는 가련한 인물과 비슷했다.

나의 충격도 대단한 것이지만 티티나 스타브리디는 나보다 훨씬 더 심했다.

내가 티티나를 두 번째로 데려올 때, 그녀의 어머니는 나를 자기 곁에 데리고 가서 나에게 하나하나 알으켜주었다.

"너의 가련한 숙모 말이다. 아침 저녁을 가리지 않고 눈을 세척하되 묽게 해선 안된단 말이야."

그녀는 한숨을 지으며 몇 번이고 되풀이해서 강조했다.

"이 병은 뭐냐."

내가 그 병을 건네줬을 때 숙모 탈리아가 물었다.

숙모는 큼지막한 살롱에 서 있었다. 옷소매자락은, 비교적 야위었으나 우아한 팔 아래로 떨구어져 있었다.

"이게 결막염 치료를 위한 것입니다."

"그래! 그래! 그런데 이게 무슨 약이냐?"

숙모 탈리아는 어느덧 침착성을 잃어갔다. 나는 대답해주었다.

"그건 애기오줌입니다. 밤이고 아침이고 희석하지 말고 세척해야 된답니다."

"아! 아니!"

숙모는 그 병을 내동댕이치며 신음에 가까운 소리를 흘렸다.

병은 빤질한 마룻바닥에 한번 더 튕겨올랐다.

"구역질 나는, 구역질 나는 인간 같으니!"

"그것은 아마도 퍽 깨끗한 애기오줌일 거예요."

무안하기도 한 나는 말했다.

나의 그 말은 바른 소리였으나, 숙모 탈리아는 그래도 속이 풀리지 않았다.

내가 그 후 티티나를 데려오는 일이라곤 결코 없었다. 하지만 이 말은 해야 되겠다. 키리아 스타브리디의 처방에 관한 에피소드가 없었더라면, 우리가 티티나를 만나본다는 것은 결코 허용되지 않았을 것이라고.

왜냐하면 스타브리디네 사람들은 우리의 숙모들이 품위 없는, 그렇다고 도발적이라고는 결코 말할 수 없는 사건이라고 간주하는 그런 일을 노상 저질러왔기 때문이다. 예를 들면, 키리아 스타브리디는 루 구시오 산 중턱에서 얼룩염소의 뿔에 펑퍼짐한 엉덩이를 받힌 일이 있었다. 그 후, 또 길거리에서 벌어진 사건이 있었다. 그 때 레스보스 태생의 두 하녀 데스포와 아프로디테가 황혼녘에 집으로 돌아와 그 일을 알렸다. 두 여인은 그 때 숨을 할딱이며, 킬킬 웃으며, 집으로 들어왔다. 문을 쾅 여닫을 때, 우리는 두 하녀가 온 줄 이미 알 수 있었다. 우리는 쫓아나가, "데스포, 아프로디테, 무슨 일이지?" 하고 물었다. 우리는 모두 모여 이야기를 들었는데, 그것은 거의 어둑녘에 그 하녀들에 뭔가 보여준 키리아 스타브리디에 대한 건이었다. 그 후 오랫동안 키리아 스타브리디가 하녀들에게 보여준 게 뭣이냐는 것은 짐작에 맡겨질 문제였다. 비록 누나 프로소는 애초부터 알고 있었다고 주장했지만, 어떻든 티티나 스타브리디는 우리의 생활권에서부터 멀리 떨어진 창가 혹은 발코니의 거리 만큼이나 물러나버렸다. 언젠가 한번 나는 잡화점 밖에서 그녀를 만났는데, 그녀는 다음과 같이 말을 걸어왔다.

"슬픈 일이야, 디오니시. 네가 유일한 사람이었거든. 내가 늘상 사랑해 마지 않는 유일한 사람이었거든."

그래서 나는 최고로 겁을(그러나 질릴 듯한 공포는 아니지만) 집어먹고 키리아 스마라그다가 나에게 보내준 사탕봉지를 들고 곧바로 집으로 달려왔다. 그러나 나는 티티나의 얼굴을 지워버릴 만큼 도망할 수는 없었다.

무지하게 생긴 장방형의 얼굴이 기억에 되살아났고 푹 익은 야자수 열매가 땅에 떨어지는 저녁 무렵, 창문을 열어젖히면 이상하게도 그녀의 얼굴이 어른거렸다.

스타브리디네 사람들이 이사를 가버리자 너무도 많은 일들이 금시에 일어났기 때문에 나는 기억이 잘 나지 않는다. 역시 우리도 떠나야 했기 때문이다. 어느날 저녁 숙모 우라니아는 우리에게 여태껏 가르쳐온 피아노 레슨을 중단하고서는 교육에 관해서 깊이 검토해보아야 할 때가 되었다고 말했다. 우리는 그래서 떠나야 했다. 짐꾸리기. 프로일라인 호프만은 흐느끼기 시작했다.

우연히 나는 이렇게 말할 기회가 있었다.

"숙모님들은 스타브리디 집안이 벌써 떠나갔다고 생각하세요?"

이에 대해 숙모 우라니아는 "그럴 테지" 하고 받아넘겼다.

그리고 숙모 탈리아도 덧붙였다.

"스타브리디 집안은 이사다니기로 유명한 집안이지."

어떻든 그건 별로 대수롭지 않은 일이었다. 그 후 수년간 꽤 많은 사건이나 인물들이 빽빽이 몰려들었으니까. 우리는 이미 아테네 사람이 돼버렸으니, 그렇게 될 수밖에. 아무튼 흰 빛의 물기 없고 무정한 불빛 속에서 비록 나는 지진아이기는 했으나 양심적이라는 사실이 재빨리 인정되었다. 시간은 흘렀고, 어느덧 구레나룻이 길어졌다. 가끔 우리 어린이들은 생활형편을 고려하여 숙모 우라니아가 지어준 옷으로 인해 모욕을 당하기도 하였다.

대부분의 다른 소년들도 거의가 매음굴 출입을 생각하기 시작했다. 게 중 얼마는 이미 출입을 하고 있었다. 그들의 구레나룻은 매음굴 출입에 편리한 모양이었다. 하지만 나는 하릴없이 길거리만 헤매고 다녔다. 언젠가는 어느 담벼락에 백묵으로 다음과 같이 썼다.

　　나는 사랑한다. 나는 사랑한다. 나는 사랑한다.

그러고 나서 나는 그 길로 집으로 와버렸다. 그러고는 나의 텅 빈 침대 위에 벌렁 드러누웠다. 귀를 기울였다. 하지만 수많은 밤에는 결코 아무런 대답도 깃들어 있지 않았다.

곧 대참화(전쟁)의 해가 다가왔다. 그 때 우리는 파티시아에 있는 아파트로 이사했다. 가난하고 불쌍한 사람들 속에서 그들을 돕기 위해서라고 숙모 우라니아는 설명했다. 머지 않아 아나톨리아로부터 피란민들이 쏟아져나왔기 때문이었다. 사촌들은 타일을 깐 마룻바닥에서 잠을 자게 되었고, 숙모 헬렌과 숙부 콘스탄틴은 하녀의 침실에서 기거하게 되었다. 따라서 레스보스 태생의 하녀들은 해고되지 않으면 안되었다. 양보해라 양보해, 하고 우라니아 숙모는 두 팔에 헌 옷가지를 한아름 안고서 명령했다. 막내 누이동생 미르토는 왈칵 울음을 터뜨렸다. 그녀는 망치로 저금통을 깨뜨려서 아이스크림을 사먹는 데 돈을 낭비하기 시작했다.

아, 그 때는 여러가지로 다단多端한 일들이 한꺼번에 일어났다. 영화배우가 되겠다던 꿈을 포기해버린 맏형은 카이로에서 사업가로 굳어지고 있었다. 누나 프로소는 연애를 중지해버렸다. 그녀는 알렉산드리아에서 그럴싸한 남편감을 고르고 있었다. 나에게는 축축한 정원과 피커스 나뭇잎들을 참을 수 없이 그리워 하도록 만드는 내용으로 가득 찬 편지들이 상당히 있었다. 나는 가끔 시도 썼으나, 그것을 아무한테도 보여주지 않았으며, 결국에는 찢어버렸다. 집에 처박혀 있는 것은 가끔 슬프기도 했지만, 아그니는 의자에 앉아 피아노를 치면서 프랑스어로 "키스, 키스, 입술은 안돼요……" 하고 노래불렀으며…… 그 동안에도 숙모들은 계속 찾아왔다.

그래서 디오니소스는 유별나지 않은 아이이지만 믿을 수 있는 소년이므로, 학교를 그만두고 은행에 근무하고 있는 숙부 스테포에게 가야 한다는 결정이 내려졌다. 일을 결정하는 것은 우라니아 숙모였다. 그러자 아나톨리아에 있는 터키군을 피해 온 저 불쌍한 피란민들에게 줄 것은 훨씬 더 많아졌다. 그런 일은 아주 기분 좋은 것이었지만, 극히 적은 사람에게만 돌아갔다. 나는 은행으로 편지를 써서 등기로 부쳤다. 그러면 스테포 숙부는 나를 데리러 사람을 보낼 것이고, 내가 은행에서 괴로움을 겪도록 만드는 것을 굉장한 웃음거리로 생각하면서 내 귀를 비틀 것이었다.

사실이 그러했다.

다시 여름이 왔다. 영원하고 푸석푸석하고 흰 빛인 아테네의 여름이.

스타디움 거리를 터벅터벅 걷고 있을 때 구두 밑에서는 먼지가 푹푹 올라왔다. 그도 그럴 것이 나는 벌써부터 휴일을 펠리온에서 보낼 생각이었는데 우라니아 숙모가 갑자기 다음과 같은 제안을 해왔기 때문이었다.

"너는 저 큰 방 안에서 매트리스를 깔고 자고 있는 피란민들에 대해 양심에 거리끼지도 않니?"

그래서 나는 머물러 있어야 했고, 그것은 견딜 수 없는 노릇이었다. 열한 시 무렵 스타디움 거리로 왔을 때, 내 옷은 축축한 누더기가 되어 버렸다.

그 때 나는 누군가가 내 이름을 부르는 소리를 들었다.

"디오니시! 디오니시?"

젊은 여인이었다. 아니 소녀, 그래 소녀였다. 그녀는 작은 대리석 테이블에서 튀어나왔는데, 페이브먼트 위에 있는 야나키라는 상점에서 아이스크림을 먹고 있었다.

그녀가 계속해서 말했다.

"아, 나는 내가 알고 있는 사람이라구. 난 내가 알고 있던 디오니시오 파―파― 판델리디스인 줄 알았어요."

나는 틀림없이 그렇게 멍청이같이 보였나 보다. 그래서 이 능청스럽고 화려한 소녀로 하여금 의아로워 하게, 중얼거리게 만들었다. 그녀는 자기 입술의 립스틱이 얼음 때문에 얼마나 지워졌나를 살펴보려는 듯이 입술을 핥고 서 있었다.

그 때 갑자기 나는 우리가 슈츠에서 알았던 티티나라는 어린애의 기다란 얼굴을 보았다. 조개껍질 속에 묻혀 있던 자취 창백한 어떤 것을 보았다.

그녀가 갑자기 소리지르다가 웃다가 하는 바람에 나는 깜짝 놀랐다. 그녀는 내게 입김을 내뿜고는, 심지어는 껴안고서 나의 성긴 콧수염에 키스를 하고 있었다. 그 대낮의 스타디움 거리에서 나는 그 때처럼 바보같이 느껴본 일이 없었다.

"자, 우리 아이스크림 좀 먹어요. 난 벌써 많이 먹었어요. 그러나 야나키의 아이스크림은 정말 맛있어요."

티티나는 말했다.

나는 티티나와 함께 앉았지만, 그녀가 앞서 먹은 아이스크림값을 내가 모두 지불해야 한다는 두려움 때문에 신경이 쓰이었다.

그 때 티티나가 말했다.

"내가 당신을 초대하죠, 디오니시."

그녀는 너무 기뻐했다. 너무 친절하기도 했다. 그러나 이상한 것은, 티티나가 담배를 꺼내기 위해 그녀의 핸드백을 들어올리고 꽤 좋은 영국제 라이타를 만지작거릴 때, 어마어마한 지폐의 다발이 대리석 테이블 위에 떨어져내린 것이었다. 나는 티티나 스타브리디가 늘 저지르는 엉뚱한 짓에 또 어리둥절했다.

"말해주세요. 어서요."

그녀는 두툼한 입술로 담배를 빨아 마시면서 간청했다. 그러나 나는 할 말이 없었다.

"그런데 당신은? 아테네에서 살고 있나요?"

내가 물었다.

"아, 아뇨. 아테네에선 살아본 일도 없어요."

그녀는 고개를 흔들었다.

여신과도 같은 이 여인은 새까만 머리에 헬멧을 쓰고 있었다.

"아니에요. 난 여기에 잠깐 들렀을 뿐이에요. 장 루이라는 분, 아주 친절하고 너그러운 분이에요."

하고 그녀가 설명을 했다.

"장 루이?"

"내 친구지요."

티티나는 나의 숙모들이 품위 없다고 생각할 그런 입모양을 했다.

"그는 나이가 많아? 젊어?"

"아, 그 분은 어느 만큼은 연세가 있으세요."

그녀가 말했다.

"어머니도 알고 계셔?"

"아, 어머니요? 어머닌 일이 잘 되어가서 아주 만족하고 계시죠. 또 어머닌 따로 아파트를 가지고 계시거든요. '세상이 그렇거든 그에 따라 살아라' 라는 게 어머니의 입장이니까요."

"아버지는?"

"아빠는 늘 거기 계시죠, 뭐."

티티나는 말하고 나서 한숨을 쉬었다.

나는 절박한 열망으로 나 자신을 채워가기 시작했다. 여기 티티나가 있다. 아주 친절하고, 친근하고, 세련되고, 너무도 상상하기 힘든 모습으로. 내 옷은 앉아 있는 동안 몸에 착 달라붙어버렸다.

그리고 티티나는 이야기를 했다. 그녀의 작은 팔찌는 줄곧 떨렸고 부딪치는 소리를 내었다. 그녀는 칭찬도 하고 반발도 하면서 시선을 이리저리 돌려댔다. 그녀는 눈이 부시기나 한 듯이 눈을 게슴츠레 감곤 했다.

"말해줘요, 디오니시."

그녀가 졸라댔다. 나는 그녀의 팔뚝에 나 있는 털을 간신히 볼 수 있었다.

"내 생각을 해본 일이 있었어요? 기대하진 않지만. 난 아주 무서웠어요, 정말로. 그런데 당신은 늘 그렇게도 친절하시더군요."

사실, 티티나 스타브리디는 자신의 말을 진지하게 믿고 있었다. 그래서 그녀는 나에게 이상한 얼굴표정을 지어 보였고, 나는 사로니크 만의 푸른 물결과도 같은 그녀의 솔직한 눈을 볼 수가 있었다. 나는 진실을 볼 수 있었다.

"시간이 늘 없더군요, 디오니시. 지금은 시간적 여유가 있나요? 오늘 오후에 말예요? 나와 함께 바다에 가서 수영할 시간이 있느냐 말예요?" 슬픈 낯빛으로 티티나는 투덜댔다.

"허지만 여긴 그리스야. 남녀가 함께 수영을 할 순 없는 곳이잖아."

나는 말했다.

"치, 두고 보라지! 당신과 난 수영을 해요. 오늘 오후 당신이 시간만 있다면."

그리고 시간은 즉시 우리의 사사로운 장난감이 되었다. 티티나 스타브리디가 돈을 꺼내 야나키에서 먹은 그 모든 아이스크림값을 지불할 때, 우리는 마음대로 웃고 농을 하고 있었다.

"처음으로 약속을 했었어요."

그녀가 말했다.

"누구하고?"

나는 되물었다.

나는 그 말에 견딜 수가 없었기 때문이었다.

"오, 어머니의 친구하고요. 사마귀가 달린 나이 많은 부인이에요."

그녀는 웃으며 말했다.

그래서 나는 안심했다. 점심식사로 유발라키아를 먹었다. 유발라키아에 관한 한 누구도 유리디스의 솜씨를 따를 수가 없다. 그러나 오늘은 그 속에 톱밥이 들어 있는 듯했다.

"너는 유리디스의 기분을 상하게 할 거야. 그녀더러 유발라키아를 만들라고 했지."

그러면서 탈리아 숙모는 울먹였다.

나는 티티나 스타브리디와 만난 것을 나의 완고한 두 숙모에게 말하지 않겠다고 결심했다.

그것은 가장 참을 수 없는 비밀이 되어버렸고, 티티나가 버스를 타고 오랜 여행을 하는 데 필요한 비용을 내가 주어야 할지도 모른다는 사실을 일절 말하지 않고서 시간을 보내야만 했다.

"아니에요."

그녀는 마침내 그랑드 브르타뉴 호텔의 층계 위에서 말했다.

"택시를 불러요."

티티나가 주장했다. 그러자 제복을 입고 있는 직원이 택시를 불렀다.

"돈은 쓰기 위한 것이에요."

그녀가 설교를 했다.

가는 도중, 그녀가 그 예쁜 라이타를 꺼내려고 했을 때, 나는 그녀의 핸드백 속에 아직도 돈이 많이 있는 것을 보고는 안심했다.

그날 오후 내내 그녀는 투명한 조개로 된 팔찌를 끼고 있었는데, 그 것은 호도처럼 경쾌하게 부딪쳤다.

"이건 아무 것두 아녜요."

티티나가 말했다.

"내 친구가 보석일랑은 크레디 리요네 은행의 귀중품 보관소에 안전 하게 보관하라고 충고하더군요. 장 루이가 그러던데 그리스에서는 어떤 일이 일어날지 예측할 수가 없다는 거예요."

그녀는 덧붙였다.

나는 크레디 리요네 은행이 훨씬 더 안전하다는 데 동의했다.

모든 것이 그런 식이었다. 그녀의 몸뚱이가 조개팔찌처럼 가볍게 나 의 몸과 부딪쳤을 때, 티티나는 호사스럽기는 하지만 실속 있는 행동을 더욱 중시하는 생활을 하고 있음을 보여주었다. 그녀는 자기 피부가 윤

기 있다는 것을 인정했다. 해안의 모래밭을 따라가고 있는 동안, 티티나
는 진주빛 비늘로 된 신神의 복장을 한 듯 빛을 발했으며, 고무깃으로 된
작은 헬멧을 쓰고 있었다.

"내 복장이 마음에 들어요?"

그녀가 물었다.

"장 루이는 마음에 안든대요. 그는 프랑스 말로 창녀 같은 느낌을 준
다고 말하더군요."

갑자기 그녀는 빛나는 비늘을 반짝거리면서 바닷속으로 뛰어들어갔
다. 나는 나 자신도 그 물 속에 있는 것을 발견하고는 기뻤다.

우리는 수영을 했다. 은빛 물결을 헤치고. 물거품 같은 기쁨이 티티나
의 입술에 매달려 있는 것처럼 보였다. 그녀가 물 속에 잠길 때면 그녀
의 눈은 보다 깊어지고 졸음이 오는 듯했다.

나는 택시 기사에게 사람이 없는 조용한 해안을 끼고 있는 어떤 만灣
에 우리를 내려달라고 했다. 그 해변은 흙갈색의 바위가 흩어져 있었다.
고대 아테네의 소나무가 바다를 향해 산재해 있었다. 간신히 서 있거나
서로 기대어 있었다. 그 것은 가련한 풍경이었다. 또 그 것은 훌륭한 것
이었으며 아주 엄숙했다. 나는 우리가 남의 눈에 띄지 않기를 바랐다.
정말 우리는 반나체의 젊은이들이 바위로 내려올 때까지는 남의 눈에
띄지 않았다. 그들 중 몇몇은 학교에서 나의 옆자리에 앉았던 사람들이
었다. 이제 그들은 앉아서 입을 숙이고는 시선을 고정시켰다. 그들은 소
리를 질렀다. 그들 중 몇몇은 손으로 물을 퍼서 던졌다.

그러나 티티나는 태양을 곁눈질하고 있었다.

늘어난 근육과 툭 삐진 입술을 한 이 얼뜨기들을 보고 있노라니, 내가 지닌 바보스러운 것들이 모두 사라져버리는 것같았다. 그것은 티티나가 있기 때문이었을까? 목에 단단히 붙어 있는 나의 머리는 대양과 대륙을 두루 살폈다. 인간의 눈이 아니었더라면, 나는 상냥하고 치밀해졌을 것이며, 나의 번쩍거리는 콧수염은 더 짙어졌을 것이었다.

내가 알고 있는 소년들 중 몇 명이 물속에 뛰어들어 수영을 하고 있었으며, 찢어지는 듯한 목소리로 외치고 웃고 있었다.

그들의 물개 같은 괴상한 모습은 아주 재미있었다.

그러나 티티나는 보지 않았다.

우리가 그늘에 서 있는 그 때, 땅딸막하고 노란 옷을 입은 소티리 파파도풀로스가 티티나의 가랑이 사이로 헤엄쳐 나가려고 했다.

"저리 꺼져. 이 더러운 꼬마 녀석아."

그녀는 아주 매섭게 쏘아붙였다.

티티나의 질책은 성공한 셈이었다. 소티리는 다행히도 꺼져버렸다. 그 녀석은 가끔 나보다 자기가 힘이 더 세다는 것을 입증하곤 했다.

그러고 나서 나는 물방울을 떨구며 티티나와 함께 소나무 아래 앉았다. 그녀는 내게 도빌, 르 투케 및 칸느를 여행했다고 넌지시 말해주었다. 가장 훌륭한 호텔에서 묵었다고 했다. 나는 겨우 감명을 받았다. 그러나 그녀는 얼마나 순결했던가. 나는 아그니를 기억해냈다. 그녀의 거위 같은 팔뚝과 축축한 힘줄 그리고 나부끼는 머리카락을.

티티나는 얼음과자를 내놓았다.

"나와 장 루이는 코타쥐르에서 그것들을 가져왔어. 먹어봐요."

그녀가 권했다. 처음에 나는 그녀에게도 먹으라고 했다.

"어서 먹어요. 난 이제 질려버렸어요."

그래서 나는 앉아서 마구 먹었다.

한동안 우리는 소나무 아래 함께 있었다. 그녀는 아주 깔끔하고 흠잡을 데 없었으며, 나는 무덥고 끈적끈적했다. 그녀는 노래를 시작했다. 그 노래가 무슨 노래인지, 나는 정말 기억할 수가 없었다.

"아, 우리 불쌍한 소나무들이 자라지도 못하다니."

그녀는 누운 채 나뭇가지 사이를 쳐다보며 외쳤다.

"그 나무들은 원래 그런 거야."

나는 그녀에게 말했다.

"그렇지, 그 것들은 성장을 멈춘 것이 아니지."

그녀는 한숨을 쉬었다.

우리는 조금 걸었다. 그리고 길 옆 노점에서 비시나다를 사서 그녀에게 주었다. 우리는 자줏빛 비시나다로 입을 얼룩지게 했다. 사로니크 만을 따라 걷는 동안, 저녁은 자줏빛으로 물들어가기 시작했다. 모래는 살에 잔뜩 묻어 있었다. 바로 이 때 나는 아코디온을 맨 사람이 산비둘기처럼 부드럽고 설득력이 있는 대여섯 개의 곡을 연주하며 지나갔다고 믿고 있다. 어린 소년이었을 때와는 달리 아코디온을 연주하는 사람은 쳐다보지도 않았다. 그는 이리저리 거닐기만 했다. 나는 그 사람이 아마

장님일 것이라고 생각했다.

"어이, 티티나, 티티나."

나는 절망적이 되어서 그녀에게 거친 숨결을 끼얹고 있었다.

모래 위에서 티티나 스타브리디가 얼굴을 내게로 돌렸을 때 어둠이 우리를 에워싸고 있었다. 그녀의 티없는 뺨 위에 나뭇가지가 그림자를 던졌다. 그녀는 마치 무엇인가를 찾지 못한 것처럼 누운 채로 나를 응시하고 있었다.

"불쌍한 디오니시. 적어도 두려워 할 필요는 없어요."

그녀가 말했다.

나는 결코 힘이 있다고 느껴본 적은 없다. 모래 위에서 내가 티티나 스타브리디와 엎치락 뒤치락 하고 있는 동안, 내 팔은 물뱀처럼 되어 있었다. 장 루이가 좋아하지 않았던 그녀의 진줏빛 수영복의 비늘은 순간 나의 솜씨 있는 손길에 의해 벗겨졌다. 나는 내 손으로 그녀의 자그마하고 완강한 엉덩이를 더듬고 있었으며, 이 것이 바로 그 오후 내내 내가 그녀에게서 도망가는 것을 막아왔던 것이다.

그녀의 이빨이 내 이빨과 맞부딪치는 소리가 귓전에 울렸을 때 "아!" 하고, 그녀는 거의 격정에 못 이겨 소리쳤다.

그러고 나자 티티나는 아주 상냥해 있었다. 온 천지의 어두움이 그녀의 친절과 함께 움직이고 있었다.

"언제 가겠어?"

나는 묻기도 두려웠다.

"모레."

그녀가 대답했다.

"아니, 내일."

그녀는 재빨리 고쳐 말했다.

"그런데 왜 '모레' 라고 말했지?"

"왜냐하면…… 몰라, 잊어버렸어."

그래서 내 질문은 묵살되어버렸다. 아티카의 모든 바다소리는, 내가 입술을 티티나의 맥빠진 입으로 밀어넣을 때마다 나를 공격하는 듯이 크게 일어나곤 했다.

"안녕, 티티나."

그녀의 호텔 층계참에서 나는 인사를 했다.

"안녕, 디오니시, 디오니사키!"

그녀는 아주 부드럽고 친절했다.

그러나 나는 그런 말이 바보짓이라고 생각되자, 그 밖에 아무 말도 하지 않았다.

파티시아로 오는 도중 내내 먼지가 두꺼워져서 내 구두는 무거워졌다. 내가 들어서자, 대학교수인 숙모 칼리오페가 파리에서 와 있었다.

"우리 디오니시! 어른이 다 되었구나!"

칼리오페 숙모가 외쳤다.

그녀는 정치문제로 화제를 돌리기 위해 재빨리 나를 껴안았다.

우리는 에세이와 기타 등등을 쓰라고 시키는 칼리오페 숙모를 좋아하지 않았다. 그러나 그녀의 동생들은 그녀를 좋아했다. 밤이 샐 때까지 골치 아픈 정치문제를 가지고 논쟁을 벌이곤 했지만.

"전쟁은 세계에서 가장 후진국 나라의 민중들이 무관심 때문에 일어나지."

칼리오페 숙모는 외치다시피 말했다.

스테포 숙부는 또 다음과 같이 소리를 지르고 있었다.

"그런 건 당신이나 당신 같은 진취적인 식자들에게나 타당한 얘기야. 우린 모두 점잖은 사람들이란 말야. 어쨌든 차라리 스스로의 목숨을 끊는 편이 나은 거야."

홀 은행의 부사장인 스테포 숙부가 소리를 질렀다.

"허지만 전쟁에만 집착해보십시다!"

"총사령관이란 놈들이 비난받아야 해."

콘스탄틴 숙부가 외쳤다.

"모두 왕당파이시군요. 왕당파!"

칼리오페 숙모는 주먹을 꽝꽝 내리치고 있었다.

"그 무력한 공화당원한테서 무엇을 기대할 수 있다는 거죠? 더 이상 아무것도 바랄 게 없어요!"

"공화당원을 욕하진 말아요."

우라니아 숙모가 도전을 했다.

"왕당파들은 아직 그들 자신을 입증하지 못했어요."

칼리오페 숙모가 마구 떠들어대기 시작했다.

'모르는 곤경보다 싫어도 지금의 곤경이 낫다' 고 콘스탄틴은 생각했다.

우라니아 숙모는 얼굴을 찡그렸다.

"그런데 말야, 코스타. 피가 면면히 흐르는 우리 불쌍한 그리스 민족이 갱생한다는 사실을 당신은 인정해야 해요."

그녀는 근엄하게, 달래는 목소리로 제안했다.

울고 있던 탈리아 숙모는 피아노가 있는 데로 뛰어갔다. 그녀는 내가 기억하고 있는 음악을 연주하기 시작했다. 감미롭고 짜릿한 음악이 그녀의 손 아래에서 흘러나왔다.

그 음악은 다투는 소리들을 망가뜨려버렸다.

그 때 칼리오페 숙모가 주목을 했다.

"내가 누구를 보았는지 알아맞춰보아요?"

아무도 대답이 없었다.

"누구냐 하면, 옛날 슈츠에 살던 시절에 내가 아주 친절하게 대해주던 티티나 스타브리디."

"아테네에 살고 있어?"

우라니아 숙모가 대답을 해도 좋고 안해도 좋다는 듯이 물었다.

"천만에. 내가 전에 그녀를 우연히 만났지. 아, 그래. 몇 차례 보았어, 파리에서."

칼리오페 숙모가 말했다. 여기까지 말하고, 칼리오페 숙모는 웃었다.

"깜찍한 것, 깜찍한 매춘부!"

그녀의 표정을 보건대, 우라니아 숙모는 자기가 세상의 죄를 속죄하겠다는 빛이 역력했다. 그 반면, 탈리아 숙모는 억지로 피아노 연주를 강행했다. 그 소리가 어찌나 컸던지 아저씨들이 있는 곳을 지나서, 방을 뚫고 나가, 아파트의 통로까지 퍼졌다. 그 견디기 힘든 슈만의 음악이 내 방과 아버지 방에까지 추적해 들어왔다.

밖에는 라일락 숲이 달빛을 받아 짙어가고 있었다. 그 무미건조한 밤의 깨끗한 음악이 공원과 정원에 얼어붙어버렸다. 내가 창에서 상체를 내밀고 목을 쳐들어 칼을 받으려고 할 때에도 아무런 일도 일어나지 않았다. 단지 탈리아 숙모만이 슈만의 곡을 계속 연주했으며, 나는 내가 내민 모가지 그 자체가 빳빳한 칼이라고 느낄 뿐이었다.

□ 작품 해설

패트릭 화이트의 삶과 작품

이 종 욱 (전 동아일보 기자, 전문번역가)

오스트레일리아의 유일한 노벨문학상 수상작가인 패트릭 화이트는 괴팍하면서도 보편성을 추구한 매우 특이한 작가이다.

부유한 집안에서 태어나 런던의 명문 사립학교와 케임브리지 대학교에서 공부한 그는 영국에서 상류층의 지식인으로 살아갈 수 있었지만 안락한 삶보다는 고국 오스트레일리아에서 '일상성 뒤의 비범함'을 찾는 힘겨운 작가의 길을 선택했다. 그는 《오스트레일리아 문학Austarlian Letters》 1958년 4월호에 게재된 에세이 '돌아온 탕아'에서 "어린 시절의 현장으로 돌아왔다. 그것은 창조적인 예술가가 퍼올릴 수 있는 가장 순수한 우물이다"라고 말했다. 그러한 선택을 하게 된 '내면의 자극'을 밝힌 것이다.

그는 "정신이 모든 소유물 가운데서 가장 경시되는 '위대한 오스트레일리아의 공허'…… 물질적 추함이 악화되는 데 대해 보통사람들이 신경 하나 까딱하지 않고 있는 이곳"을 천착하고 비판하지 않을 수 없다고 털어놓았다. "인간의 현실 그 위에 있는 어떤 영광스러운 것과 초월적인 것을 전하는 것"이 예술가인 자신의 의도라는 것이다.

1935년부터 사망할 때까지 그는 시집 1권, 장편소설 12권, 창작집 3권, 희곡 8편 그리고 회고록 1권을 펴냈다.

삶과 작품의 특징적인 요소

그의 작가로서의 삶과 한 인간(특히 오스트레일리아 사람)으로서의 삶은 불가분의 관계에 놓여 있으며, 이를 통해 몇 가지 특징적인 요소를 짚어볼 수 있다.

첫째는 동성애이다. 그는 작품 속의 동성애 인물들에게 자신을 투영하고 내면의 감정을 묘사하는 일을 잘 해냈다. 데이비드 마르David Marr는 《패트릭 화이트, 그의 생애》(1991)에서 '화이트는 자신을 부분적으로는 여성 그리고 부분적으로는 남성으로 인식하는 동성애자의 한 사람이었다. 즉, 여성적이며 여자다운 순결을 충분히 이해하고 공유했다. 그는 의외로 관대한 남성과 남자 같은 힘을 지닌 여성이라는 자신의 양면성의 다른 징표에 감탄했다'고 밝혔다.

오스트레일리아의 시인이자 소설가인 데이비드 말루프의 지적처럼 "동성애자가 되는 것은 이중의 고통을 겪게 되는 것"인 데도 화이트는 자신의 성적 성향을 솔직하게 드러내면서 그 고통을 감수했다. 그는 자서전 《거울의 흠집》(1981)에서 동성애자임을 처음으로 공식적으로, 숨김 없이 밝혔다.

화이트가 제2차세계대전 때 영국 공군의 정보장교로 중동에서 근무할 때 만난 마놀리 라스카리스는 그의 연인, 일생의 반려자가 되었다. 그가 오스트레일리아로 돌아오는 데에도 라스카리스가 기여했다.

1948년 3월, 두 사람은 시드니의 캐슬힐에 정착했다. 화이트는 '남자들이 연인으로 함께 살지 않던' 때에 공공연히 마놀리 라스카리스와 살았다. 화이트는 자서전에서 '무한한 도덕적 힘을 지닌 이 자그마한 그리스인은 나의 지금까지의 번잡한 삶에서 중요한 의미를 지니는 만다라가 되었다'고 그에게 경의를 표했다. 또한 그는 "나의 삶과 작품의 대들보가 되어주었다"고 밝혔다. 물론 1990년 9월 30일 자택에서 사망했을 때에도 화이트의 곁에는 그가 있었다.

그러나 화이트는 동성애자 해방운동을 지지하지는 않았으며, 자신의 동성애에 관해 논의하는 사람들도 지겨워했다. "나는 동성애자라기보다는 실제상황이나 나의 작품에 어울리는 인물들에 따라 남자나 여자의 영혼에 사로잡히는 나 자신을 이해한다"고 화이트는 말했다. 주인공이 동성애의 남성, 여성, 유곽을 운영하는 복장 도착자로 다양하게 등장하는 '트와이본 사건'(1979)에 그려진 상황이 그런 것이다. 그럼에도 불구하고 이 소설은 동성애를 본격적으로, 즉 정체성 문제로 다룬 첫 작품이다.

멜버른의 빅토리아 국립미술관에서 에마뉘엘 필립스 폭스(E. Phillips Fox)의 작품 '나무그늘'을 보고 영감을 얻은 화이트는 템즈강 둑에 시드

니 놀란과 앉아 이야기하면서 '트와이본 사건'을 구상했다. '나무그늘'
에서 양산을 쓰고 앉아 있는 여인의 모델은 영국인 복장 도착자인 허버
트 다이스-머피이다.

 '트와이본 사건'에서 화이트는 주인공을 남녀 양성의 인물로 설정한
다. 동성애와 양성을 다루고 있지만, 초점은 정체성, 남성/여성에 대한
상이한 관점에 맞추어져 있다. 트와이본은 남성의 몸에 여성의 의식을
지니고 있으며, 자신의 참모습을 찾기 위해 외면적으로 다양하게 위장
한다. 그러나 충족감을 찾지 못하고 남성 또는 여성으로서 성적 정체성
도 찾지 못한다. 하지만 우정의 가치를 알게 되고, 남성 속의 여성과 여
성 속의 남성에 대한 소중한 깨달음을 얻는다. 당시로서는 매우 도발적
인 이 소설 속의 이디 트와이본은 놀란으로 이디스는 화이트로 간주되
고 있다.

 단편집 《불타버린 사람들》에 들어 있는 '클레이'의 주인공도 동성애
자이다. 소설 속의 환상의 인물 로바는 클레이의 여성적인 측면의 나타
남이다. 즉 로바와 클레이는 같은 사람이다. 브라이언 키에넌Brian
Kieman은 '클레이'가 사실적인 소설과는 거리가 먼 환상적인 작품, 애매
한 우화이며, "파격적인 구성, 조화하지 않는 문체, 현대사회에 대한 철
저한 풍자"가 이를 뒷받침한다고 지적했다.

 두 번째 특징은 예술가, 특히 화가와 그림들이 그에게 중요한 영향을
미쳤으며 그를 사로잡은 주제라는 점이다. 화이트는 평생 동안 예술과
인생의 관계, 더 구체적으로는 예술가의 삶과 그의 작품의 관계에 사로

잡혔다. 화이트는 스스로 "나는 좌절한 화가와 작곡가 지망자"였다고 털어놓기도 했다. 그가 특히 영감의 중요한 자원으로 삼은 것은 그림이다. 그는 언어보다 그림이 더 직접적이고 완전한 표현수단이라고 생각했다.

작가보다는 화가가 더 되고 싶어 했던 탓인지 언어와 표현형식에 세심한 신경을 쓴 그의 글쓰기는 회화적이다. 화가는 소설가가 결코 소유할 수 없는 힘을 지니고 있다고 그는 이해했다. 작가들은 '항상 비틀거리고 쓰러지면서 다루기 어렵고 특색 없는 단어들'을 다루는 사람으로 간주했다. 화이트 자신도 '그 기법을 습득할 수 있다면 내 마음 속에 있는 것을 시각적으로 표현할지도 모르며, 그림그리기라는 육체적 행위는 음울한 산문에 힘쓰는 것보다 훨씬 더 나를 해방시킬 것이라고 생각했다. 이것은 글을 써야 하는 것을 항상 원망해온 한 작가의 망상일 수 있다'고 《거울의 흠집》에서 밝혔다.

그에게 그림의 힘에 처음으로 눈뜨게 해준 화가는 로이 드 메스트르 Roy de Maistre이다. 그의 작품은 인간관계와 인간의식의 복잡성을 표현하는 방법을, 화이트의 표현에 따르면, "동시에 갖가지 차원으로 마음대로 엮어내는" 방법을 보여주었다. 화이트는 자기에게 사물의 내면을 파고들게 함으로써 글 쓰는 법을 가르친 공로를 그에게 돌렸다. 오스트레일리아 모더니즘의 창시자 가운데 한 명인 그의 작품 '정원의 인물' (1947)은 '숙모 이야기'(1948)의 아이디어를 주었을 뿐 아니라, 이 소설 초판의 표지를 장식했다. 화이트는 "나는 로이에게 상당히 많은 빚을 지고 있다. 그는 나를 그림과 음악으로 이끌었으며, 그것을 통해 나는 글을 쓸 수 있게 되었다고 생각한다"고 밝혔다.

'숙모 이야기'에서 그는 파울 클레와 입체파 화가들의 역할을 설득력 있게 해석하고 있다. 소설 속의 '이국정원'은 '입체파 화가의 그림이나 콜라주 같으며, 그 자체로 리얼리티를 만들어내고' 있다. 이 소설의 몽상적인 아웃사이더 화가 리제로테는 '탁월한 이해력'과 '혁명적일 만큼 예언적인 낭만주의'의 인물로 그려져 있다. 화이트는 자신의 일면을 반영한 인물이라고 밝힌 리제로테의 입을 빌려 "우리는 모든 것, 심지어 자신까지 파괴해야 한다. 그러고 나서 마침내 아무 것도 없을 때, 아마도 우리는 살 것이다"라고 말한다.

로이 드 메스트르의 '욕실 곁의 인물'은 화이트의 '생체해부자'(1970)의 주인공 허틀 더필드를 형상화하는 데에 영향을 미쳤다고 한다. 이 소설은 허식 없이 세상을 바라보고 표현하는 허틀 더필드라는 화가의 초상화이다. 그는 예술적 작업이 지력보다는 본능, 감수성, 열정, 섬세함 등을 더 요구함을 보여준다. 그는 자기 삶 속의 사람들보다 자기 예술을 더 소중하게 여긴다. 그는 유럽 중심의 고정된 개념에 도전하는 주변인의 역할을 하는 화가이며, 신을 이해하려고 애쓴다. 많은 사람들이 더필드를 화이트가 친하게 지낸 화가 시드니 놀란Sydney Nolan과 관련짓지만 화이트는 그 사실을 부인했다.

영국 여성 일라이저 프레이저가 1836년 퀸즐랜드 해안에 암초에 난파당했다가 원주민들에게 구조되지만 포로와 같은 생활을 하다가 도망하고 한 죄수와 함께 문명사회로 돌아간 실화를 토대로 한 '잎새의 가장자리'(1976)는 이 사건을 다룬 시드니 놀란의 그림에서 영감을 얻었다.

'전차를 타는 사람들'의 주인공 앨프 더보는 그의 예술적 시각과 혼혈로 인해 소외되는 몽상적인 아웃사이더 화가이다.

드 메스트르와 시드니 놀란 외에도 윌리엄 도벨William Dobell, 스타니슬라우스 라포텍Stanislaus Rapotec, 브레트 와이틀리Brett Whiteley 등과 두터운 친교를 맺었다. 윌리엄 도벨은 런던의 핌리코에 있는 하숙집에서 그린 '죽은 하숙집 주인'에 얽힌 이야기를 화이트에게 들려주었고, 이것이 희곡 '햄 장례식'을 탄생시켰다.

오스트레일리아 화가 이외에 그에게 영향을 끼친 화가는 파울 클레, 고흐, 윌리엄 블레이크, 들라크루아, 오딜롱 르동, 뭉크, 월터 시커트 Walter Sickert 등이 있으며, 그는 이들을 훌륭한 스승으로 삼았다. 그는 특히 1950년대 말에 출간된 앙드레 말로의 '사투르누스 고야 론'을 읽고 강한 충격을 받았으며, '인간 의식의 한없는 복잡성을 어떤 사람보다 더 깊이 파악한' 고야의 예술적 열정을 흡수했다. 심지어 "나는 그가 그린 것과 똑같이 쓰려는 열망으로 가득 차 있다. ……고야의 그 모든 작품들……나는 그것들을 먹고 싶고, 그속에 나의 얼굴을 파묻고, 냄새를 들이마시고 싶다"고 말했다.

대단한 그림 수집가이기도 한 화이트는 수집품들을 뉴 사우스 웨일즈 미술관에 기증하기도 했는데, 250개에 이르는 기증품은 그때까지 이곳에 기증된 것 가운데 가장 많은 것이었다.

　세 번째는 늘그막에 정치적으로 급진주의자가 된 것이다. 자신이 태어날 때부터 소속되었던 고상한 시드니의 상류사회와 예술인들과의 관계를 끊어버린 그의 만년은 오히려 상당히 많은 것을 이룩한 행복한 시기였다.

　1960년대까지 화이트는 정치를 경멸했다. 보수적인 가치를 신봉하는 그는 선거때마다 보수당에 투표했다. 이러한 그의 생각은 1969년 12월 9일 베트남전쟁에 반대하는 시위에 가담함으로써 급격하게 바뀌었다. 그는 베트남전쟁에 참여하려는 정부의 결정에 반대하는 성명서에도 다른 저명인사들과 함께 서명했다.

　그뒤, 그는 정치문제는 물론 검열에 적극적으로 반대했으며, 환경파괴, 식민주의 정책, 핵문제에 적극적인 관심을 보였다. 1982년의 종려주일에 그는 3만 명의 청중 앞에서 우라늄 광산에 반대하고 핵무기 철폐를 요구하는 연설을 했다. 말년에는 오스트레일리아 공화국 창설을 열렬하게 주창했다.

　마지막으로, 화이트의 소설에서 가장 두드러진 특징은 종교적 색채이다. 화이트는 자신의 작품들이 종교에 대한 관심의 부산물임을 인정했다. 그의 중대한 관심사는 하느님과 실수하는 인간의 관계이다. 그의 작품들은 인간성의 근원적인 문제들, 개인과 신의 관계 등을 집중적으로 파고든다. 그는 미지의 것들과 인간의 관계를 탐색하기 위해 종교적 경험과 고도의 상징주의를 꾸준히 이용했다. 그는 1956년 작가 마조리 바나드Marjorie Barnard에게 "모든 사람의 삶은 그 자신과 하느님 사이의 신비"라고 말했다.

그는 세상이 이교화함에 따라 사람들을 종교로 이끄는 것도 작가의 임무 가운데 하나로 본 듯하다. 그는 특정한 교파에 관계하는 것을 거부했지만, 자신의 작품은 무엇보다 종교적 신념을 표현하려는 시도라고 밝혔다. 그는 1969년에 발표한 에세이 '미완성In the Making'의 첫머리에서 "그렇다. 종교는 나의 모든 책의 이면에 있다. 내가 흥미를 갖는 것은 잘못을 저지르는 인간과 신의 관계이다"라고 밝혔다.

화이트 소설의 주인공은 대부분 실패한 인물이다. 실패의 신비는 화이트의 종교적인 소설들에 공통되는 것이다. '보스'(1957)에서 "인생의 신비는 그 자체가 목적인 성공에 의해 해명되지 않고, 실패 속에서, 영원한 투쟁 속에서, 생성을 통해 해명된다"고 말한 것처럼, '전차를 타는 사람들'에서도 '속죄는 어쩌면 실패가 있는 곳에서만 가능하다'고 암시한다. 윌리엄 블레이크의 시에서 제목을 따온 '전차를 타는 사람들'은 예언자 에스겔과 이사야와의 관련성을 암시하고, 전차 자체는 파괴적인 공포와 심판뿐 아니라 신의 은총을 상징한다.

신앙의 상실, 신앙의 갈구, 마침내 신앙의 발견에 이르는 스탠 파커의 영혼의 탐구를 추적한 '인간의 나무'(1955)는 처음으로 평론가뿐 아니라 일반독자의 주목을 받은 작품이다. 또한 국제적으로도 호평을 받은 최초의 소설이기도 하다. 미국에서는 작가인 제임스 스턴James Stern이 〈뉴욕 타임스〉'북 리뷰'(1954년 8월)의 첫머리에 빼어난 서평을 쓴 여세를 몰아 발간 2주 만에 1만 부가 판매되기도 했다. 이 소설이 흔히 패트릭 화이트의 가장 인상적인 성취로 간주되는 이유는 매우 긴 소설인 데도 뚜렷한 결함이 없이 격조가 유지되고 있으며, 대부분의 평범한 사람들의 삶도 소중한 양상과 가치를 지닐 수 있다는 사실을 작가가 암시하고 있기 때문이다.

주인공 스탠 파커는 죽음을 앞두고 정원 한가운데에 앉아 자기가 뱉은 가래침이 신이라고 말한다. '신'은 어디에나 존재하며 땅, 홍수, 불, 가뭄에, 양동이와 음식접시에, 다른 사람들 속에, 심지어 침 속에도 있다는 깨달음에 도달했음을 화이트는 이처럼 독특한 접근방식으로 설명한다.

윌리엄 월시William Walsh는 '패트릭 화이트의 소설'에서 "극단적이건 흔한 것이건, 모든 악은 부패한 의지나 불투명한 이해로부터 온다"면서 "화이트가 관심을 두고 있는 것은 인간적인 악의 형태들이 갖는 불가분적인 연관성"이라고 풀이했다.

평범한 사람들의 이면에 있는 비범함

그가 맨 먼저 발표한 소설 '행복한 계곡'(1939)은 오지인 뉴 사우스 웨일즈의 스노위 마운틴, 한때 탄광 마을이었던 황폐한 불모지에 사는 사람들의 이야기이다. 꿈을 지닌 보통사람들의 의식과 오스트레일리아 풍경의 상징성을 탐구하는 화이트의 재능이 엿보이는 작품이다. 아직 금을 캘 수 있었던 시절에 광부들은 그곳을 "행복한 계곡"이라 불렀다.

'산 자와 죽은 자'(1941)는 런던을 배경으로 다양한 등장인물과 복잡한 사건들을 차분하고 능숙하게 다룸으로써 기교에서 '행복한 계곡' 보다 괄목할 만한 진전을 보였다는 평가를 받고 있다. 특히 주인공인 엘리옷 스탠디쉬, 그의 누이 에덴, 그들의 어머니 스탠디쉬 부인의 성격 묘사가 매혹적이다. 거리의 소음에서 벗어난 생활을 위해 '죽어 있는 사람들' 로 '살아 있는 사람들' 을 대체하는 것은 너무나 쉬운 일이었다. 자신을 알고 그에 따라 생활하는 '살아 있는 사람들' 과 아무 것도 모르는 '죽은 사람들' 사이에는 궁극적으로는 뚜렷한 차이가 없다는 인식이 엿보인다.

'숙모 이야기' 는 매우 근본적이고 항구적인 인간문제들을 정교하게 탐구한 완성도가 높은 작품이다. 독자는 시어도라 굿먼의 시선을 통해 세상을 바라보게 된다. 그러나 화이트는 대다수의 사람들이 각기 매우 다른 방법으로 세상과 사물을 바라본다는 사실을 결코 잊지 않도록 한다. 결국 모든 경험의 요소는 내밀하고 개인적이며 소통할 수 없는 것으로 남아야 한다는 깨달음으로 이끈다.

'인간의 나무' 는 20세기 초 오스트레일리아의 미개간지를 개척하는 농부 일가의 3대에 걸친 인상적인 개척사이자 가족사이다. 젊은 농부 스팬 파커와 그의 아내 에이미 파커가 황무지에서 자그마한 성취와 쓰라린 실망으로 점철된 나날을 이어가면서 가족을 일구는 고난의 삶을 응시하는 작가의 시선은 시적이고 긍정적이다.

화이트는 그의 에세이 '돌아온 탕아' 에서 이 작품의 배경과 목적을 다음과 같이 진술했다.

"내가 채워야 할 공허가 너무나 크기 때문에 나는 이 책에서 평범한 남성과 여인의 삶을 통해 인생의 모든 가능한 양상을 제시할 수 있기를 바랐다. 그러나 그와 동시에 나는 평범한 사람들의 이면에 있는 비범함, 신비와 시를 밝혀내고 싶었으며, 그것만이 그러한 사람들의 삶과 귀국 이후의 나 자신의 삶을 견딜 만하게 할 수 있다."

'보스'는 독일의 탐험가 루트비히 라이히하르트가 19세기 중엽에 오스트레일리아 대륙을 동쪽에서 서쪽으로 횡단하는 탐험 도중에 전원 행방불명된 비극적인 실화를 바탕으로 한 역사소설이다. 요한 울리치 보스의 불운한 탐험의 연대기에 화이트는 당대에서 가장 인습에 얽매이지 않는 사랑 이야기를 짜넣는다. 보스는 사막을 가로지르는 원정에 젊은 영국여성 로라 트레발옌을 가공의 대원으로 동반한다. 보스가 더 멀리 여행할수록 그녀와 영혼의 결합은 한층 더 강해진다. 그녀는 그가 죽음에 순간에 이르기까지 고통을 함께하며 그의 기억을 유지시킨다. 보스와 로라의 관계는 현실적으로는 받아들이기 어렵지만, 매우 매력적이어서 읽는 재미와 감동을 준다. 탐험이 끝날 무렵 보스는 원주민 소년에 의해 살해되지만, 이 죽음의 여파를 서술하기 위해 이야기는 계속된다.

화이트의 다섯 번째 장편소설인 '보스'는 그의 창작생활의 중반기까지에서 가장 수준 높은 작품으로 평가받고 있다. 마일즈 프랭클린 상을 받은 이 작품으로 해외에서도 그의 명성이 더욱 확고해졌다.

'보스'나 '생체해부자'의 허틀 더필드 같은 인물, 즉 탐험가나 예술가는 필연적으로 고통받는 자들이다. 그들은 진실을 추구하고 다른 사람들에게도 고통을 준다. 화이트는 자서전 《거울의 흠집》(1981)에서 "자신이 믿는 것을 찾아 평생을 소비했지만 결코 진실을 입증할 수 없는 거울 속의 이 얼굴, 나는 파괴자인가? 진실이 모든 파괴자 가운데 최악의 것일 수 있는지 어떤지를 의아해 하며 소모된 얼굴"이라고 마치 자기 소설의 주인공처럼 자문한다.

1973년은 '폭풍의 눈'이 발간된 해이면서 패트릭 화이트가 마침내 노벨문학상을 받은 해이다. 스웨덴 학술원은 특히 이 작품을 언급했다. 전 작들에 비해 더 낙관적으로 인간의 본성을 묘사한 것, 특히 근친상간 같은 어두운 주제와 가족의 파멸을 정서적이며 실질적으로 천착한 것 등이 참조된 것임은 부정할 수 없겠다.

이 소설은 엘리자베스 헌터가 연인들, 아이들, 하녀들을 포함한 다양한 인물들과 오랜 세월을 보내면서 맺은 관계를 통해 그녀의 인생을 탐색한다. 그녀는 사랑과 근심과 분노로 조합된 극히 이례적인 인물, '조화로운 부조화(discordia concors)'의 인물이다. 소설의 중심에는 그녀의 삶과 죽음이 놓여 있다. 눈이 거의 보이지 않는 채 죽어가는 그녀는 탐욕스럽고 잔인하고, 평생 다른 사람들을 파괴했다. 고집스럽게 다른 사람들을 지배하려는 것 때문에 그녀 자신도 파괴된다.

한 평론가는 '전차를 타는 사람들'은 소설이라기보다 한 편의 '신비로운 에세이'에 더 가깝다고 기술했지만, 이 말은 '폭풍의 눈'에는 적용되지 않는다. 이 소설은 화이트가 이전에 쓴 어떤 작품보다 더 세속적이고 덜 신비롭다.

'전차를 타는 사람들'(1961)은 복잡하고 미묘하며, 독자에게 너무 많은 것을 받아들이도록 요구하기 때문에 난해하게 느껴지는 작품이다. 매우 도전적인 동시에 매우 불완전한 소설이지만, 일부 평론가는 진정성과 독창성의 양면에서 "경이로운 작품"이라고 평가하고 있다.

제목은 구약성서 에스겔서에 나오는 구절에서 따왔으며, 전차는 '신의 전차'를 말한다. '전차를 타는 사람들'의 네 주인공, 미스 헤어, 모데카이 히멜파브, 앨프 더보 그리고 대가족의 어머니인 루스 갓볼드는 한결같이 고립된 아웃사이더이다. 네 인물은 모두 '다르고', 갓볼드를 제외하면 사회적 일탈 때문에 파괴된다.

화이트는 이 작품에도 사실주의적인 것의 읽는 즐거움에 심리적, 형이상학적, 종교적 영역을 뒤섞는다. 그러한 영역을 맴도는 인물들은 가장 세속적인 환경에서 통찰력, 삶의 비전을 얻는다. 그는 종교적 또는 형이상학적 각성은 평범한 일상생활에서 나오며, 그것과 분리할 수 없다는 사실을 이해하는 것이 필요하다고 주장한다.

'든든한 만다라'(1966)는 시드니 외곽의 가상의 마을 사르사파릴라에서 살고 있는 쌍둥이 왈도 브라운과 아서 브라운의 이야기이다. 왈도는 문학에 재능이 있지만 야심이 없어서 도서관 일에서 벗어나려고 하지 않는다. 선천적으로 느리고 볼품없으며 정신이 올바르지 않아 형에게 의지하는 아서는 단순하고 착하다. 그러나 아서는 자기가 '더 똑똑한' 형의 보호자라고 생각한다. 브라운 형제는 인간 본성의 양면—이성적인 것과 본능적인 것—을 드러낸다.

'잎새의 가장자리'는 식민지 오스트레일리아의 일종의 우화이다. 화이트의 독자에게는 가장 이해하기 쉽고 만족을 주는 소설이다. 주인공 앨렌 록스버로는 정확한 사람이지만 너무 많은 것을 요구하는 남편과 식민지의 고통을 겪는 구원자 그리고 폭군 같은 신과 사랑의 신에 대한 성실함에 의해 상처를 입는 정숙하고 자비로운 여성의 초상화이다. 엘렌의 여행은 그녀의 성장의 모티브이다. 즉, 그녀가 사회의 구속으로부터 자유로워지는 과정을 상징한다.

문명사회로 돌아온 그녀는 야만인과 범죄자, 범죄자와 서민, 서민과 힘을 지닌 상류계급 사이의 얇은 경계를 깨닫는다. 이러한 깨달음은 무익한 연인인 남편, 범죄자의 성향이 있는 호색한인 동생 가닛, 범죄자인 잭 찬스 등과 갖는 육체적 관계를 통해 분명히 드러난다. 이 중에서 그녀의 구원자는 다름 아닌 범죄자인 잭 찬스이다.

'잎새의 가장자리'의 제사題辭는 루이 아라공으로부터 인용한 '사랑은 당신의 마지막 기회이다. 참으로 이 세상에서 당신을 계속 살아가게 하는 것은 그것 말고는 없다'는 구절이다. 원시적인 사랑, 품위 있는 사랑, 진부한 사랑, 낭만적인 사랑, 신성한 사랑, 세속적인 사랑, 육체적 사랑과 정신적 사랑, 자기애, 가족사랑 등 사랑의 다양한 모습은 화이트의 소설에서 중요한 주제이다. 이 주제가 잘 드러난 또 다른 작품이 '폭풍의 눈'이다.

화이트의 괴벽스러운 성미는 마지막 소설 '다체일심의 회상록'(1986)에도 반영되었다. 이 기발한 착상의 자화상은 매우 장난스러운 소설이다. '그 착상은 그, 패트릭 화이트가 알렉산드리아와 시드니의 알렉스 제노폰 데미르지안 그레이의 회상록 편집을 의뢰받았다는 것'이다. 즉, 저자는 알렉스 그레이이고 패트릭 화이트는 편자라는 것이다. 그런데 알렉스 그레이는 실은 다양한 역할을 하는 화이트 자신이다. 화이트의 주된 의도는 세속적이고 물질적인 오스트레일리아의 지각 없는 사람들에게 숨겨진 종교적 경험의 다양성을 캐내는 것이었다. 그러나 알렉스 그레이를 통해 그같은 의도는 평생 알아내지 못할 것이라고 고백했다.

가상의 마을 사르사파릴라

《불타버린 사람들》의 단편 11편 가운데 7편이 오스트레일리아를 배경으로 하고, 4편은 그리스 사람을 다루고 있다. '말라죽은 장미', '유쾌한 영혼', '편지', '쓰레기장에서'는 작품의 전체 또는 일부에서 시드니 근교의 가상의 마을 사르사파릴라를 배경으로 하고 있다('전차를 탄 사람들'과 '든든한 만다라'의 배경도 사르사파릴라이다).

패트릭 화이트는 오스트레일리아 소설은 "반드시 따분하고 어둠침침한 저널리스틱 리얼리즘의 후예일 필요가 없다"는 시각을 지녔다. 그래서 삶을 더 다채롭고 흥미롭게 만들기 위해 평범한 사람들의 이면에 있는 비범함에 관한 이야기를 썼다. 특히 사르사파릴라를 무대로 한 소설—특히 단편—의 문체의 특징은 풍자, 통속적인 익살, 초현실주의이다. 이에 따라 독자는 그의 괴팍스러운 주인공이 대부분 희극적인 영웅이거나 익살맞은 반영웅임을 깨닫는다.

'쓰레기장에서'는 이 단편집에서 가장 인상적인 작품이다. 개인의 고독, 비정한 사회의 잔인성, 사랑의 필요성을 통해 오스트레일리아인의 삶의 요소들을 명쾌하게 제시한다. 쓰레기장의 잡동사니에서 아직 쓸 만한 것들을 찾아다니는 휠리 가족, 자기들의 신념에 순응하지 않는 사람들에게 불만을 드러내는 호그벤 가족, 이 두 가족을 연결하는 것은 최근에 죽은 호그벤 부인의 언니 데이즈 모로이다. 그녀는 호그벤 부부에게는 '창녀'이며 그녀를 잘 알고 있는 사람들에게는 사랑으로 자신을 지탱하는 여인이다. 그들은 데이즈의 장례식장에 모여든다. 시의원인 호그벤은 아내와 딸 멕과 함께 가고, 그들의 이웃인 휠리 부부는 장남인 루미(룸)와 함께 묘지와 붙어 있는 쓰레기장으로 나들이간다. 무책임한 부모가 술을 마시고 싸우고 사랑을 나누는 동안 루미는 근처의 숲 속으로 떠돌다가 멕 호그벤을 만난다. 그녀 역시 부모에게서 벗어나 배회하고 있던 중이었다.

그곳에 모인 사람들은 데이즈가 마지막으로 친절을 베푼 부랑자인 오지 쿠간이 장례식에 참석한 것을 달가워하지 않는다. 이러한 부모의 위선을 배경으로, 두 청소년은 부모가 떼어놓은 서로의 꿈을 살펴본다. 루미는 장거리 화물차 운전사가 되어 사르사파릴라를 떠나고 싶어 하며, 멕은 자기가 좋아한 이모를 추억하는 시를 쓰고 싶어 한다. 멕은 자신을 방랑하는 루미의 성실한 길동무로 인식한다. 루미와 멕은 데이즈와 오지가 경험했던 '확신의 따뜻한 핵심'을 잠시 그들의 것으로 한다. 멕과 루미는 처음으로 사랑을 발견한 것이다. 둘이 키스할 때 부모의 방해를 받고, 그들의 가혹한 세계로 다시 끌려들어간다. 두 사람의 사랑은 '금지된 사랑'이다.

휠리 부부는 쓰레기장으로 놀러가 한껏 즐기는 거칠고 세련되지 않은 인물이다. 냉정하고 물질적인, 그러나 존경받는 부르주아인 호그벤 부부와 나란히 놓여진 이들은 버려진 물건들에 새로운 생명을 불어넣는 인물, 무기력하지만 유쾌한 인물로 그려진다. 데이즈 모로와 오지 쿠간은 별난 한 쌍이지만, 이 단편의 사랑의 주제의 핵심이다.

묘지와 쓰레기장은 죽은 사람과 쓸모없는 것, 다시 말해 끊임없이 새로워지는 삶의 모습을 상징한다. 문학 평론가인 베로니카 브래디는 "화이트의 거의 모든 작품과 마찬가지로, 이 작품 역시 첫째는 영혼의 전형에 관해, 그 다음으로는 사회현실에 관해 이야기한다"고 지적했다.

결혼에 관한 이야기인 '시시 카마라의 집에서 보낸 저녁'과 '차 한 잔'은 액자소설이다.

화이트는 오스트레일리아 남자와 남자 및 남자와 여자의 개별성에 사로잡혀 있으며, 그 전형적인 예가 '말라죽은 장미'이다. 티머시 넬슨 Timothy G. A. Nelson은 소설에 희극을 가미하기 위해 신화를 사용한 이 작품이 《불타버린 사람들》에서 가장 우수하다고 주장한다. 화이트 자신도 이 미발표작을 《불타버린 사람들》의 맨 앞에 배치했다. 중심인물인 앤시아 스쿠다모어는 이루어지지 못한 여신이다.

찰스 오스본 Charles Osborne은 이 단편집의 우수성을 다음과 같이 말했다.

"화이트의 천재성은 명백히 이질적인 두 재능의 희귀한 융합에 있다. 즉, 도스토예프스키의 격렬한 영혼, 원대한 통찰력과 함께 오스카 와일드의 심술궂음이 깃든 기품이 결합되어 있다. 끈끈한 자비보다는 차라리 명료한 냉정을 택한다. 그의 단편들이 대단히 유쾌한 것은 그 때문이다.

단편집 《불타버린 사람들》은 위대한 작가의 부산물일지도 모른다. 그럼에도 불구하고 그것은 유머 감각이 있고 경청하는 사람이라면 누구나 즐겁게 해준다. 왜냐하면 그의 기지가 곧 그의 문체이며, 문체가 내용의 교묘한 단순성을 뒷받침하기 때문이다."

20세기 중엽의 오스트레일리아 사회, 그 변하는 풍경, 도시와 농촌의 다른 정체를 반영한다. 등장인물의 개성과 내면생활을 뚜렷이 표현하기 위해, 사회규범에서 벗어나 있는 주인공들은 아웃사이더로 전혀 주인공답지 않다. 그러나 평범한 인물이다.

데이비드 마이어스David Myers는 이 '아웃사이더 주인공'과 관련해 기괴하고 부조리한 성격묘사는 흔히 아웃사이더 주인공의 생활방식과 인습적인 사회 사이의 도덕적 대비를 강조한다고 지적한다.

화이트의 단편집 《불타버린 사람들》과 《커커투 새들》은 고립, 환상과 현실의 교차, 현재에 끼어드는 과거의 사건과 기억들 등의 똑같은 주제를 다룬다. 《불타버린 사람들》에서는 고립감, 치열한 자기 분석, 자신이 다른 사람들과 얼마나 다른가에 대한 예민한 자각 등이 자주 다루어진다.

두 번째 단편집 《커커투 새들》의 주제도 한결같이 고독이다. 이 작품집의 많은 단편들에서 주인공들은 부르주아 계층의 나이든 부부들이며, 그들은 여생에서 결혼생활의 고독감에서 도피하기 위해 다양한 시도를 한다. 중편 '여인의 손'에서 에벌린 파자클리의 주제넘은 중매는 아는 사람 두 명을 결혼으로 이끌지만, 그 결합은 한 사람을 정신적 쇠약의 상태로, 다른 한 사람을 죽음으로 몰고 간다.

작품집의 제목으로 삼은 중편 '커커투 새들'에서 다보렌 부인과 그녀의 남편은 서로에게서 소외되어 있으며, 집의 안마당에 커커투 새들이 나타날 때까지 여러 해 동안 이야기를 나눈 적이 없다. 이 새들은 두 사람이 오랫동안 갖지 못했던 인간다운 관계를 되찾게 해주었을 뿐 아니라 대화의 소재를 제공한다. 그러나 이웃사람이 두 마리를 쏘아 죽임으로써 그 관계는 끝나고, 다보렌 부인은 총을 빼앗으려다가 살해되고 만다.

세 번째 단편집 《딱딱한 작품 세 편》(1987)은 화이트가 마지막으로 펴낸 책이다. 대부분의 작품이 화자가 1인칭인 고백소설이라는 것이 이전의 두 작품집과 다른 점이다. 그리고 그의 주요 장편과 단편들에 비해 밀도가 떨어진다는 평가를 받고 있다. 첫 번째 작품 '비명을 지르는 감자'는 겨우 2쪽에 지나지 않는다. 간단하게 추억을 스케치한 것이며, 늙어가는 것에 대한 간결한 고찰이다. 화이트는 이글에서 "나는 우리가 나이와 함께 더 현명해진다는 사회적 통념을 믿고 싶다. 어느 의미에서 불신은 나의 지혜이다"라는 자신의 말을 입증하려고 하는 듯하다.

두 번째 작품 '두 발로 땅 위에 서서 춤추기'는 좀더 길다. 화이트는 청년시절에서 노년기까지의 무분별을 살펴본다. 모호하지만 무엇인가를 환기시키면서 조화로운 느낌을 준다.

화이트의 명성은 주로 장편소설과 희곡에 의거한 것이지만, 주제와 기교의 면에서 장편과 비슷한 단편 역시 다채로운 상징, 신화, 우화 때문에 매우 복잡하고 까다롭게 읽힌다.

20세기의 탁월한 신화 창조자

《거울의 흠집》(1981)은 오스트레일리아에서 보낸 젊은 시절, 런던의 기숙학교 시절, 케임브리지 대학교 생활, 독일여행, 2차대전때 중동에서 보낸 영국공군의 정보장교 생활, 일생의 반려자가 된 라스카리스와의 관계 및 동성애에 관한 진실, 성적 정체성에 대한 견해, 평생 지속된 어머니와의 불화, 만년에 정치적으로 급진주의자가 된 배경 등을 놀랄 정도로 솔직하게 털어놓은 매우 별난 자화상이다. 물론 이 자서전은 오스트레일리아와 오스트레일리아 사람들, 그들과 자신의 관계를 비판적으로 명료하게 밝히는 등 그의 복잡한 소설들을 이해하는 데 도움이 되는 실마리들을 제공하며, 가끔은 매우 익살스럽기도 하다.

《거울의 흠집》에서 '고국에서는 물론 가족 사이에서도 이방인'이며 '공허에 둘러싸인 나는 나의 기질이 요구하는 강렬함으로 살아가는 세계가 필요했다'고 털어놓았다. 그는 "위대한 오스트레일리아의 공허"라고 부른 것을 극복하기 위해 몽상적인 광신자들, 지리멸렬한 신비주의자들, 성적 변종들을 작품 속에 끌어들였다.

패트릭 화이트는 사망하기 얼마 전에 가진 라디오 대담에서 대부분의 사람들은 접힌 우산과 같다고 말했다. 또한 작가의 재능은 축복이라기보다 재앙이라고 말했다.

그렇다면 그는 학자와 독자들에게 어떻게 기억될 것인가? 일부 오스트레일리아 사람들의 마음 속에 그는 혐오감을 주는 괴짜, 심술궂은 수다쟁이, 과대망상적이고 완고한 불평꾼으로 자리잡고 있다. 오스트레일리아 문학비평가인 베로니카 브래디Veronica Brady는 "패트릭 화이트에 대한 거부감이 많은 이유 가운데 하나는 그가 예언적인 양식으로 거리낌 없이 이야기하는 것을 고집하고, 그것이 대중적이지 않기 때문이다. 또한 그는 심술궂은 늙은 신사였다"고 말했다.

대다수 독자들에게 그는 속세를 떠난 동성애자, 황야의 예언자, 신낭만주의자, 열정적인 풍자가로 받아들여질 것인가? 아니면 충실한 공화주의자, 원주민 권리의 옹호자, 환경보호론자, 반핵 운동가, 작가와 불우한 사람들의 후원자로 받아들여질 것인가?

어쨌든 화이트의 위대성의 일부는 신화창조 능력에 있다. 그는 20세기의 탁월한 신화 창조자의 한 사람이다.

□작가 연보

1912년   Patrick Victor Martindate White는 오스트레일리아 뉴
             사우스 웨일즈의 헌터 밸리에서 여러 세대에 걸쳐 목축
             업을 해온 가문의 부모가 2년간 영국에 거주할 때인 5
             월 28일 런던에서 출생. 13세까지 호주에서 교육을 받
             은 뒤 런던의 사립 첼튼햄 학교에서 공부.

1935년   캠브리지대학교 킹스 컬리지를 졸업. 언어학 전공. 시집《농
         부 및 기타 시편 The Ploughman and other Poems》

1939년   《행복한 계곡 Happy Valley》

1940년   영국 공군 정보장교로서 1945년까지 중동 및 그리스에 종
         군. 전후에 오스트레일리아로 귀국.

1941년   '산 자와 죽은 자The Living and the Dead'

1948년   '숙모 이야기 The Aunt's Story'. 호주로 영구 귀국.

1955년 '인간의 나무 The Tree of Man' 호주문학가협회 금상 수상.

1957년 '보스 Voss'

1959년 마일즈 프랭클린 상 수상.

1961년 '전차를 타는 사람들 Riders in the Chariot'

1962년 마일즈 프랭클린 상과 기독교 및 유태교 전국협회상 수상.

1964년 창작집 《불타버린 사람들 The Burnt Ones》

1965년 《네 개의 희곡집 Four Plays》, '거짓 장례식 The Ham Funeral', '사르사파릴라의 계절 The Season at Sarsaparilla', '볼드산의 밤 Nights on Bald Mountain', '쾌활한 영혼 A Cheery Soul'의 네 편 수록.

1966년 '든든한 만다라 The Solid Mandala'

1970년 '생체해부학자 The Vivisector'

1973년 '폭풍의 눈 The Eye of the Storm' 노벨문학상 수상.

1974년 중단편집 '커커투 새들 The Cockatoos'

1976년 '잎새의 가장자리 A Fringe of Leaves'

1977년 희곡 '큰 장남감들 Big Toys'

1979년 '트와이본 사건 The Twyborn Affair'

1981년 회고록 《거울의 흠집 Flaws in the Glass》

1982년 희곡 '신호 조종자 Signal Driver'

1983년 희곡 '네더우드 Netherwood'

1986년 마지막 소설 '다체일심의 회상록 Memoirs of Many in One'

1990년　사망

1996년　서간집 《Patrick White: Letters》 데이비드 마르David Marr 편집.

옮긴이 소개

고려대학교 영어영문학과와 한국외국어대 대학원 아프리카지역연구학과에
서 공부했다. 〈동아일보〉, 《창작과비평》을 거쳐 〈한겨레신문〉과 〈문화일보〉에
서 문화부장, 논설위원으로 일했으며, 언론중재위원회 부위원장을 지냈다.
시집 《꽃샘추위》, 칼럼집 《아름다움과 영원함》을 펴냈고, 《말콤 엑스》, 고흐
전기 《세상의 모든 것을 사랑한 화가》, 《저널리즘의 기본요소》와 칼릴 지브
란의 저서들을 번역했으며, 《현대 아프리카 시선》을 편역했다.

불타버린 사람들

1973년　11월　1일　초판 1쇄 발행
2008년　3월　15일　2판 1쇄 발행

지은이　패트릭 화이트
옮긴이　이　종　욱
펴낸이　윤　형　두
펴낸데　범　우　사

출판등록　1966. 8. 3　제406-2003-048호
(413-756)　경기도 파주시 교하읍 문발리 525-2
대표전화　(031)955-6900, FAX (031)955-6905

＊ 책값은 뒤표지에 있습니다　　　　편집·교정 : 윤아트·김정숙

ISBN 978-89-08-07213-8 04840　(홈페이지)http://www.bumwoosa.co.kr
　　　978-89-08-07000-4 (세트)　(E-mail)bumwoosa@chol.com

이 도서의 국립중앙도서관 출판시 도서목록(CIP)은
e-CIP홈페이지(http://www.nl.go.kr/cip.php)에서 이용하실 수 있습니다.
(CIP제어번호 : CIP2008000544)

우비평판 한국문학

근대 개화기부터 8·15광복까지 집대성한 '한국문학의 정본'

★ 서울대 권장도서
● 연고대 권장도서
◆ 미국대학위원회 추천도서

논술시험 준비중인
청소년과 대학생을 위한
책 최다 선정 (31종)

✚ 크라운변형판 · 전 155권   ▶계속 펴냅니다
✚ 각권 7,000원~15,000원
전국 서점에서 낱권으로 판매합니다

▶계속 펴냅니다